Das Ägyptische Kreuz

Autor

Jann Beek, 1967 im Münsterland geboren, lebt seit mehr als zwanzig Jahren im Rheinischen Düsseldorf und Neuss. Bevor er mit dem Schreiben begann, führte ihn sein Beruf als Ingenieur in die entlegensten Ecken dieser Erde. Seine gradlinige und dennoch atmosphärische Schreibweise reflektiert diese prägenden Eindrücke und interkulturellen Erfahrungen.

Inhalt

In den späten und noch sehr heißen Abendstunden erkennt der Pilot einer Passagiermaschine im Landeanflug ein brennendes Kreuz in unmittelbarer Nähe des Düsseldorfer Flughafens. Eine bizarre und grausame Mordserie, zu der Kriminalhauptkommissar Michael Y. Brenner vom LKA Düsseldorf gerufen wird, beginnt. Die Ermittlungen lenken die Aufmerksamkeit auf die gehobenen Kreise Düsseldorfs und Neuss'. Zudem führt ein alter Fall Michael und sein Team nach Amsterdam. Aber als wäre dieser Fall nicht kompliziert genug, erhält Michael eine persönliche Nachricht aus der Vergangenheit. War der tragische Tod seiner japanischen Mutter kein Unfall, sondern Mord?

Jann Beek

Das Ägyptische Kreuz

T H R I L L E R

Bibliografische Information der Deutschen Nationalbibliothek:
Die Deutsche Nationalbibliothek verzeichnet diese Publikation in der
Deutschen Nationalbibliografie; detaillierte bibliografische Daten sind im
Internet über http://dnb.dnb.de abrufbar.

© 2017 Jann Beek
2. Auflage
August 2017

Herstellung und Verlag: BoD – Books on Demand, Norderstedt

ISBN: 9783743182172

Inhalt

Kapitel 1 – Am Airport 7
Kapitel 2 – Der Heimweg 10
Kapitel 3 – Das brennende Kreuz 14
Kapitel 4 – Die Ermittlung 25
Kapital 5 – Die Ruhe vor dem Sturm 29
Kapitel 6 – Der trockene Alltag 42
Kapitel 7 – Die Familie Brenner 48
Kapitel 8 – Ein wahrer Freund 51
Kapitel 9 – Jagdbegehung 63
Kapitel 10 – Die zerrstörte Freizeit 65
Kapitel 11 – Der Rückblick 71
Kapitel 12 – Die Familie von Cappenberg 83
Kapitel 13 – Abwechslung vom Alltag 97
Kapitel 14 – Der Sondereinsatz 112
Kapitel 15 – Michaels Alptraum 116
Kapitel 16 – Das Vorspiel 119
Kapitel 17 – Interessante Beweise 127
Kapitel 18 – Die Sühne 139
Kapitel 19 – Das Ende naht 145
Kapitel 20 - Die Spur führt ins Ausland 149
Kapitel 21 – Das schöne Amsterdam 164
Kapitel 22 – Wie alles begann 180
Kapitel 23 – Die einsamen Container 190
Kapitel 24 – Der Düsseldorfer Hafen 203
Kapitel 25 – Begleichung der Rechnung 210

Kapitel 1 – Am Airport

In diesem Sommer, vom hohen Norden bis in den tiefsten Süden Deutschlands bestimmt eine sengende Hitzedecke das alltägliche Leben. Eine Decke, der man sich im Schlaf immer gern entledigt, aber es wird nicht kühler und man scheint gefangen. Es ist auch kein Ende in Aussicht. Tief schnaubend und schwitzend quält man sich durch die Arbeitsstunden des Tages. Auch heute neigt sich wieder so ein Tag dem Ende zu und die Sonne versinkt nur langsam am Münchener Franz-Josef-Strauss Flughafen. Wartende Passagiere, im eigenen Schweiß badend, jeder von ihnen wie eine Olive in einem Martiniglas, warten auf ihren Heimflug. „Sehr geehrte Fluggäste, Ihr Flug LH 204 von München nach Düsseldorf steht jetzt für das Boarding bereit. Wir bitten nun die Business-Klasse und Goldcard-Member einzuchecken. Wir entschuldigen nochmals die Verspätung und wünschen einen angenehmen Flug." Jetzt wird die Ansage auf Englisch wiederholt. Herr Hagemann ist nur noch genervt und will endlich einsteigen und nach Hause. Sein Arbeitsleben mit der ständigen Fliegerei wird augenblicklich nur dadurch erleichtert, dass er noch im Genuss der Frequent-Traveller Karte ist und er sich in der Regel noch länger in der Business Lounge aufhalten kann. Aber wie lange noch? Überall wird gespart. In seiner Firma war es bis vor einem Jahr noch Standard, dass Business geflogen wurde, heute schlägt man sich mit allen möglichen Airlines herum und man muss manchmal Angst haben einzusteigen. Wenn es dann mal wieder heißt:
„Wir bitten die Verspätung zu entschuldigen, aber unser Flugzeug kam nicht rechtzeitig aus der Maintenance raus."
Frei übersetzt heißt es, die alte Gurke haben wir noch mal notdürftig zusammengeflickt. Dieser Flug aus München ist ständig zu spät.
Ungehalten lässt er seine Bordkarte scannen und rennt im Laufschritt zur Maschine. Die Gangway ist ewig lang und gefühlt wird sie immer länger. Endlich, der Eingang der Maschine ist zu sehen und freundliche lachende Stewardessen begrüßen die Fluggäste. Er ist müde und passt nicht auf, knickt leicht um und unter leichtem Schmerz im Fußgelenk schafft er es zu seinem Sitzplatz. Hoffentlich hat niemand meine

Dummheit bemerkt, denkt er. Leise fluchend greift er sich an seinen Knöchel.

„Oh Gott, morgen muss ich dringend ins Büro, ich kann jetzt nicht ausfallen!"

Im gleichen Moment schaltet Herr Hagemann den Hebel um und grinst in sich hinein:

„Geschafft, jetzt kann ich noch ein wenig schlafen. Trotzdem, es ist schon wieder 21:18 Uhr, gegen 22:30 Uhr werden wir erst in Düsseldorf landen und mit dem Auto nach Essen noch mal 35 Minuten. Also schnell noch eine SMS an Sabine und die Kinder. Jetzt mache ich die Augen zu."

Das war ein verdammt langer Tag. Mit dem ersten Flieger nach München und dem Seelensammler, dem letzten Flieger zurück. Dazu noch die Hitzewelle in Deutschland, das strengt an. Mit dem schon so oft gehörten Brummen der Turbinen, die in einen Singsang übergehenden Gespräche der Passagiere und das spätere Klappern der Getränke-Trolleys der Flugbegleiter nickt Herr Hagemann ein. Diesmal schläft er durch - bis nach Düsseldorf! Erledigt und geschafft vom Tag schläft er bis ihn die unsanfte Landung plötzlich aus seinen Träumen reißt. Er reibt sich durchs Gesicht und bringt seine Haare in Form, zupft sein Hemd und legt sein Sakko zurecht. Dann schaut er aus dem kleinen ovalen Fenster und reibt sich hektisch die Augen. Und da ist doch etwas. Auf einer Waldlichtung kurz vor dem Flughafen Düsseldorf ein riesiges brennendes Kreuz. Augenblicklich klingelt er nach dem Stuart, da offensichtlich keiner davon Notiz nimmt. Einige lesen oder sind in Unterhaltungen verstrickt. Der Stuart kommt und Herr Hagemann deutet aus dem Fenster und mit zittriger Stimme sagt er dem Stuart:

„Da brennt es, das gibt einen Waldbrand."

Der Stuart entgegnet mit seiner gelassenen Art:

„Unser Captain hat bereits den Tower informiert. Die Feuerwehr ist bereits ausgerückt. Vielen Dank für ihre Mühe."

Die Maschine LH 204 landet ohne Komplikation auf dem Flughafen Düsseldorf. Nach Verlassen der Gangway schlendern, stolpern oder rennen die Fluggäste des LH 204 durch einen fast menschleeren Flughafen zur ihren Autos oder Taxis. Nur einige Reinigungs- und Sicherheitskräfte sind noch unterwegs. Ulrich Hagemann wird wie immer nach Hause fahren, seine Frau Sabine liebevoll begrüßen und noch mal nach den schlafenden Kindern sehen, bevor er sich mit seiner Frau zu Bett begibt. Fragt sich nur noch, trinkt er am heutigen Abend noch ein kaltes Bier oder nicht?

Kapitel 2 – Der Heimweg

Michael Yukki Brenner, Kriminalhauptkommissar im LKA Düsseldorf fährt mit dem schönen Gefühl jetzt Dienstschluss zu haben über die Rheinkniebrücke Richtung Oberkassel, um seinen Vater in Düsseldorf Heerdt zu besuchen. Das Schiebedach und das Fahrerfenster sind geöffnet und Michael genießt die sommerliche Hitze. Michael gehört zu den beneidenswerten Menschen, denen die Hitze so schnell nichts anhaben kann. Im Gegenteil, ist es mal unter 25 Grad, wird sofort der Sommer-schal zum Einsatz gebracht. Der sommerliche Spaßvirus hat ihn erfasst. Der Düsseldorfer Schmelztiegel der guten Laune ist halt ansteckend und kann so manches Mal über den trüben beruflichen Alltag hinweg helfen. Auch heute hat er das Gefühl, dass ihn nichts aus der Bahn werfen kann. Da schallt aus seinem Handy der Soundtrack von Magnum P.I. Eine Detektivserie aus den Achtzigern, die auf Hawaii spielte und der Hauptdarsteller Thomas Magnum seine Fälle in einer unnachahmlichen Naivität, aber auch kurzweiligen Art löste. Die markantesten Eindrücke aus dieser Fernsehserie der achtziger Jahre waren wohl der rote Ferrari 308 GTS und die absolut aufs Wort gehorchenden schwarzen Dobermannrüden Zeus und Apollo. Diese Serie hatte ihn durch seine Jugend begleitet. Dienstagabend, ARD, 21:15 Uhr schallte die Titelmusik von Mike Post und Pete Carpenter aus dem Philips Leonardo Röhrenfernseher in der Werkstatt seines Vaters. Zusammen schauten sie sich die Serie an und schwärmten immer wieder vom roten Ferrari.

Michael, so wird er von seinen Freunden und Kollegen in der englischen Aussprache gerufen weiß sofort, dass sein Dezernat anruft.
„Mist",
faucht er und schlägt mit der rechten Hand verärgert auf das Lenkrad.
„Jetzt ist es gleich zwölf und Dad wollte mir dringend noch etwas erzählen. Er wird enttäuscht sein",
schießt es ihm wie eine Kugel durch den Kopf. Er tippt die grüne Taste seines IPhones und schon gleich krächzt es durch die nachträglich installierte Freisprecheinrichtung.
„Michael, bist du es?"

„Wer soll hier wohl sein?",
entgegnet er in seiner bekannten, leicht schnodderigen Art.
„Du musst zum Flughafen fahren. Ein Brand mit Todesfall. Den Straßennamen sende ich dir auf dein GPS, ab da kannst du den Einsatzfahrzeugen der Feuerwehr folgen und sorry für den kaputten Feierabend."
„Danke und kein Problem, du kannst ja nichts dafür. Ciao Jenny."
Schon leicht besser gelaunt, verabschiedet sich Michael. Jenny ist ein Sonnenschein. Gerade hatte sie alle notwendigen Prüfungen bestanden und ist seit gut zehn Monaten bei der Truppe. Trotz ihres jungen Alters von 24 Jahren weiß sie ganz genau, wo ihre Stärken liegen und setzt diese gekonnt ein. Jenny ist ein Organisationstalent und nebenbei hat sie Charme. Sie ist nicht die klassische Blondine, nein, im Gegenteil. Sie ist überdurchschnittlich groß, blond, ein wenig rund um die Hüfte und ihr Gesicht ist voller Sommersprossen. Im Gesamtpaket punktet sie mit ihrem Charme. Man kann es nur schwer beschreiben, sie vermittelt jedem einfach nur ein gutes Gefühl ohne irgendwelche Hintergedanken. Gut, dass Jenny an Board ist. Seitdem sie da ist, ist die Stimmung nicht mehr im Keller und die Kollegen reißen sich mal zusammen. Michael beugt sich ein wenig nach vorn zu seinem IPhone und ruft nach SIRI.
„SIRI, Dad anrufen!"
Es klingelt, es klingelt ein zweites und ein drittes Mal, mit dem vierten Klingeln meldet sich eine ältere sonorere tiefe Stimme:
„Brenner Automobile, Eduard Brenner hier, womit ich kann dienen?"
Eduard Brenner ist Inhaber einer kleinen Kraftfahrzeugreparaturwerkstatt in der Pestalozzistraße in Alt-Heerdt. Diese Werkstatt hat er von seinem Vater Heinrich übernommen und ist jetzt schon in dritter Generation in Familienbesitz. Da er durch den frühen Tod seines Bruders Hubert, der kinderlos geblieben war, eine größere Summe geerbt hatte, betreibt er seine Werkstatt nur noch als Hobby. Er widmet sich nun fast ausschließlich seiner Leidenschaft, dem Restaurieren von Oldtimern.
„Michael hier. Hallo Paps, wie geht's? Alles klar?"
„Alles in Ordnung? Es ist spät. Bist du schon auf dem Weg? Wann bist da? Dann stell' ich schon die Alten auf die Bank."
Die Alten auf die Bank stellen bedeutet, dass sie sich in die Werkstatt setzen und ein Altbier trinken würden. Die Alten heißt übersetzt, zwei

Flaschen Füchsen-Altbier auf die Werkbank stellen. Diese Floskel ist ihnen bei irgendeinem ihrer gemeinsamen Abende eingefallen, denn ihnen fiel keine Mehrzahl ein. Es heißt, das Alt oder das Altbier. Bei einer Bestellung in der Kneipe ruft man ein Alt, zwei Alt, aber eine Mehrzahl gibt es nicht und so das selbstkreierte Wortspiel. Dabei lachten die beiden damals so laut, dass sogar Leo der Zweite, ein achtjähriger Grautiger, erschrocken vom Sofa aufgesprungen war. Leo ist eine äußerst groß gewachsene Deutsche Dogge und war als Welpe das Geschenk von Michael an seinen Vater.
„Sorry, tut mir Leid, kann nicht. Hab gerade einen Anruf erhalten, Notfall, bin wieder im Dienst."
„Alles klar. Schade, aber da kann man halt nichts machen. Rufst du morgen mal an?"
„Mach' ich und schlaf gut."
„Pass auf dich auf, Sohn!"
Mit dem schlichten Wort Sohn unterstrich Eduard Brenner immer, dass er fürchterlich stolz auf seinen Sohn Michael ist, aber es selbstverständlich nie so deutlich zeigen würde. Michael weiß aber dennoch Bescheid. Nach dem Tod der Mutter Tomoko vor Jahren waren die beiden noch inniger zusammengewachsen. Nicht dieser Vater und Freund - abgedroschene Plattitüde, nein eine tiefe Vater–Sohn–Liebe, fundamentiert auf gegenseitigem Vertrauen und Respekt. Das Vertrauen in die Stärken des jeweils anderen und den natürlichen Vater-Sohn-Respekt schmiedete ein unzerstörbares Band zwischen den beiden. Wie ein Stahlband aus einem Krupp Hochofen!
Tomoko Brenner, die Mutter von Michael war eine gebürtige Japanerin aus Tochigi der Provinz Shimotsuke und Absolventin der berühmten Keiko Universität in Tokio. Während des Studiums belegte sie die Wahlfächer Deutsche Sprache und Europäisches Wirtschaftsrecht. Ihr damaliger Gastdozent Professor Doktor Christoph Wolf der Universität Hannover verstand es wie kein anderer, die Studenten für diese doch recht trockenen Themen zu begeistern. Darüber hinaus gelang es ihm, den Studenten auch die verschiedensten Sichtweisen und in großen Teilen die unterschiedlichen Mentalitäten in der Europäischen Union nahe zu bringen. Tomoko freundete sich schnell mit der deutschen Mentalität an, da sie der ihren entsprach. Auch die Neugierde der deutschen Geschichte sowie die traurigen Verflechtungen beider

Länder im zweiten Weltkrieg hielt sie für einen wichtigen Bestandteil des Grundwissens auf ihrer ganz privaten Wissensagenda. Als Austauschstudentin führte sie ihr Weg zur Rheinischen-Westfälischen Technischen Hochschule nach Aachen. Um ihr Sprachentalent nach dem Studium zu nutzen, trat sie nach dem Studium der Wirtschaftswissenschaften einen Job bei der Pharma Industries Deutschland in Düsseldorf an. Die Entscheidung in Deutschland zu bleiben fiel ihr schwer, aber bereut hatte sie es nie.

Kapitel 3 – Das brennende Kreuz

Michael verlässt die Rheinkniebrücke in Richtung Düsseldorfer Straße in Oberkassel. Am Ende der Düsseldorfer biegt er links in Richtung Heerdt auf der Belsenstraße ab. Kurz vor der Autobahnbrücke ordnet er sich rechts in Richtung des neuen Vodafone Centers ein und nutzt die brandneue Auffahrt auf die B7, Brüsseler Straße. Michael setzt noch das mobile Blaulicht auf das Dach und schaltet es ein. Das Blaulicht und die im Kühlergrill versteckten blauen Signallampen leuchten nun in Warnstufe auf. Da die Straßen frei sind, verzichtet er auf das Signalhorn. Nun tritt er aufs Gaspedal und zelebriert den klassischen Kickdown eines Automatikgetriebes. Der 320-PS-starke, Achtzylinder-Mercedes-Benz E 500, Baujahr 1994 kreischt leicht auf, um dann in den für diese Fahrzeugklasse typischen unnachahmlichen Angriffsmodus zu gehen. Das Hinterteil des Fahrzeugs senkt sich leicht und die Hinterräder graben sich in die Straße. Wegen der Kurvenlage ist ein leichter Drift nicht zu verhindern. Und jetzt kommt der Daimler auf Fahrt und reißt förmlich den Asphalt auf. Wie bei einem Flugzeugstart wird Michael in den schwarzen Ledersitz gedrückt. Er genießt diesen Luxus, ungestraft so richtig auf den Pin zu drücken. Mit offenem Fenster und Stahlschiebedach in einer warmen Sommernacht durch Düsseldorf zu sprinten. Auf der Autobahn mit hoher Geschwindigkeit von A nach B zu jagen ist für ihn ein notwendiges Übel, aber den Anzug seines starken Achtzylinders deutscher Ingenieurskunst zu spüren, treibt sein Adrenalin in die Höhe.

Es war dasselbe Gefühl, dass er stets spürte, wenn er mit seinem Vater und seinem Onkel Hubert zum Nürburg Ring fuhr, um einige Runden zu drehen. Hierzu benutzen sie immer andere Fahrzeuge. Hubert Brenner hatte eine Mercedes-Benz-Vertretung in einem kleinen Ort in der Eifel. Zu jedem Renn-Event brachte er ein anderes Auto mit. Mercedes-Benz S-Klasse, E-Klasse, 190er, SL, aber auch die Fahrzeuge der Konkurrenz wurden nicht verschont. Den größten Spaß bereitete ihnen das Testen im direkten Vergleich. Hierzu mussten sie Hubert von zu Hause abholen. Er wohnte mit seiner Frau Ingrid in einer am Waldrand gelegenen kleinen, aber feinen weißen 150 Quadratmeter

großen Villa. Die Vierfachgarage war zu ebener Erde, sodass man zum Hauseingang eine Treppe hinaufgehen musste. Jedes Mal wetteten er und sein Vater, welche Modelle Hubert diesmal zur Testfahrt bereitstellen würde. Ein beeindruckendes Erlebnis war der Kampf in der Sportwagenklasse, der Mercedes-Benz SL 500, Baureihe R 129 gegen den Porsche 911, Baureihe 964. Es war wie ein Kampf mit dem Florett, geschmeidig, schnell und scharf. Michaels Geschmack tendierte damals deutlich zum Porsche. Das lag sicherlich daran, dass ein Porsche zur damaligen Zeit ein selteneres Fahrzeug auf der Straße war und deutlich mehr Jugend ausstrahlte. Der ultimative Showdown war dann der E 500, Baureihe E 124 gegen den BMW M5, Baureihe E34. Hier war der Vergleich mit einem Breitschwertkampf nicht übertrieben. Zwei Limousinen, die sich nichts schenkten, aber für den einhelligen Geschmack der Familie Brenner lag der Daimler vorn. Gerade jener E 500 Limited in Saphirschwarzmetallic befand sich dann später im Nachlass von Patenonkel Hubert. Michael ehrt dieses Auto, weil er so viele gute Erinnerungen mit ihm verbindet. Da dieses Auto sicherlich für Laien aussieht wie ein altes Mercedes Model der E-Klasse, so ist für Kenner sofort deutlich, mit welcher geballten Kraft er es zu tun hat. Michael liebt es, wenn er von Halbstarken unterschätzt und an Ampeln oder Kreuzungen zu kleinen Sprintduellen gefordert wird. Nicht selten fällt ihnen die Kinnlade auf den Asphalt, wenn sie nur noch am Abgasrohr schnüffeln dürfen. Michaels deutlich junges und sportliches Erscheinungsbild steht im starken Kontrast zu seinem E 500. Aber gerade diesen Kontrast liebt Michael und spielt diese Karte bei jedweder Gelegenheit gekonnt aus. Er erreicht das Flughafen Areal und die freundliche Damenstimme aus dem Navi stöhnt ihm entgegen: „Sie haben ihr Ziel erreicht. Das Ziel befindet sich links."
Diesen kleinen Wunsch hatte ihm Bernhard erfüllt. Bernhard, ein Computer Ass, wohnt zurückgezogen in Ratingen, im Kreis Mettmann und er hatte die Stimme des Navigationsgerätes leicht modifiziert, sodass es sich fast anhörte als hätte man eine Sexhotline angerufen. „Ich steh' halt auf so was",
hatte Michael Bernhard nur gesagt, als der nur noch mit dem Kopf schüttelte und Michael davonfuhr. Da vorn ein Einsatzwagen der Feuerwehr, jetzt schnell dranbleiben, denkt sich Michael und reißt das Lenkrad rum. Ein Konvoy von Einsatzfahrzeugen jagt durch die dunkle

und schwülheiße Nacht. Nach gut fünf Kilometern sieht er trotz der Dunkelheit die großen grauschwarzen Rauchwolken daher ziehen. Er nähert sich der Polizeiabsperrung und ein junger Beamter in Uniform schreitet strammen Schrittes zu seinem Wagen und leuchtet ihm mit der Taschenlampe ins Gesicht.
„Mein Name ist Polizeimeister Thomas Meyfus. Ich kann Sie hier nicht weiterfahren lassen. Polizeiliche Sperrung zur Untersuchung eines Unglücksortes."
Den letzten Satz fügte Polizeimeister Meyfus gerne hinzu, um neugierigen Schaulustigen die Nachfrage zu ersparen. Michael hält seinen Dienstausweis aus dem geöffneten Fenster und erwidert:
„Was haben wir denn da, Herr Polizeimeister? Können sie mir schon etwas sagen?"
Polizeimeister Thomas Meyfus richtet die Taschenlampe auf den Ausweis und nimmt schlagartig eine aufrechtere Haltung an.
„Tut mir leid Herr Kriminalhauptkommissar, ich habe nur gehört, es soll wohl eine ziemliche Sauerei sein. Für die Person kam leider jede Hilfe zu spät. Nur gut das der Flughafenverkehr schon eingestellt wurde und nicht gestört wird. Darf ich empfehlen, Ihr Auto dort drüben abzustellen. Sie wollen doch kein durchgeräuchertes Auto, oder?"
„Danke für den Tipp. Wie war noch der Name?"
„Polizeimeister Thomas Meyfus, Herr Kriminalhauptkommissar."
Michael winkt ab und schaltet den Wahlhebel auf ‚D' und fährt den Wagen beiseite. Zu Fuß in seinen neuen braun-weißen Sportschuhen macht er sich auf den Weg zum Ort des Geschehens.
„So ein Dreck. Meine neuen Schuhe",
brummelt Michael vor sich hin und läuft dabei im leichten Dauerlauf.
„Oh, das hätt' ich mir ja denken können, die One-Man-Zombie-Abteilung des LKA betritt die Bühne",
so wird er von Herrn Polizeioberkommissar Konrad Burgmeister mit dem spottenden Unterton eines Altgedienten begrüßt.
„Dir auch einen schönen Abend, Konny. Was haben wir da?"
Michael und Konny kannten sich schon seit geraumer Zeit und der erste gemeinsame Fall einer okkulten Nazimördergruppe brachte ihm den zweifelhaften Namen der One-Man-Zombie-Abteilung ein. Michael nahm's gelassen.

„So etwas habe ich in meiner 30-jährigen Arbeit noch nicht gehabt. Grausam! Aber komm, mach dir ein Bild vom Tatort, bevor die Feuerwehr alle Beweise restlos vernichtet hat. Dann gebe ich dir die ersten vorläufigen Details."
„O.k., geh vor."
„Hier entlang", sagt er und geht leichtfüßig voran.
Man möchte es kaum glauben, aber Konrad mit seinen 55 Jahren, 100 kg Körpergewicht bei 1,85 m Größe ist noch verdammt gut und schnell unterwegs, schießt es Michael durch den Kopf. Sie nähern sich dem Tatort und der Rauch nimmt deutlich zu. Plötzlich dreht sich Konrad um und fragt:
„Hast du die Ärzteausrüstung dabei?"
Damit meint er die Schutzkleidung zur Vermeidung der Tatortkontamination.
„Nein, sorry, war schon im Feierabend und nach dem letzten Einsatz habe ich es nicht wieder aufgefüllt."
„Komm, da vorn steht Frau Dr. Layla, die rüstet uns aus."
„Dr. Layla? Wer ist das? Heißt sie wirklich mit Nachnamen Layla?"
„Ach quatsch, aber ich kann mir den Nachnamen nicht merken. Ich glaube, irgendetwas Arabisches. Aber der Vorname ist klasse. Kann man sich gut merken, oder? Sie ist unsere neue Pathologin und seit ungefähr 4 Monaten dabei."
Frau Dr. Layla ist eine groß gewachsen, schlanke junge Frau. So in den Dreißigern schätzt Michael. Obwohl der Vorname aus dem arabischen Raum stammt - es heißt frei übersetzt, die in der Nacht geborene - war ihr Aussehen eher mit einer südeuropäischen Frau zu vergleichen. Kastanienbraune Augen und ein leicht gebräunter Teint. Mehr kann Michael in der Dunkelheit, dem Scheinwerferlicht, dem Rauch und ihrer Schutzbekleidung nicht erkennen. Sie nähern sich der Pathologin und Konrad spricht sie mit einem überaus und für ihn nicht typischen Ton äußerst freundlich an.
„Hallo Frau Doktor, hätten Sie für uns beide noch zwei Sätze Schutzkleidung?"
„So freundlich? Was ist mit dir los? So kenn ich dich gar nicht", zischt Michael Konrad zu und grinst ihn fragend an.

Vor dem noch dampfenden Bereich steht die Pathologin, mit dem Mundschutz schon auf den Halshöhe runtergezogen und lächelt die beiden Beamten an.
„Guten Abend die Herren. Dort am Einsatzwagen ist noch etwas. Warten Sie, ich komme zu ihnen."
Mit schnellem und sicherem Tritt ist sie bei Michael und Konrad.
„Hallo Konny. Guten Abend Herr …"
„Herr Kriminalhauptkommissar Michael Brenner, LKA Düsseldorf."
Konrad oder für Frau Dr. Layla auch schon Konny, fühlt sich bewogen, ihn vorzustellen.
„Guten Abend Frau Dr. Layla oder wie darf ich sie ansprechen?"
„Dr. Layla Abd-al-Rahman, aber nennen Sie mich ruhig Dr. Layla oder nur Layla, Herr Kollege."
„Aber nur, wenn Sie Michael zu mir sagen."
„Ah, auch ein Kind mit nicht germanischem Ursprung."
Dabei muss sie über ihre eigene Wortwahl schmunzeln und ihr Mund und ihre Augen zieren ein paar Lachfalten. Es ist deutlich zu sehen, dass sie ein lebensfroher, freundlicher Mensch ist. Was macht sie nur an einem so gottverlassenen Ort, fragt sich Michael.
„Meine Mutter ist Japanerin und mein Vater ist deutsch."
Absichtlich verschweigt er, dass seine Mutter schon längst von ihm gegangen ist, um jetzt keine unnötigen Beileidsbekundungen entgegennehmen zu müssen.
„Willkommen im Klub, mein Vater kommt aus dem Iran und meine Mutter ist deutsch", erwidert sie mit einem leichten Lächeln.
Layla dreht sich, wendet sich dem Einsatzwagen zu und öffnet schwungvoll die hinteren Türen des Mercedes – Benz in weißer Ausführung. Beim Öffnen schaltete sich automatisch eine großzügig dimensionierte Innenbeleuchtung an. Der Bereich des Vito gleicht einem fahrenden Labor, in dem sogar Operationen möglich wären. Auf der gegenüberliegenden Abtrennung zur Fahrerkabine ist ein kleines rechteckiges Fenster mit Schiebefunktion. Darunter, wie eingemeißelt, ein Regal mit unzähligen kleinen Schubladen aus durchsichtigem, leicht grünem Plastik, wie man es aus dem Krankenhaus kennt. Im Inneren kann man Einwegspritzen und weiteres medizinisches Einwegmaterial erkennen. Zur Linken ist eine Trage, falls wider Erwarten doch noch ein Mensch lebend geborgen werden könnte. Über der Trage befinden

sich Vorrichtungen zur ersten ärztlichen Versorgung, wie der Tragearm für den Infusionstropf. Zur Rechten ist die Möglichkeit einzusteigen und sich in einem schmalen Gang zu einem ausklappbaren Sitz mit Gurt zu bewegen. In diesem Bereich unter der Trage sind größere Schubladen aus Edelstahl. Layla springt gekonnt in den Vito, setzt sich auf den Notsitz und öffnet eine der Edelstahlschubladen.
„Welche Größe Michael, L ist o.k.? Deine Größe weiß ich noch, Konny", ruft sie und lacht wieder als wäre ihr Aufenthalt hier ein Familientreffen. Michael sah das Ganze positiv, vielleicht ist sie das einzige Licht in solchen dunkeln Stunden. Warum auch nicht.
„L ist klasse."
Und schon fliegt ein Tatort-Schutzanzugs-Kitt SOCO Größe L durch die Luft. Michael fängt es locker mit einer Hand und sitzt sofort auf dem Heckrahmen des Vitos, um sich den Anzug anzuziehen. Das Kitt besteht aus einem Schutzanzug gemäß Euronorm und Deutscher Industrienorm gegen Partikel, Infektionserreger, Viren, Pestiziden und noch so einiges vieles mehr, was zur modernen Tatortermittlung wichtig ist. Jetzt zieht er sich die Überstiefel über seine Sportschuhe an, die Schutzmaske zieht er sich über den Mund bis zum Hals, wo sie zwecks weiterer Kommunikation erst einmal verbleibt. Die Schutzbrille wird wie eine Sonnenbrille auf dem Kopf gesetzt. Nun werden die blauen Nitril-Schutzhandschuhe übergestreift. Soweit fertig mit der Vorbereitung blickt er zu Konny rüber und da jetzt eine gewisse Uniformität besteht, wird er ihn gleich nur noch an seinem kleinen Bauch erkennen. Layla schaut sich die beiden Herren an und schmunzelnd fragt sie:
„Sind die Herren Kollegen einsatzbereit?"
„Alles klar, wir können. Bitte geh' vor."
Dabei richtet sich Michael aus der gebückten Haltung auf und zieht Mund- und Augenschutz auf. Konny winkt ab und setzt sich in Bewegung. Der Tatort befindet sich gut 150 Meter vom Einsatzwagen entfernt und führt sie durch hohes Gras, umgestürzte Bäume und abgebrochene Äste. Layla schreit ihren Kollegen zu:
„Passt bitte auf. Hier sind viele Hindernisse. Nicht, dass ihr mir auf die Nase fallt."
„Hab es schon gemerkt. Hätte ich das gewusst. Meine Trekkingschuhe stehen zu Hause im Schrank", faucht Konny.

„Ich schwitze, wie bei meinem letzten Marathon. Ist es noch weit?",
prustet Michael. Layla bleibt stehen und antwortet Michael:
„Gleich haben wir den halben Weg geschafft. Das, was ihr dann dort
sehen werdet, habt ihr mit Sicherheit noch nie gesehen. Grausam,
einfach nur grausam!"
Leicht kopfschüttelnd geht sie weiter. Man sieht es zwar nicht, aber das
soeben kennengelernte, jetzt unter dem Mundschutz versteckte Lächeln
scheint zu Stein zu gefrieren. Nach der Hälfte des Weges gelangen sie
zu einer gut 1000 Quadratmeter großen Lichtung. Tannen, Birken und
Eichen zeichnen ein düsteres mittelalterliches Bild, wie bei einer
Hexenverbrennung. Die seit Wochen, auch nachts anhaltende große
Hitze, der langsam anbrechende Tag und das verdunstende
Löschwasser der Feuerwehr sorgen für ein Zwielicht. Wie Wanderer
stapfen sie durch einen weißen Nebelsee zu ihren Füssen. Michael
läuft jetzt der Schweiß kalt den Rücken runter. Nebel erstreckt sich
über die Lichtung und in der Mitte steht ein gespenstig anmutendes
riesengroßes Kreuz. Michael bleibt stehen und hält Konny am Ärmel.
„Was haben wir?"
„Nimm den ersten Eindruck und die Atmosphäre auf, wie ich es dir
beigebracht habe", antwortet Konny. Layla hat zwar nicht verstanden,
was die beiden miteinander besprochen haben, bleibt aber auch neben
ihnen stehen und schaut auf die Lichtung. Konny und Michael stehen
wie Götzenstatuen kerzengerade, durchdringen die Lichtung und
suchen den Tatort nach irgendwelchen Kleinigkeiten ab. Diese Details,
die im Unterbewusstsein gespeichert werden, können in den meisten
Fällen zur Lösung des Falls beitragen. Nach gefühlten zehn Minuten
fragt Konny Michael:
„Was fällt Dir auf?"
„Das Kreuz ist so anders. Es sieht aus wie ein ‚T'."
„Richtig, und was sagt dir der Ort?"
„Es sind hier mehrere Zeichen und Symbole zu sehen. Eins ist klar, der
Tatort sollte gesehen werden, aber nicht zu früh. Aber warum?"
„Komm wir gehen näher ran. Dann wirst du es sehen."
Konny schreitet mit Bedacht weiter und lässt wie ein Spürhund seine
Nase und seine Augen nach allen Seiten wandern. Michael verharrt
noch einen Augenblick in dieser bizarren Szenerie und folgt dann

Konny. Da Layla den Tatort vor ihnen schon betreten hatte, erwartete sie die beiden zehn Meter vor dem Kreuz.
„Näher ran geht es noch nicht."
Layla, Konny und Michael stehen gemeinsam vor dem Kreuz und mit einem tiefen Entsetzen betrachten sie das Bild des Schreckens. Aus dem Wassernebel ragt ein verbranntes Holzkreuz, bestehend aus Vierkantholzbohlen in T-Form. An dem verkohlten schwarzbraunen Holzkreuz hängt - man kann es auf die Entfernung nur schemenhaft erkennen - ein gekreuzigter und verbrannter menschlicher Körper. Michael greift in die Tasche seiner Jeans und zieht aus der Gesäßtasche sein Diktiergerät. Dicht vor dem Mund haltend fängt er an die ersten Daten stenographisch in das Gerät zu sprechen.
„K-Akte, Nummer folgt – Düsseldorf, Donnerstag, 22.8.; 4:45 Uhr; Flughafen Düsseldorf, 2000 Meter tief im südlichen Waldgebiet der Ausläufer Lande- und Startbahn – Waldlichtung, Fläche circa 1000 Quadratmeter. Mittig der Lichtung ein Kreuz in T-Form. Das Kreuz ist circa drei Meter hoch und zwei Meter breit. An dem Kreuz ist ein menschlicher Körper befestigt. Kreuz und Mensch wurden verbrannt."
Dann holt er tief Luft und fährt fort:
„Erste Eindrücke und Vermutungen. Leiche scheint männlich. Es sieht wie eine Kreuzigung aus. Frage. Ist die Form des Kreuzes beabsichtigt? Recherche. Die Lage des Tatorts scheint bewusst so gewählt, dass die Entdeckung nicht zu früh geschah und somit der Körper verbrennen konnte. Zum jetzigen Zeitpunkt keine Hinweise auf Identifikation des Opfers oder Täter. Keine Zeugen ermittelt. Kein Fahrzeug oder Ähnliches aufgefunden."
Konny dreht sich zu Michael. Mit einem verstörten Geschichtsausdruck fragt er:
„Hast du so etwas schon mal gesehen?"
„Nein, noch nie. Wer tut so etwas und warum? Das ist ganz klar von langer Hand vorbereitet worden. Hier ist kein Platz für Zufälle", arbeitet Michael die ersten Eindrücke auf. Jetzt schaltet sich Layla ins Gespräch ein:
„Die SPUSI ist soweit fertig. Wir können näher rangehen."
Konny muss immer schmunzeln, wenn der Ausdruck SPUSI genannt wird. Eine recht niedliche Bezeichnung für einen äußerst wichtigen Bereich der Beweissicherung. Die Beweise der Spurensicherung sind

neben den Obduktionsbefunden das Fundament einer jeden Polizeiarbeit. Nach wenigen Metern erreichen sie das Kreuz. Auf Grund der noch großen Hitze müssen sie dennoch einen Abstand von gut eineinhalb Metern halten.
„Sehe ich das richtig? Ist der Körper an das Kreuz genagelt worden und mit einer Art Draht verschnürt worden?",
stellt Michael fragend in die Runde. Layla tritt vorsichtig näher ran:
„Definitiv. Nägel im Fuß- und Handbereich. Dazu noch gefesselt, mit Draht wahrscheinlich."
Ein grausamer Anblick bietet sich den Dreien. Heruntergebranntes Fleisch an Armen und Beinen, teilweise sind Knochen schon sichtbar. Der Körper ist nackt. Trotz der starken Verbrennungen und Verstümmelungen im Genitalbereich ist zu erkennen, dass es sich um eine männliche Person gehandelt haben muss. Das Gesicht und der Kopf sind schwarz runtergebrannt. Sämtliche Haare verbrannt. Leere Augenhöhlen starren die Drei an. Ein widerlich starker Geruch von Benzin und verbranntem Fleisch liegt in der Luft. Wie ein geheimes Zeichen und wie verabredet schauen sich Konny und Michael gleichzeitig an. Ein leichtes Kopfnicken und beide sind im Bilde. Michael wendet sich Layla zu:
„Wir gehen jetzt, er gehört dir. Wann darf ich mit den ersten vorläufigen Ergebnissen rechnen?"
„Heute Abend. Sagen wir um 18:00 Uhr in meinem Büro", entgegnet Layla. Michael und Konny nicken und verabschieden sich. Nach 30 Metern reißen sie sich die Masken und die Brillen vom Gesicht.
„Ich krieg bald keine Luft mehr!", stöhnt Konny.
„Ich glaub mein Hamburger von gestern Abend will sich rückwärts verabschieden", röchelt Michael mit einem leicht grünlichgelben Gesicht.
„Mach keine Dummheiten. Reiß dich zusammen", stammelt Konny.
„Geht schon. Ich wollt' dir nur einen Schrecken einjagen", grinst Michael.
„Ist dir gelungen. Aber ganz ehrlich? Du siehst aber auch ziemlich übel aus."
„Danke für die Blumen."
„Komm lass uns hinter der Absperrung an deinem Wagen alles Weitere besprechen."

Ihre Schritte werden deutlich schneller, als wären die Hindernisse vom Hinweg weggefegt worden. Hinter der Absperrung reißen sie sich die Schutzschuhe und -anzug vom Leib.
„Schau dir das an! Durchgeschwitzt bis aufs Hemd."
Deutlich sieht man große nasse Flecken auf Michaels blauem T-Shirt.
„Egal, du musst doch ohnehin duschen und haust dich noch aufs Ohr oder nicht?"
„Klar, aber so durch war ich mit der Nummer noch nie."
„Wo steht dein Wagen?"
„Da vorn. Komm ich habe noch Wasser im Auto."
„Klasse!"
Vollkommen außer Atem und durchgeschwitzt erreichen sie den Daimler und Michael öffnet per Knopfdruck am Schlüssel den Kofferraum.
„Keine Sorge, dass Wasser müsste noch kühl sein. Ich hab's kurz vor dem Einsatz aus der Kühltheke an einer Tankstelle gekauft."
„Schwein gehabt."
Michael wirft Konny eine PET-Halbliterflasche Wasser entgegen. Fast in einem Zug sind die Flaschen geleert und Michael fragt Konny:
„Wie sollen wir jetzt verbleiben? Rufst du morgen im Dezernat an und forderst mich an?"
„Ja, mach ich, wenn nur dieser dämliche Papierkram nicht wäre, in fünffacher Ausfertigung."
„Ich dachte, ihr hättet jetzt wieder eine Assistentin eingestellt."
„Stimmt, du hast Recht, gerade seit zwei Monaten. Die habe ich noch nicht auf dem Monitor."
„Ja dann soll das wohl schnell gehen."
„Dann ruf ich an, bestätige wie immer vorab per Mail und den Rest erledigt Frau Mai."
„Hübscher Name."
„Was ist daran hübsch?"
„Ach, du weißt, Wonnemonat und so."
„Okay. Über den Fall sprechen wir morgen. Ich muss nach Hause. Ein Glas Whiskey und ab in die Falle."
„So machen wir es. Also bis morgen 18:00 Uhr bei Layla im Büro."
„Bis morgen."
Dabei schaut Konny auf den Daimler und ergänzt:

„Du weißt, wenn du den Wagen verkaufen willst … Der gehört dann mir."
„Ja, ja schon klar, jetzt hau schon ab!" Konny lächelt, dreht sich um und trottet in Richtung aufgehende Sonne.

Kapitel 4 – Die Ermittlung

Auf der Waldlichtung laufen derweil die Untersuchungen der Spurensicherung auf Hochtouren. Und noch immer erschweren die drückende Hitze, der Löschnebel und der beißende Geruch verbrannten Fleisches die Untersuchungen. Wie ein Uhrwerk wird der standardisierte Prozess durchlaufen und sieht vor, dass die Lichtung auf Fuß-, Faser- und anderen Spuren abgesucht wird. Der Zugang zum Kreuz ist nun möglich, ohne weitere Spuren zu vernichten. Durch den Einsatz des Löschwassers wurde ohnehin schon fast alles zerstört. Die Evakuierung des Leichnams beginnt. Da das Kreuz sehr groß ist, ist Polizeimeister Thomas Meyfus zu dem gut 5 Kilometer entfernten Bauernhof geschickt worden. Dort konnte er den Landwirt überzeugen ihnen seinen Traktor für den Tatorteinsatz zu überlassen. Ein seltsam anmutender Anblick bietet sich den Kollegen der SPUSI, als sich Thomas mit einem knallroten Frontlader-Traktor vom Typ Massey Ferguson 595 A, Baujahr aus den späten Siebzigern, vorsichtig dem Tatort nähert. Er rangiert den Traktor auf die Rückseite des Kreuzes und hebt die Schaufel auf die Höhe des Querbalkens. Dort verharrt die Schaufel. Thomas stellt den Traktor in den Leerlauf und steigt mit einem gekonnten Schwung ab. Der Leiter der Spurensicherung, Hauptkommissar Meierhofer geht auf Thomas zu und teilt ihm in einem deutlichen Befehlston die weitere Vorgehensweise mit.

„So, wir werden nun mit Hilfe einer Leiter die Querbalken an der Schaufel befestigen. Wir lassen Spiel, sodass sich das Kreuz kontrolliert neigt. Ein Kollege wird mit der Kettensäge das Kreuz absägen. Auf unser Zeichen hin fährst du vorsichtig rückwärts. O.k.?"
„Alles klar. Wie sieht das Zeichen aus?"
„Ich werde den Arm langsam senken und in diesem Tempo fährst du rückwärts."
„O.k., ich warte auf ihr Zeichen."
Thomas nimmt wieder Platz im Traktorführerhaus und beobachtet mit scharfem Blick die Ereignisse direkt vor dem Traktor. Ein Kollege der SPUSI, bewaffnet mit einem großen Schutzhelm und einer Stiehl-Kettensäge, sägt behutsam einen Keil circa 30 cm oberhalb der

Grasnarbe. Bei zunehmender Fertigstellung des Keils sengt Meierhofer den rechten Arm. Das bereits eingeschaltete Warnlicht signalisiert allen SPUSI-Mitarbeitern die Evakuierung des Leichnams. Thomas legt den Rückwärtsgang ein und lässt die Kupplung langsam kommen. Hinter dem Traktor sichert ein weiterer Kollege die Rückwärtsfahrt, denn Thomas hat beide Hände voll zu tun, die Schaufel zu bedienen. Das Kreuz lehnt sich mit einem starken Ruck gegen die Schaufel. Alle Beteiligten beobachten die äußerst bizarre Szenerie. Jetzt reißt an der gesägten Keilstelle das Kreuz ab und fällt mit einem weiteren Ruck auf den mittlerweile durch Löschwasser durchsumpften Waldboden. Thomas rangiert den Traktor noch weitere 2 Meter, bis Meierhofer das Zeichen für Stopp erteilt. Das Kreuz befindet sich nun in einem 20 Grad Winkel, circa 1,5 Meter über dem Boden. An der Schaufel und auf dem Boden wird das Kreuz jetzt vorsichtig fixiert, um den toten Körper vorläufig zu untersuchen und dann zu bergen. Layla nähert sich mit ihrem Untersuchungskoffer dem Toten, stellt den Koffer ab und greift zu ihrem Diktiergerät. Damit die Schreibkraft in der Autopsie alles deutlich versteht, zieht sie den Mundschutz, wider besseres Wissen, ein wenig hoch und beginnt die Sichtuntersuchung.
Ihr zur Seite steht Meierhofer mit einer Spheron Scene Cam. Diese High-Resolution-Kamera ist seit gut einem Jahr erfolgreich bei der Spurensicherung im Einsatz. Die installierte Software ermöglicht eine dreidimensionale Darstellung. Weitere Features sind das Vermessen und die Darstellung sämtlicher Distanzen. Eine nahezu perfekte Tatortdarstellung ermöglicht so, im Nachgang weitere Kenntnisse zu gewinnen und Schlussfolgerungen zu ziehen.
Layla zeigt mit ihrem handschuhverpackten Zeigerfinger auf die zusammengebundenen Füße. Meierhofer, ein Mann mit anerkannt großer Erfahrung, startet die Fotoserie und bewegt die Kamera hierzu gekonnt in alle nur erdenklichen Positionen. Parallel diktiert Layla ihre Befunde in das Diktiergerät. Nach 35 Minuten gibt Layla das Zeichen zur Bergung des Körpers. Mit insgesamt vier Beamten wird der Körper von den Fesselungen befreit. Auch dieser Vorgang wird von Meierhofer peinlichst genau im Bild festgehalten. Auf Kommando wird nun der Leichnam vorsichtig angehoben und in einem schwarzen Leichensack auf die bereitgestellte Bahre gelegt. Der Reißverschluss wird zugezogen. Zwei Beamte heben die Bare an und setzen sich

Richtung Leichenwagen in Bewegung. Layla verpackt ihr Material und folgt der Leiche in einem größeren Abstand. Am Fahrzeug angekommen, greift sie zu ihrem Handy und ruft in der Autopsie an:
„Kevin, bist du es? Ich versteh dich kaum."
„Ja, hallo, wie geht's?"
„Gut danke. Ich wollte nur durchstellen, dass das Opfer jetzt reinkommt. Bitte bereite schon mal alles vor."
„Gut, bis gleich. Und guten Morgen wünsche ich noch."
„Dir auch, bis gleich."
Layla setzt sich auf die Wagenkante ihres Einsatz-Vans, wo sie sich schlangenartig aus ihrem Schutzanzug pellt. Es ist 6:37 Uhr. Layla setzt sich hinter das Lenkrad und fährt zurück in die Autopsie. Noch zwei Stunden Dienst, dann muss ich aber in die Falle, denkt sie sich und fährt los. Währenddessen verpacken und katalogisieren die Beamten der SPUSI sämtliche Spuren, die sich noch am Kreuz feststellen lassen. Auch für sie endet nun bald eine lange Nacht.
Nachdem sich Michael auf den Weg zu seiner Wohnung gemacht hatte, sind nun wieder 3 Stunden vergangen. Er war verschwitzt in seiner neuen und von ihm selbst renovierten Eigentumswohnung in Düsseldorf Derendorf angekommen. Vor einem Jahr hatte er sich diese Wohnung in der Kühlwetterstraße geleistet. Sie ist nicht groß, nur neunzig Quadratmeter Wohnfläche, drei Zimmer, Küche, Bad. Er hatte die Wohnung in einem unrenovierten schlechten Zustand gekauft und sie von Grund auf modernisiert. Seine erste Aktion bestand darin, sich einen Abrisstrupp zu organisieren. Vier starke Kerle. Sie sahen aus, als hätten sie in ihrer Jugend in Anabolika gebadet. Innerhalb von einer Woche waren die Fliesen im Bad und in der Küche runtergeschlagen, die Tapeten entfernt und der PVC Fußboden entfernt. Dann begann für Michael die Kür, so nannte er es immer. Er entfernte vorsichtig und unter fachmännischer Anleitung seines alten Schulfreundes Andreas sämtliche Elektroleitungen, Wasser- und Abwasserverrohrungen. Schon seit Kindesbeinen ist er mit Andreas Kruger befreundet. Gemeinsam mit Andreas, der in diesem Metier tätig ist plante Michael sein neues Eigenheim. Durch Zwangspunkte im Bereich der Sanitärtechnik waren im Bad und Gäste-WC keine großen technischen Veränderungen möglich. Aber in der Elektrotechnik wurde nicht gespart. Die gesamte Wohnung Elektro- und IT-technisch voll

aufgerüstet. In Sachen Ausstattung ließ Michael sich von Andreas Frau Marion beraten. Als Innenarchitektin hat sie Zugang zu sämtlichen Neuheiten und viele kreative Ideen. Das Ergebnis ist eine Wohnung, die Michael am liebsten gar nicht verlässt. Mit Glück hatte er vor kurzem noch eine Garage im Hinterhof des Nachbarhauses ergattern können und so war seine private Wohnqualität auf ein Optimum gestiegen. Es war äußerst lästig, jeden Abend eine halbe bis dreiviertel Stunde um den Block zu fahren, um einen Parkplatz zu finden. Seine Garage ist sogar so groß, dass er jetzt auch sein Motorrad sicher abstellen kann.

Vor seinem Mercedes Benz E 500 steht in der Garage eine Maschine der Marke Triumph. Seine Triumph Speed Triple R ist ein absolutes Monsterbike. In Phantom Black, 1050 Kubikzentimeter, 6 Gang Schaltgetriebe und 135 PS lässt Michael noch jeden Sportwagen stehen. Somit hat Michael sich an der Düssel seine eigene kleine Komfortzone geschaffen, sein ganz persönlicher Rückzugsort. Der nächtliche Einsatz steckt ihm noch fürchterlich in den Knochen, da hilft auch die Dusche nicht. Die Bilder des brennenden Kreuzes gehen ihm nicht mehr aus dem Kopf. Er dreht sich im Bett. Es gelingt ihm, wenn auch nur in unregelmäßigen Abständen, ein wenig Schlaf zu finden.

Kapital 5 – Die Ruhe vor dem Sturm

Die Sonne scheint in Michaels Schlafzimmer, langsam bewegt er sich zur Seite und schlägt die Augen auf. Der Morgen beginnt so wie die Nacht endete – heiß. Mit der rechten Hand greift er nach seinem Wecker. 13:16 Uhr, das ist gut. Nicht zu spät, ich kann noch in Ruhe aufstehen und etwas essen. Mit diesen Gedanken trottet er behäbig ins Bad, an dessen Lichtschalter sich ein Radio befindet, eingestellt auf den Sender Stadt Radio Düsseldorf. Ein gute Laune Song schallt aus dem Radio. Kid Rock, All Summer Long und hellt sein Gesicht auf. Er schaut in den Spiegel und spricht mit sich selbst:
„Oh Gott, siehst du scheiße aus. Selbst Kid Rock sieht besser aus. Mal sehen, was ich aus dir noch basteln kann."
Sagt's und greift zu seinem Langhaarrasierer. Seinen Dreitagebart stutzt er in die richtige Länge. Mit einem Nassrasierer zaubert er noch saubere Konturen in den Bart und noch Zähneputzen. In Shorts stolpert er auf dem Weg zur Küche über seine Sportschuhe, die er schlaftrunken im Flur hat liegen lassen.
„Mist, wie sehen die denn aus? Mit denen kann ich nicht in die Dienststelle", flucht er vor sich hin, packt die Schuhe und stellt sie in die Dusche. Dann holt er sich schnell eine Bürste und schrubbt sie mit warmen Wassern sauber. An die Küche grenzt ein kleiner Balkon in den Innenhof. Er lehnt die Sportschuhe an die Hauswand und geht wieder in die Küche. Per Knopfdruck schaltet er seinen Kaffeevollautomaten an, nimmt eine kleine Pfanne aus dem Schrank und öffnet den Kühlschrank.
„Was haben wir da? Eier! Rührei mit Speck, das geht immer."
Seine Gedanken schweifen im gleichen Moment schon wieder ab und er denkt an den Tatort. Er schüttelt den Kopf, als wolle er die Gedanken rausschütteln und jetzt noch nicht wieder reinlassen. Aus diesem Grund gewöhnte er es sich an, Selbstgespräche zu führen.
„O.k., was haben wir alles? Eier, Milch, Schnittlauch und Speckwürfel. Passt!"
Mit einem Blick auf den Tresen sieht er noch zwei Roggenbrötchen vom Tag zuvor.

„Und ihr kommt noch in den Ofen."
Er schaltet den Ofen an und geht von der Küche in sein Arbeitszimmer. In der Ecke liegt ein brauner, abgegriffener Medizinball, der Michael förmlich anzuschauen scheint. Michael schnappt ihn sich, legt ihn sich zurecht und beginnt mit seinem täglichen Training. Drei Einheiten mit je 30 Liegestützen, bei denen er die Hände auf den Medizinball stützt und dann noch in der umgedrehten Variante. Fertig! Diese kleine Übung braucht er, um richtig in Fahrt zu kommen. Normalerweise gelingt ihm diese Übung ohne einen Schweißtropfen auf seinem Körper oder auf der Stirn zu vergießen, aber heute treibt es Wasser aus seinen Poren, als wären die Schleusen eines Stausees geöffnet worden.
Also noch schnell unter die Dusche. Nach dem kühlen Nass bearbeitet er mit Haargel sein asiatisch tiefschwarzes langes Haar. Mit Kamm und Hand werden sie zurechtgelegt. Deo und Aftershave und schon ist Michael auf dem Weg zu seinem Kleiderschrank. Bluejeans, T-Shirt und Sportschuhe, so sieht sein persönliches Business-Outfit heute aus. Wieder in der Küche bereitet er sich sein Frühstück. Mit Blick auf den Innenhof genießt er noch schnell seinen Kaffee. Da er es hasst, nach Hause zu kommen und den ganzen Geschirrkram noch wegräumen zu müssen, macht er es gleich und stellt ihn in den Geschirrspüler. Zurück im Schlafzimmer geht er zu seinem Kleiderschrank und öffnet die linke Schranktür. Er greift auf Brusthöhe zur hinteren Schrankwand durch. Einmaliges Drücken öffnet einen Ausschnitt von vierzig mal vierzig Zentimeter.
Vor ihm ein Tresor mit elektronischer Zahlenkombination. Mit der täglichen Routine tippt Michael die Kombination ein, öffnet den Tresor und holt seine Dienstwaffe heraus, eine Walther P99Q mit dem Lederhalfter. Er schließt den Tresor, die Verkleidung des Kleiderschranks und zieht die Waffe aus dem Holster. Kurzer Sichtcheck. Gesichert und zurück ins Holster damit. Mit der rechten Hand befestigt er das Schnellziehholster hinten an seinem Gürtel und zieht das T-Shirt darüber. Mit einem Blick auf seinen Breitling Chronograph B01, ein Geschenk seines Großvaters aus Japan, verlässt er die Wohnung. Seine Lederjacke unter dem Arm, springt er wie ein Teenager die Treppen herunter. Er kann es halt nicht lassen. Als er gerade die Haustüre öffnen will, fragt er sich:

„Mit dem Bock oder dem Auto? Heute nehme ich den Bock", beschließt er und lächelt. Mit dem Gedanken biegt er ab und geht die Treppe weiter herunter Richtung Keller. An seinem Kellerverschlag angekommen öffnet er das Vorhängeschloss, geht in seinen Keller und schließt hinter sich die Tür. An der Wand steht ein weißer Kleiderschrank, hier befindet sich Michaels Biker Equipment. Nach der Reihe holt Michael seinen Helm, Rucksack, Motorradlederjacke, Nierengurt und Stiefel heraus. Er zieht sich um und seine Klamotten finden ausreichend Platz im Rucksack. Jetzt kommt er leicht in Zeitdruck, weil er noch gern vor dem Dienst zur Post muss.
Vor der Haustür genießt er noch einen Blick in Richtung Düssel und den riesigen flankierenden Bäume. Mit schnellen Schritten geht er zu seiner Garage. Auf Knopfdruck erhebt sich das schwere Garagentor. Er schließt den Benz auf und fährt ihn rückwärts auf den Hof. Danach holt er sein Bike aus der Garage und lässt es mit laufendem Motor im Hof stehen. Nachdem er den Benz wieder in der Garage verstaut hat, setzt er den Helm auf und setzt sich wieder auf seine Maschine. Behutsam er fährt aus dem Innenhof auf die Kühlwetterstraße, Richtung Grunerstraße. Von der Grunerstraße biegt er nach gut einhundertfünfzig Meter wieder links in die Ahnfeldstraße ab und dabei an seiner Stammkneipe vorbei. Kurz vor dem Ende der Ahnfeldstraße biegt er rechts auf den öffentlichen Parkplatz ab.
An den Wochenenden ist hier immer Markt. Er kauft dort gerne ein. Auch sein Kiez, die Rethelstraße ist für ihn sein persönliches Revier, wo er sich einfach nur wohl fühlt. Hier, wo die 80 Jahre alte Großmama mit ihrem nagelneuen Mercedes Benz CL 600 zum Discounter einkaufen fährt. Hier, wo man im Laden immer noch mit Namen angesprochen wird. Michaels kleiner Kosmos. Auf dem Parkplatz findet er gerade noch eine Lücke für seine Maschine. Michael hat es eilig und so steigt er zügig vom Bike, zieht den Zündschlüssel ab und rennt zur Post. Ein Einschreiben, was kann das wohl sein, denkt er sich und stellt sich ungeduldig in die Schlange.
„Ich hab ja schon ewig kein Einschreiben mehr bekommen.
Was kann das sein?" grübelt er. Die Minuten vergehen wie Stunden und so fängt sein rechter Fuß an, auf den Boden zu schlagen. Schneller bewegt sich die Schlange trotzdem nicht, er kreuzt die Arme vor der

Brust und wirkt ein wenig wie ein kleines trotzköpfiges Kind. Endlich, er ist der Nächste.
„Guten Tag."
„Guten Tag, ich möchte ein Einschreiben abholen."
„Ihr Name und Ihren Ausweis bitte", verlangt der Angestellte.
„Brenner, Michael", murmelt er und fummelt dabei in seiner Jackentasche nach seinem Portemonnaie, um seinen Personalausweis vorzuzeigen. Da hat er es. Er öffnet die schwarze Geldbörse und zieht aus einem Seitenfach den Ausweis. Der Postangestellte nimmt den Ausweis und tippt Namen und die Identifikationsnummer in den Computer. Dann ertönt hinter dem Schalter ein Drucker. Mit trägen Schritten und trüben Blick holt der Postangestellte den Ausdruck.
„Bitte hier unterschreiben."
Der Postangestellte wirft noch einen flüchtigen Blick auf die von Michael geleisteten Unterschriften und gibt das Einschreiben über den Tresen. Michael hat keine Zeit und steckt den Brief in die Innentasche seiner Lederjacke. Beim Hinausgehen zieht er auf dem Bürgersteig seine Handschuhe an, setzt kurz vor dem Bike schon den Helm auf und mit Schwung setzt er sich auf seinen Bock. Helm schließen, Zündschlüssel umgedreht und Starterknopf gedrückt. Mit einem durchdringenden Sound springt die Maschine an. Michael schiebt sie leicht einen Meter rückwärts, um vorwärts vom Parkplatz zu fahren.
„Heute fahr ich durch die Stadt", beschließt er halblaut und lenkt sein Bike Richtung Ende der Rethelstraße. Dort biegt er rechts auf die Grafenberger Allee, hinter dem Wehrhahn fährt er links in die Worringer Straße. Über die Karlsstraße, Graf-Adolf-Straße, an der KÖ vorbei zum Rheinufertunnel und dann zur Völklinger Straße. Vor ihm bohrt sich der hässliche Betonklotz aus dem Boden, das LKA Düsseldorf. Arbeitsplatzatmosphäre im Zeichen der Life-Balance-Bewegung sieht sicherlich anders aus.
Michael lenkt seinen Bock direkt vor das Tor. Er zieht seinen linken Handschuh aus und steckt seine Hand in den sogenannten Torwächterschalter. Seine Hand wird gescannt und in Bruchteilen von Sekunden erkannt. Das Tor öffnet sich von rechts nach links. Die Security-Kamera überwacht den gesamten Vorgang. Michael legt den Handschuh auf den Tacho seiner Maschine, legt den ersten Gang ein und knattert vorsichtig auf das Gelände. Aus dem Wachhaus tritt ihm

ein junger Kollege der Wachmannschaft entgegen. Wachdienst wird durch die Frischlinge absolviert. Frischlinge sind LKA Beamte, die sich im dritten Ausbildungsjahr befinden. Dieser Junge heißt Lukas, Lukas Langer. Michael stoppt.

„Hey Lukas, wie geht's? Alles klar?"
„Hi Michael, ja danke alles o.k. Und bei dir?"
„Ein wenig müde, wie das ebenso ist, wenn man die ganze Nacht auf den Beinen ist. Und diese Nacht war echt krass. Aber was möchtest du?"
„Du hattest mir doch mal erzählt, wo man hier in Düsseldorf super Kampfsport trainieren kann. Ich habe leider den Namen nicht notiert. Wie heißt der Laden nochmal?" Michael sieht das Studio vor seinem geistigen Auge, aber er bekommt den Namen nicht mehr auf die Reihe.
„Scheiße, sorry, ich komm' auch nicht drauf. Ich schau nach und schick dir eine Mail o.k.?"
„Super, das wäre echt klasse! Vielen Dank."
„Kein Thema, aber heute schaffe ich das ganz bestimmt nicht mehr. Bis zum Wochenende hast du den Link. Mach's gut, man sieht sich."
„Ciao."

Lukas dreht sich wieder um und bewegt sich mit wachsamen Augen wieder zurück zum Wachhaus. Der junge Mann war Teilnehmer der freiwilligen Kampfsportausbildung, die Michael in regel-mäßigen Abständen leitet. Lukas war besonders aufgefallen, da er trotz seiner Körpergröße von 1,95 m und muskelbepackten 96 Kilo über einen katzenartigen Bewegungsablauf verfügt. Nach langer Zeit war er der erste, der Michael im direkten Zweikampf das Leben echt schwergemacht hatte. Hierfür hatte er sich den Respekt sämtlicher Teilnehmer erworben. Michael fährt die vorgeschriebene Schrittgeschwindigkeit zu den Motorradparkplätzen und stoppt.

Seit gut vier Wochen hält er sich an die Richtgeschwindigkeit, weil ihm sonst der Standortleiter den Parkschein entziehen würde. Mit dem Helm in der linken Hand geht er zum Haupteingang, wo ihn die Eingangsschleuse erwartet. Da er befugt ist, eine Waffe auch innerhalb des Gebäudes zu tragen, zieht er seine Walther aus dem Holster. Zieht das Magazin heraus, nimmt die Patrone aus dem Lauf und legt das Ganze in eine Schleusenschublade. Jetzt geht er zum Scanner. Ein Geschichts- und Handscanner. Michael legt sein Kinn auf ein Polster und starrt auf ein Kreuz in Augenhöhe. Parallel liegt die rechte Hand auf dem Handscanner. Der Scann-Vorgang dauert gerade mal 0,5 Sekunden. Er betritt die Schleuse, ein Ganzkörperscann fährt ihn in voller Größe ab. Das Signal leuchtet grün und er kann passieren. Nur gut, dass Besucher eine etwas persönlichere Prozedur erleiden müssen, denkt er sich und grinst. Reguläre Besucher erfahren eine persönliche Leibesvisitation. Es mutet weniger martialisch an, so die damalige Argumentation des Chefs für Innere Sicherheit und Innenrevision. Nachdem er seine Waffe wieder sicher im Holster verstaut hat, geht er in den Gemeinschaftsumkleideraum im Keller. In seinem Spint verstaut er seinen Helm und geht Richtung Aufzug. Auf dem Weg, durch die Spintschluchten hört er, wie sich zwei Kollegen über den Fall der letzten Nacht unterhalten.

„Mann, das war gestern ein Grillfest. Ich hab meine Uniform aber sofort in den Wäschesack geschmissen und mich noch hier geduscht. Meine Frau hätte mich sonst aus dem Bett geschmissen", lacht er dabei.

„Was für ein Grillfest?"

„Du kriegst ja gar nichts mit. Die Kreuzigung vom Flughafen, so steht's doch schon in der Zeitung."

Michael tritt jetzt vor und schaut zunächst die Kollegen mit einem stechenden und vorwurfsvollen Blick an. Dann stellt er die Beiden zur Rede.

„Seid ihr in die Ermittlungen involviert?"

„Nein", kommt es wie aus einem Mund.

„Dann, ja dann liebe Kollegen, bitte ich solche Diskussionen und Gespräche an einem anderen, wenn überhaupt dann nicht so öffentlichen Ort zu führen. Ihr wisst, was ich meine und warum."

„Ja."

„O.k."

Mit leicht gesenktem Kopf und beschämt ist die Unterhaltung jäh unterbrochen. Sie konnten die Anspielung sehr gut zuordnen. Vor gut 6 Monaten hatten sie einen riesengroßen Skandal im Hause. Es wurden immer wieder geheime Ermittlungsergebnisse publik und fanden sich dann in der lokalen Skandalpresse wieder. Wie sich herausstellte, war es ein langgedienter und höherrangiger Beamter, der eben auch solche Gespräche belauscht und sein Wissen verkauft hat. Plötzlich war er dann verschwunden. Offiziell hieß es in einem Memo sinngemäß, das

Leck sei gefunden und gestopft. Da der Schaden als geringfügig eingestuft wurde und damit nichts nach außen drang, wurde der Kollege ohne Anzeige mit vollen Bezügen in den Vorruhestand versetzt. Das Schweigen sozusagen erkauft. Einige Gründe für sein Handeln drangen hinter vorgehaltener Hand in die Belegschaft. Scheidung, Kinder im Studium und zu teurer Lebensstil. Der Klassiker. Armes Schwein, selber schuld, so waberte es über die Flure. Da aber keine Strafe im eigentlichen Sinne erfolgte, nahmen es die Kollegen immer wieder auf die leichte Schulter und so kommt es zu derlei Exzessen.

Michael ärgert sich immer wieder über solche Kollegen. Interne Gesprächsinhalte gehören nicht in die Katakomben, wie sie die Umkleide nannten. Im Aufzug schüttelt er immer noch den Kopf. Idioten, Spinner, geht es ihm im Kopf herum. Im 8. Stock angekommen, auf dem Weg zu seinem Büro kommt er an den Stockwerks-Toiletten vorbei. Gegenüber liegt das Büro des Abteilungsleiters.

„Bezeichnend", rutscht ihm über die Lippen. Und wieder schleicht sich ein Grinsen auf Michaels Gesicht. Die Büros der Mitarbeiter sind Team- und Abteilungsbüros. Die Wand zum Flur ist mit Fenstern versehen, so dass eine freie Sicht auf die gegenüberliegenden Konferenz- und Verhörräume möglich ist. Am Raum 8.22 angekommen, öffnet er die Tür und aus allen Ecken schallt ihm ein klassisches

„Mahlzeit" und „Moin, ausgeschlafen" entgegen. Mit einem müden Lächeln und einem formvollendeten „Guten Tag die Herrschaften" erwidert Michael den Tagesgruß der Kollegen. Durch seine Arbeitsweise im Stile eines Einzelkämpfers besitzt Michael innerhalb des Großraums in der Ecke ein mit Glasfenstern abgetrenntes separates Büro. Das Aquarium, wie sie es alle nennen. Im Aquarium zieht er seine Lederjacke aus und hängt sie hinter der Tür an den Kleiderhaken. Er wirft noch einen flüchtigen Blick auf seine Kollegen und wendet sich dann seinem Schreibtisch zu. Zuerst fährt er seinen PC hoch. Die erste PGP-Abfrage erfolgt prompt. Dann, nach gefühlten Stunden taucht die Passwortabfrage für das Windowssystem auf.

„Mein Gott, das System ist auch nicht ganz wach. Das dauert ja wieder ewig", rumort er vor sich hin. Und mit dem Gedanken ruft er in den Raum:

„Ist euer PC auch so lahm? Haben wir wieder Server-Probleme? Ich hab Probleme beim Hochfahren."
Michael merkt mit dem letzten Wort, dass er etwas Dummes gesagt haben könnte. Doch zu spät. Wie auf Kommando heben alle die Köpfe und brechen fast gleichzeitig in ein schallendes Gelächter aus.
„Ja, ja, schon gut." Für derlei Späße war er heute nicht aufgelegt.
„Nööö, meiner ist o.k., ich kann immer hochfahren."
„Bei mir klappt's immer." So oder so ähnlich tönt es aus allen Ecken. Auch Jenny lässt es sich nehmen, ihren Teil zur allgemeinen Belustigung beizutragen.
„Michael, ich kann dir sicherlich beim Hochfahren helfen. Wie hättest du es denn gern? Schnell oder doch ehr gemütlich?"
Das Gelächter ist bestimmt noch draußen auf dem Hof zu hören. Michael ist heilfroh, dass Jenny Spaß versteht. Bei einer anderen hätte ich jetzt die Gleichstellungsbeauftragte und den Personalchef am Hals. Diesen Gedanken lässt er jedoch unausgesprochen.
„Schon gut Leute, vielleicht sollte ich doch ein neues Laptop beantragen. Alles andere ist in Ordnung. Macht euch keine Sorgen. In 15 Minuten Briefing in meinem Büro. Danke."
Mit diesen Worten beendet er gleichzeitig die Großraumkommunikation. Der Bildschirm zeigt sein Outlook an und er sondiert mit einem Blick, was wichtig ist und welche Mail nicht. Kann alles warten. Mit seiner Lieblingstasse in der rechten Hand geht er zur Kaffeemaschine in der Ecke des Raumes. Mit der vollen, heißen Tasse Kaffee macht er am Schreibtisch von Alex halt.
„Alex, hast du den gestrigen Fall schon aufgenommen?"
„Nein, tut mir Leid. Hab den Fall Jenny gegeben. Ich muss noch den Fall „Mary" zu Ende bringen. In 14 Tagen ist der erste Verhandlungstermin und der Staatsanwalt hat mich unter Beschlag genommen. Ich stoße später dazu, o.k.?"
„Alles klar."
„Jenny, Harry, Heinzi können wir starten?" Mit dieser rein rhetorischen Frage bittet er die Kollegen in sein Büro. Jeder mit Schreibutensilien und einer Tasse Kaffee bewaffnet setzen sie sich an den Besprechungstisch in Michaels Büro.
„O.k. Leute, ich erzähl euch, was gestern Nacht geschehen ist, dann gehen wir die aktuelle Datenlage durch und besprechen die nächsten

Schritte. Wie immer halt", lächelt Michael in die Runde und beginnt seine Eindrücke der letzten Nacht den Kollegen zu vermitteln. In der Vergangenheit hat es dem Team sehr geholfen in die Atmosphäre des ersten Tatortbesuches abzutauchen und aufzunehmen. Nachdem Michael mit seinen Ausführungen endet, fragt er seine Kollegen nach ihren ersten spontanen Gedanken.

„Viele Symbole", wirft Jenny in den Raum.

„Ja, sehe ich auch so", stimmt Heinzi zu.

„Warum?", richtet Michael das Wort wieder an Jenny, auch wenn er ahnt, was sie damit meint.

„Verbrennung, Waldlichtung und das eigenartige Kreuz." Heinzi ergänzt:

„Absolute Präzision, genaue und lange Vorbereitung und Selbstsicherheit."

„Und das ist nicht die letzte Hinrichtung", meldet sich Harry und lehnt sich nach vorn an den Tisch.

„Wenn jemand so viel kriminelle Energie in die Planung investiert, Arbeit in die penible Vorbereitung und eine symbolische Verbrennung durchführt. Dann folgen weitere Morde." Schweigend schauen sich alle an. Michael durchbricht das Schweigen.

„Richtig, es bleibt nicht bei einem Mord! Jenny was haben wir? Name des Opfers?"

„Nein, die Gerichtsmedizin arbeitet fieberhaft an der Identifizierung."

„Hab leider nichts anderes erwartet. O.k., fangen wir mit den bürokratischen Dingen an. Jenny schieß los."

„Der Fall hat die offizielle Aktennummer, D-10.K66.2012.07-200 oder SOKO „Das Ägyptische Kreuz". Das Final Go musst du dir noch vom Chef holen."

„Das Ägyptische Kreuz? Wie kommst du den darauf?", fragt Michael und alle starren Jenny mit einem großen Fragezeichen in den Augen an.

„Ich habe doch eben von Symbolen gesprochen. Das Kreuz ähnelt im Aussehen dem Ägyptischen oder auch Tau-Kreuz. In hebräisch-aramäischen Schriften schrieb der Prophet Ezechiel, dass er auf die Stirn der Glaubenstreuen ein Tau-Kreuz zeichnete. In der Offenbarung des Johannes wird ein entsprechendes Siegel als Symbol zur Kennzeichnung der Gläubigen verwendet, die erlöst werden sollen. So fand zudem das mit einem Kreis gekrönte koptische Kreuz früh

Eingang in die christliche Symbolik. Daher trägt diese Kreuzform auch die Bezeichnung Ägyptisches Kreuz. Tja, liebe Kollegen, Google und Wikipedia machten es möglich."
„Die erlöst werden sollen? Die Passage hört sich für mich gut an. Kommt, wir gehen an unser Brett und tragen es sofort auf", fordert Michael seine Kollegen auf. Einer nach dem anderen stehen sie mit nachdenklichen Gesichtern auf. Sichtlich erschüttert von dem neuen Fall, die eben noch heitere Atmosphäre ist wie weggeblasen. In dem rechtwinkligen Büro befindet sich neben Michaels Aquarium eine Technikecke.
Vor einem Jahr hatte der damalige Bundesinnenminister ein Pilotprojekt ins Leben gerufen und für ausgewählte Abteilungen oder auch Teams eine Hightech Computeranlage mit einem eigenständigen und abgeschotteten Server und einer im Inselbetrieb laufenden Stromversorgung installieren lassen. Leider waren die Laptops noch am herkömmlichen LKA System angeschlossen und so kommt es manchmal zu Unmut auslösenden Schnittstellenproblemen innerhalb der Systeme. Aber man gewöhnt sich an alles, so die einhellige Einstellung der Abteilung. Michael hatte seinerzeit eine sehr bizarre Serie an Ritualmorden als Einzelkämpfer und als One-Man-Show aufgeklärt. Diese medienträchtigen Erfolge bescherten Michael die Budgetfreigabe für seine Abteilung. Das IT-Equipment war sozusagen das Sahnehäubchen seiner Abteilung. Und an Tagen, wenn es mal wieder nicht so richtig läuft, hält er inne und blickt mit einem gewissen Stolz auf sein Team.
Da ist Jenny, das Küken in der Abteilung. Jenny Schneider, Kriminalkommissarin, 24 Jahre jung und kommt aus dem beschaulichen Münster im Westfalenland. Michael hatte sie für die Abteilung geworben, weil sie eine ausgezeichnete Expertin im Fachgebiet IT ist und dazu noch, ähnlich wie Michael, ein Fremdsprachentalent. Neben Englisch spricht sie noch Französisch, Türkisch, Spanisch und Italienisch. Der Senior im Team ist Alex, Alexander Aden aus Neustadt an der Saale. Ein Franke und wenn er wieder mal auf die Sahne hauen will, haut er auch mal gern einen mit seinem fränkischen Dialekt raus. Dann heißt es, dass er Unterfranke ist und kein Bayer. Und wenn er es will, versteht keiner ein Wort, nicht mal ansatzweise. Mit seinen 46 Jahren ist er vier Jahre älter als

Michael, steht aber Michael sowie den jüngeren Teammitgliedern in puncto Fitness in keinster Weise nach. Im Gegenteil, mit 1,92 m Körpergröße und einem durchtrainierten Körpergewicht von 90kg ist er schon für so manchen hirnlosen Draufgänger zur Vollbremsung geworden. Sein Dreitagebart scheint sein Geburtsland noch zu unterstreichen. Alex' Stärken liegen ganz klar auf der Hand. Seine große Erfahrung und seine besondere Begabung, verborgene Zusammenhänge zu erkennen, im Großen und Ganzen zu betrachten und diese messerscharf zu analysieren.

Der Zwerg, aber nicht weniger durchtrainiert, im Team ist Heinzi. Karlheinz Bendt, der Leuchtturm der Abteilung. Dieser Wortwitz rührt daher, dass Heinzi in Niebühl an der Nordsee geboren wurde und so gar nicht wie ein Nordmann aussieht. Sein sympathischer norddeutscher Dialekt hat so etwas Beruhigendes und unterstreicht sein Spezialfachgebiet. Er ist ausgebildeter Profiler und war Teilnehmer eines Austauschprogramms mit dem amerikanischen FBI in Quantico / Virgina. Seine Kontakte zu so manchen Spezialisten dort drüben haben ihm in der Vergangenheit schon große Dienste erwiesen.

Der letzte im Bunde ist der in Potsdam geborene Draufgänger und Mann fürs Grobe, Harald Falkenberg. Neben dem Talent, nach vorne zu preschen wie ein wilder Stier, ist er der anerkannte Experte für alles was Räder oder Ketten hat oder sogar schwimmen kann. Nicht nur, dass er einen Panzer oder eine 150 PS starke Ducati mit chirurgischer Präzision im Feuergefecht durch eine Großstadt steuert. Nein, er kann sie sogar reparieren. Michael ist stolz auf sein Team, denn er hat immer das Gefühl, dass es ihn komplettiert. Seiner Fähigkeiten bewusst, weiß er aber auch, dass er die besonderen Begabungen eines jeden seines Teams nicht ersetzen kann.

Nachdem die Vier Michaels Nachbarraum erreicht haben, postieren sie sich um eine Art Altar herum. Es handelt sich hier um ein LED Touchscreen in horizontaler Lage mit den Maßen 170 cm breit und 80 cm tief. Die Höhe beträgt 140 cm und ist rundum geschlossen, daher der altarartige Anblick. Im Bildschirm integriert ein 3-D-Projektor, der die Aufnahmen der Spheron Scene Cam der SPUSI in verschiedenen Maßstäben wiedergeben kann. Einmal in einem handlichen Format circa 20 cm über dem Flat in der Breitenausdehnung des PC-Altars oder als Real-Darstellung im Raum. Das Team befindet sich dann mitten in

der jeweiligen Szenerie. Zum Mind-Mapping befindet sich an der Wand eine Art überdimensionierte Glasscheibe oder Glastafel mit der Breite von 2,5 Metern und eine Höhe von 1,8 Metern. Dieser durchsichtig erscheinende Bildschirm wird bedient, indem man mit einem speziellen Stift darauf schreibt oder mit dem Ziehen des Fingers über dem flachliegenden Monitor buchstäblich rüber wirft. Die weitaus spektakulärste Art ist allerdings, wenn ein Teammitglied, ausgerüstet mit Sensorhandschuhen das 3D-Bild in die Hand nimmt und dann an die Tafel wirft. Aus diesem Grund nennt das Team diesen Bereich lieber „Brücke" in Anlehnung zur Kommandozentrale der Enterprise aus den bekannten Star Trek Filmen. Vieles kann das Team durch diese Technik herausarbeiten, aber wie das immer so im Leben ist. Diese High-Tech Insellösung ist halt manchmal eine Insel und so kommt noch oft die gute, alte klassische Ermittlerarbeit zum Einsatz. Die Titelmusik von „Magnum" schallt dumpf aus Michaels Hosentasche. „Oh, die SPUSI Leute. Ruhe! Brenner hier. Hallo, wie geht's?" Mit diesen Worten dreht er sich um und tritt ein wenig aus dem Raum heraus.
„Guten Tag und danke gut! Frau Aschenbrenner hier."
Michael konnte sich ein Schmunzeln nicht verkneifen. Wer spricht schon von sich in der dritten Person?
„Frau Dr. Abd-al-Rahman hat mir aufgetragen, Ihnen schon vorab telefonisch folgende Infos zu geben. Das Opfer wurde an das Kreuz genagelt, zusätzlich mit einer Darmsaite aus dem Tennissport festgebunden und lebendig verbrannt. In der Lunge befand sich Rauch. Den ersten Bericht erhalten sie voraussichtlich morgen Mittag. Auf Wiederhören."
Und bevor Michael sich verabschieden konnte, war das Gespräch beendet. Er tritt zurück in den Raum und wendet sich an sein Team.
„Die gute Frau Aschenbrenner, immer so korrekt. Also Leute, die ersten Infos aus der Gerichtsmedizin. Das Opfer ist im wahrsten Sinne ans Kreuz genagelt und lebendig verbrannt worden und wenn das nicht schon grausam und seltsam genug wäre, das Opfer ist mit einer Darmsaite aus dem Tennissport gefesselt oder befestigt worden."
Michael schaut nacheinander in die fragenden Gesichter. Plötzlich steht Alex im Türrahmen. Leicht irritiert drehen sich alle ihm zu.

„Interessant. Darmsaite. Ich hab früher mal Tennis gespielt und eine Darmsaite gehörte immer zu einer teureren Ausrüstung. Eine Kunststoffsaite hatten fast alle am Schläger. Jetzt stellt sich die Frage, welcher Hersteller, welcher Typ et cetera. Entschuldigt, wenn ich euch irritiert habe, aber ich hab das gerade mit einem Ohr mitbekommen und das ist definitiv ein Zeichen. Der Mörder will damit etwas zum Ausdruck bringen und vielleicht sogar gefasst werden."
„Danke, ich sehe das genauso! Aber wieso gefasst werden?", wirft Jenny in die Runde.
„Wie sage ich immer?"
Alle im Chor:
„Der Tatort spricht mit uns."
„Ja genau. Die Lichtung im Wald, das besondere Kreuz, Tennissaite, Kreuzigung mit Nägeln und das Verbrennen eines lebenden Menschen. Ich denke, das ist nur der Anfang und wenn alles getan ist, will der Täter gefasst werden."
„Das ist sehr wahrscheinlich", pflichtet Michael bei.
„Komm' lasst uns die ersten Erkenntnisse an die Tafel schmeißen."
Das Crime-Scene-Mind-Map baut sich auf der Tafel auf und alle starren mit angespannten Gesichtern auf die Wand. Die Stille wird durch Heinzi durchbrochen:
„Wenn wir doch nur den Namen des Opfers hätten!"
„O.k., wir teilen uns auf. Jenny und Heinzi, ihr organisiert die Berichte aus der Gerichtsmedizin und der SPUSI. Das übliche Programm, Gebissabgleich, Fingerabdrücke, wenn möglich, und führt einen DNA-Abgleich mit unserer Datenbank durch. Dann gleicht ihr noch die Vermisstenmeldungen in einem Radius von 100 km mit der vorläufigen Opferbeschreibung ab. Ich denke, Opfer und Täter kommen hier aus dem Umkreis. Heinzi, von Dir hätte ich gern ein erstes Profil und das alles bis morgen Mittag. Alles klar?", weist Michael in der Manier einer Führungspersönlichkeit an, sodass irgendwelche Widersprüche oder Ähnliches gar nicht erst aufkeimen. Michaels natürliches Charisma begleitet das Team und verschafft jedem Einzelnen ein gesundes Selbstvertrauen.

Kapitel 6 – Der trockene Alltag

Nach der Besprechung mit seinem Team macht sich Michael auf den Weg zu seinem Vorgesetzten und Dezernatsleiter Kriminaldirektor Ralph Berg. Der ist mit seinen 52 Jahren einer der jüngeren Dezernatsleiter. Seinem unermüdlichen Einsatz ist es auch zu verdanken, dass Michael eine so kompetente Truppe zusammen bekommen hat. Nachdem er die paar Meter auf dem Linoleumboden schon fast gerannt ist, steht er nun vor der Tür von Ralphs Assistentin Emma Jung. Emma ist 58 Jahre alt und eine große Erscheinung. Sie ist ein von Natur aus brauner Typ und trägt dazu ihre grauen langen Haare nach hinten zu einem Zopf gebunden. Die grauen Haare unterstreichen ihre äußerst gepflegte Erscheinung. Auch wenn sie auf den ersten Blick wie eine stocksteife Grundschullehrerin wirkt, strahlt ihr Lächeln Freundlichkeit aus und wirkt in angespannten Situationen immer wieder entwaffnend. Das Vorzimmer, also das Büro von Emma, ist in weiten Teilen so, wie man sich ein Büro im öffentlichen Dienst vorstellt. Der Linoleumboden ziert auch hier den Fußboden. Die Büromöbel erstrahlen in einem fahlen, nichtssagenden hellen Grauton. Auf dem Sideboard hinter Emma stehen drei und, wie man deutlich sieht, liebevoll gepflegte Bonsaibäumchen in tiefgrünen flachen Tongefäßen. Direkt vor Emma auf dem Schreibtisch liegt und steht das klassische Sekretärin-Equipment. Locher, ein Klebestreifenroller, eine umfunktionierte Tasse mit Schreibutensilien und ihr PC. Emma ist Geheimnisträgerin und diese Verantwortung spürt man und, ohne dass sie es einfordern müsste, begegnet man ihr mit gebührendem Respekt. Michael tritt ein und begrüßt sie auf Japanisch.
„Konnichiwa."
In der Vergangenheit hatte Emma die japanische Sprache erlernt und ist jedes Mal dankbar, wenn Sie mit Michael ein paar Worte in dieser Sprache wechseln kann. Nach einem fünfminütigen japanischen Austausch an Höflichkeiten wechseln sie wieder ins Amtsdeutsch.
„Kann ich denn unseren Chef sprechen? Der neue Fall", und grinst über das ganze Gesicht.

„Warte! Termine hat er keine, aber ich frag mal lieber." Emma drückt einen Knopf auf ihrem Telefon, welcher eher einem Cockpit im Flugzeug ähnelt, beugt sich vor und spricht ins Mikro.
„Herr Berg, Michael ist hier, es geht um den Fall Das Ägyptische Kreuz. Haben Sie Zeit?"
„Ja, schicken Sie ihn rein. Danke Frau Jung", hallt es aus dem Lautsprecher.
Obwohl sich Emma mit Michael und dem gesamten Team duzt, sprechen Ralph Berg und sie sich immer höflich mit Nachnamen an. Ralph Berg und Emma Jung arbeiten bereits seit über zehn Jahren zusammen, aber diesen Höflichkeitsabstand haben sie sich erhalten. Auch in der Phase als sich Petra, Ralphs Frau, scheiden ließ und die beiden Kinder mitnahm und Emma Ralph mit Rat zur Seite stand, beließen sie es immer bei einem vertrauensvollen Sie. Emma steht auf dem Standpunkt, ein Vorgesetzter, egal wie er ist, verdient er, der Position entsprechenden Respekt. Michael verabschiedet sich von Emma wie selbstverständlich - auf Japanisch. Emma schaut ihn leicht errötet an und erwidert die Verabschiedung. Michael tut es gern und auch jetzt hat er Emma bei der Verabschiedung ein Kompliment gemacht. Frei übersetzt:
„Auf Wiedersehen, schönste Tochter der aufgehenden Sonne."
Er öffnet die Tür und geht in das Nachbarbüro. Ralphs Büro ist sehr groß und bietet Platz für einen Kreis von bis zu 6 Personen für kleinere Besprechungen. Die Einrichtung ist gehoben und entspricht seinem Status. Die Büromöbel begegnen dem Besucher in einem schwarzen Design. In der linken Ecke ist der runde Konferenztisch und als Michael das Büro betritt, kommt ihm Ralph mit ausgestreckter Hand entgegen.
„Hallo Michael, wie geht's? Was macht deine Verletzung und wie geht's deinem Vater?", und schüttelt die Hand zur Begrüßung. Ralph erkundigt sich nach der Verletzung, die sich Michael vor gut fünf Jahren während eines Urlaubs zugezogen hatte. In seinem Sommerurlaub in den USA / Miami geriet er mit seinem Leihwagen in eine Verfolgungsjagd der Polizei. Bei dieser hollywoodreifen Gangsterjagd wurde sein Fahrzeug gerammt und er überschlug sich ein paar Mal. Er war mit schweren Rippen-, Arm- und Beinbrüchen, Gehirnerschütterung und Schleudertrauma für sechs Monate im

Krankenhaus. Glück im Unglück, sein Fahrzeug wurde von einem MPD Einsatzwagen, also einem Fahrzeug des Miami Police Departments, gerammt. Das hieraus resultierende Schmerzensgeld hatte für deutsche Verhältnisse eine beachtliche Höhe. Mit umgerechnet fünfhunderttausend Euro konnte Michael seine Eigentumswohnung bezahlen und hatte so keine finanziellen Sorgen. Nur der Unfall war so schwer, dass er sich hier und da wieder in ärztliche Nachuntersuchungen begeben muss. Michael blickt mit einem verschmitzten Lächeln auf und erwidert:
„Die Narben schmerzen ab und an noch, aber sonst ist alles im Lot. Meinem Vater geht es auch gut, er stürzt sich in seine Autos, wie immer."
„Schön zu hören. Wenn alles läuft, freut mich das für euch."
Ralph hat zu Michael und Eduard Brenner einen sehr guten Kontakt und früher, bevor sein alter Jaguar der Scheidung zum Opfer fiel, war er fast jede Woche bei ihnen in der Werkstatt und wenn es nur der Unterhaltung diente.
„So, was kann ich für dich tun? Ich weiß schon, du hast dir fast die ganze Nacht um die Ohren geschlagen."
„Es war wirklich eine lange Nacht. Du machst dir kein Bild. Also so etwas habe ich auch noch nicht gesehen. Grausam."
„Jenny hat mir schon grob die ersten Infos gegeben. Bitte gib mir deinen Eindruck und ein erstes Update. Was haben wir?"
Michael holt seinen kleinen schwarzen Notizblock heraus und schlägt die erste Seite auf und beginnt den Fall zu beschreiben. Hierbei gelingt es ihm, mit seiner angenehmen honorigen Stimmlage eine Atmosphäre zu erzeugen, dass Ralph gleich in die Beschreibung eintaucht.
„21:30h der Flughafen Düsseldorf informiert die Düsseldorfer Feuerwehr über einen Brand im benachbarten Waldstück. Circa 21:55 Feuerwehr und die ersten Einsatzwagen der Düsseldorfer Polizei erreichen die Waldlichtung. Um bei der Trockenheit den Übergriff des Feuers auf den umliegenden Wald zu verhindern, beginnt die Feuerwehr umgehend mit dem Löscheinsatz um 22:05h. 23:43h Jenny hat Bereitschaft und informiert mich. 00:08 ich erreiche den Tatort. Der leitende Beamte ist Konrad Burgmeister KRIPO Düsseldorf. Circa 4:20h die Feuerwehr hat den Tatort und die Sicherheit der Umgebung unter Kontrolle. Die Arbeit der Spurensicherung und der

Gerichtsmedizin beginnt. Gemeinsam mit Dr. Layla Abd-al-Rahman und dem Kollegen Burgmeister führe ich die erste Tatortschau durch. Waldlichtung mit einem T-Kreuz brennt. An dem Kreuz ist ein Mensch befestigt und wie ich heute Morgen bestätigt bekommen habe, handelt es sich um eine männliche Person, die ans Kreuz genagelt und bei lebendigem Leib verbrannt wurde. Eine Besonderheit habe ich noch, der Köper wurde zusätzlich mit einer Tennisnaturdarmsaite festgebunden."

Schweigen - Ralph und Michael starren sich an, Ralph fröstelt es und plötzlich durchbricht er das Schweigen behutsam aber bestimmend.

„Haben wir schon den Namen des Opfers?"

„Nein, mein Team ist dran."

„Mit dem Kollegen Burgmeister habe ich besprochen eine SOKO einzurichten, weil wir davon ausgehen, dass es sich um eine Art Ritualmord handelt und wir rechnen mit weiteren Morden. SOKO Das Ägyptische Kreuz."

„O.k., habe verstanden und vorbehaltlich der Genehmigung des Direktors, starte umgehend das SOKO Prozedere. Ich werde alles veranlassen und heute Nachmittag hast du den Vorgang unterschrieben auf deinem Tisch. Ich teile deine Einschätzung. Danke und wie immer in der Anfangsphase erwarte ich einen täglichen Statusbericht. Was sagen wir der Presse?"

„Zu diesem Zeitpunkt sollten wir auf keinen Fall von einem Ritualmord sprechen. Sonst haben wir Trittbrettfahrer und die größten Spinner vor der Tür stehen. Ich würde sagen, eine angemessene Pressemitteilung oder wie heißt das bei euch im amtssprachlichen Gebrauch?"

„Hab verstanden. So, mein nächster Termin ruft. Wenn wir sonst nichts mehr haben, sprechen wir uns morgen wieder. Bis morgen tschöö!"

Damit steht Ralph abrupt auf und greift sein Sakko, welches über die Stuhllehne gelegt war. Michael steht auf und verlässt das Büro durch die zweite Tür. In Gedanken versunken geht Michael zurück in sein Büro und bemerkt nicht, dass er von Frau Dr. Layla Abd-al-Rahman verfolgt wird. Er registriert sie gar nicht, bis er mit ihr im Schlepptau in seinem Büro ankommt. Plötzlich dreht er sich erschrocken um und starrt sie mit großen Augen an.

„Mensch hast du mich erschreckt. Wie geht's? Hast du Neuigkeiten für mich? Ich darf doch noch du sagen?"

Mit einem verschlafenen, aber dennoch fröhlichen Lächeln entgegnet sie:
„Logisch, wenn ich Michael sagen darf, natürlich englisch ausgesprochen", und lacht ihn an. Eine schrullige Eigenart hatte er sich nach einem USA Aufenthalt erhalten. Er bevorzugt die englische Aussprache seines Vornamens.
„Was hast du für mich?"
„Ich denke Jenny hat dir schon ein Update gegeben, aber eines habe ich noch für heute. Der Tox-Screen hat ergeben, dass das Opfer eine lange Zeit betäubt wurde. So circa zwei bis drei Tage mittels so genannter K.O.-Tropfen, chemisch korrekt ein Benzodiazepin. Ist über das Internet erhältlich und mit Sicherheit illegal."
„Eine Sackgasse, aber trotzdem gut zu wissen. Vielen Dank, wann können wir mit weiteren Ergebnissen rechnen?"
„Der Zahnstatus ist aufgenommen und der Abgleich mit der Datenbank läuft. Wir haben auch die Datenbanken der Nachbarländer Niederlande und Belgien mit einbezogen. Das Ergebnis erwarte ich in den kommenden zwei Tagen. Fingerabdrücke waren nicht möglich. DNA-Analyse ist angelaufen, aber das Labor ist überlastet. Ergebnis frühestens in der kommenden Woche. Eine Hoffnung habe ich noch."
„Was ist es?"
„Das Opfer hatte als Jugendlicher einen komplizierten Bruch des linken Oberarmknochens. Die Analyse des Knochenheilungsprozesses ergab ein Zeitfenster von vor ungefähr zwanzig bis fünfundzwanzig Jahren. Die Röntgenaufnahmen werden auch gerade mit den Datenbanken der Krankenhäuser abgeglichen. Da habe ich aber weniger Hoffnung auf Erfolg. Die Datenbanken sind für diesen Zeitraum nicht gepflegt."
„Danke trotzdem. Also ist alles im Fluss und wir müssen jetzt unseren Job machen. Gut!"
Michael registriert nicht, dass Laylas Gesichtsausdruck immer verträumter wird. In der Beziehung ist Michael unsensibel wie ein Panzer.
„Gut Layla, noch mal vielen Dank." Er schaut auf die Uhr.
„Ich wünsch dir noch einen schönen Abend, ich freu' mich, schon bald wieder von dir zu hören."
Laylas Mundwinkel zeigen deutlich eine nördliche Richtung und das Stimmungsbarometer tendiert deutlich zu Frost.

„Gut, Michael. Bis dann."
Damit dreht sie sich um und verlässt in einem Stechschritt das Büro. Michael schaut ihr leicht verstört hinterher, schüttelt den Kopf, dreht sich um und wendet sich seinem Schreibtisch zu. Mittig auf seinem Schreibtisch liegt ein DIN-A4-großer brauner Briefumschlag. Rechtwinkelig, nicht in der normalen Schreib- und Leserichtung ist sein vollständiger Name Michael Yukki Brenner zu lesen. Keine Briefmarke oder Eingangsstempel der Behörde erkennbar. Michael geht hinter seinem Schreibtisch vor zur Tür und stellt sich in den Rahmen.
„Wer hat mir den Briefumschlag auf den Tisch gelegt?", ruft er in die Runde der Kollegen. Nacheinander schauen sie auf und blicken sich mit fragenden Gesichtern an. Einhellig bekommt er das Echo, dass niemand ihm den Umschlag auf den Tisch gelegt hat und auch niemand gesehen wurde, der dies getan haben könnte. Wieder an seinem Schreibtisch starrt er auf den Umschlag. Die Vorschriften besagen, dass der Umschlag unter keinen Umständen angefasst und nicht geöffnet werden darf. Der Umschlag könnte mit bakteriellen Infektionserregern wie SARS oder Milzbranderregern verseucht sein. Wie es seine Art ist, Vorschriften gerne zu ignorieren, nimmt er den Umschlag und reißt ihn mit den Fingern auf. Einem zerfetzen Teppich ähnelnd, hält er den Umschlag schräg wie eine Kaffeekanne und schüttet den Inhalt auf seinen Tisch.
Aus dem Umschlag fallen Fotos in verschiedener Größe. Fotos von ihm und seiner Mutter. Aufnahmen und Vergrößerungen aus Deutschland und Japan. Bilder vom Unfall seiner Mutter. Als wäre jemand dort gewesen und hätte den Unfall fotographisch dokumentiert. Wie paralysiert setzt er sich auf seinen Stuhl und fängt an, sich jedes Foto ganz genau anzuschauen. Wie in einem Film laufen die letzten Tage mit seiner Mutter vor dem Unfall in seinem Kopf ab.

Kapitel 7 – Die Familie Brenner

Michaels Mutter Tomoko Brenner war eine zarte und kleine Person. Die feinen, nicht gerade typisch japanisch wirkenden Gesichtszüge zeichneten sie zu einer bildschönen Frau. Ihre zurückhaltende, stets freundliche und charismatische Art und Ausstrahlung machten sie bei allen beliebt. Arbeitskollegen, Nachbarn, Freunde und selbstverständlich ihre deutsch angeheiratete Familie liebten sie. Eduard Brenner sprach immer von seiner wundervollen Lotusblüte und trug seine Frau bildlich auf Händen.
Einen aberwitzigen Anblick gaben Tomoko und Leo der Erste ab. Der ausgewachsene Grautiger Deutsche Dogge Rüde mit seinen 80 cm Schulterhöhe und 68 Kilo Gewicht und die gerade mal doppelt so große und gut 15 Kilo leichtere Tomoko Spazier- und Fußgänger konnten sich des Eindrucks nicht erwehren, dass Leo mit Tomoko Gassi ging. In Wirklichkeit hatte sie den Riesen absolut unter Kontrolle. Wie ein Kind, das der Mutter immer alles Recht machen möchte, wich Leo ihr nicht von der Seite und beobachtete jede Geste Tomokos, um jederzeit zu reagieren. Wenn eine Straße überquert werden musste, war es nicht nötig, einen Befehl auszusprechen. Leo setzte sich und schaute sie immer erwartungsvoll an. Witzig halt nur, dass sich Tomoko an Leo hätte anlehnen können, wie an eine Litfaßsäule. Leo passte sich auch stets der Schrittgeschwindigkeit Tomokos an und verfiel nie in sein albernes, Doggen typisches Gespringe. Tomoko hatte einen ganz besonderen Zugang zu Leo, ohne Worte, nur mit Gesichtsausdruck und Gesten.
Ihre fernöstliche Ausstrahlung und ihr Charisma waren auch selbst für japanische Landsleute etwas Besonderes. Nach dem Studium begann sie ihre berufliche Laufbahn bei JP Pharma Industries Deutschland in Düsseldorf. Auch das Gefühl, Menschen helfen zu können, beseelte sie und machte aus ihr eine rundum zufriedene Person. Sie hatte schon als junger Mensch ihren persönlichen Mittelpunkt gefunden. Ihr fiel es leicht, Wichtiges von Unwichtigem zu trennen. Diese Gabe half ihr sehr, privat und beruflich. Wenn man sie darauf ansprach, wurde sie immer ein wenig verlegen und wenigen gelang es, eine Antwort zu

erhalten. Die Antwort, die man bekam, war dann auch immer die Gleiche.
„Ich bin in Tochigi in der Provinz Shimotsuke geboren. Früher war diese Region für die Landwirtschaft bekannt. Heute ist es eine starke und reiche industriell geprägte Provinz. Dort wächst man bescheiden, aber mit Stärke auf."
Die Frage war damit für sie beantwortet, und der Fragende bekam aber auch keine weitere Chance, ein weiteres Wort in diese Richtung zu stellen. Ihre Eltern erzogen sie nach einem uralten historischen Familienkodex. Die sieben Tugenden, Gi - Aufrichtigkeit und Gerechtigkeit, Yu – Mut, Jin- Güte, Rei - Höflichkeit, Makoto – Wahrheit, Meiyo – Ehre, Chugi – Pflicht und Loyalität. Diese verstehen sich noch heute in Kombination mit den fünf altertümlichen Hauptforderungen des Bushido. Treue, Treue im Sinne von Heimatliebe und Treue dem Herrscher gegenüber, Höflichkeit, Bescheidenheit, Tapferkeit, Härte, Ausdauer, Offenheit, Aufrichtigkeit, Ehrgefühl, Gerechtigkeit und Einfachheit und Reinheit. Es war ein durch und durch beschauliches, zufriedenes und glückliches Leben, welches die Drei, Tomoko, Eduard und Michael führten, bis zu jenem verhängnisvollen Dienstag im Mai. Michael war gerade 10 Jahre alt, als er vom tragischen Unfall seiner Mutter erfuhr.
Es war und ist eine schwere Wunde, die nie richtig verheilen wollte. Ein tief sitzender Schmerz für die ganze Familie. Tomoko befand sich in ihrer Heimat Japan, weil ihr Onkel, ihr letzter verbliebener Angehöriger im Sterben lag. Am Freitag, dem 7. Mai 1982 nahm sie einen Direktflug von Frankfurt nach Tokio und wurde dort von dem besten Freund und Nachbarn ihres Onkels vom Flughafen abgeholt. Nach ein paar Tagen am Krankenbett ihres Onkels schickte er sie nach Tokio, um besondere Medikamente einzukaufen. Dort geschah an jenem unheilvollen Dienstag das Unfassbare.
Ein Fahrzeug erfasste sie beim Überqueren einer Straße. Sie verstarb noch an der Unfallstelle. Der Fahrer des Autos flüchtete und wurde nie gefasst. Unfall mit Todesfolge durch Fahrerflucht so heißt es im offiziell übersetzen Polizeibericht des 21. Bezirks der Präfektur Tokio. Dass der flüchtige Fahrer bis heute nicht seiner gerechten Strafe zugeführt wurde, steckt Familie Brenner immer noch wie ein Messer in der Brust. Eduard und Michael hatten aber nie Grund zu denken, dass

hinter dem Unglück mehr als ein Unfall stecken könnte und deshalb trifft Michael dieser Gedanke nun wie ein Hammer den Amboss.

Kapitel 8 – Ein wahrer Freund

Gedankenverloren starrt Michael aus dem Fenster seines Büros. Wie Maschinengewehrsalven schießen die Gedanken nur so durch seinen Kopf.
„Was soll ich tun? Was ist das?" Er bombardiert sich mit Fragen und scheint sich zu verrennen. Auf einmal dreht er sich wie vom Blitz getroffen um, greift seine Jacke, holt seine Waffe aus dem Schreibtisch, steckt sie in den Holster und verlässt im Stile eines Usain Bolt das Büro. Im Sprint ruft er seiner Mannschaft noch zu:
„Ich bin über das Handy erreichbar."
Die großen Fragezeichen in den Gesichtern des Teams nimmt er gar nicht mehr wahr, ebenso wenig die Rückfragen, die ihn gar nicht erreichen. Im Laufschritt rennt und springt er die Treppe nach unten. Rennt an allen Kollegen und Sicherheitsbeamten am Ausgang vorbei. Wie eine Raubkatze springt er auf seinen Bock, startet die Maschine und rast fast nur auf dem Hinterrad vom Gelände der Dienststelle. Gedankenverloren lenkt er sein Motorrad auf die Autobahn A57 und fährt dann wie ferngesteuert, roboterähnlich in Richtung Krefeld. Auf Höhe Meerbusch-Osterrath kommt ihm die Erleuchtung. Bei der hohen Geschwindigkeit wäre er beinahe an der Abfahrt vorbeigerauscht, aber mit einer stuntmäßigen Aktion legt er sich in die Kurve, sein Knie scheint förmlich den Asphalt zu streifen, die A44 Richtung Ratingen wird erreicht. Ratingen, hier lebt sein Freund Bernhard Benzmann. Bernd ist IT-Fachmann durch und durch. Im Gegensatz zu dem, was man vermuten könnte, ist Bernd das krasse Gegenteil eines Computer-Nerds. Bernd ist ein durchtrainierter Riese mit Dackelblick. Das einzige was an einen Nerd erinnert ist die große Brille mit dem schwarzen Kunststoffgestell, die er trägt, wenn er morgens zu faul war, seine Kontaktlinsen einzusetzen. Seine schulterlangen blonden Haare und der Dreitagebart erinnern mehr an Grizzely Adams, dem Mann aus den Bergen in einer US-amerikanischen Fernsehserie Ende der Siebziger. Bernd kommt aus einem sogenannten guten Haus. Nach seinem Abitur, der Bundeswehr und dem Studium an der Technischen Universität in München bewarb er sich um ein Stipendium an dem Massachusetts Institute of Technology – MIT in Cambridge / USA. Durch seine

Forschungserfolge im Bereich „Künstliche Intelligenz" schon in München beendete er sein wissenschaftliches Arbeiten mit der Promotion zum PhD. Nachdem er dann seine Liebe zu den Computerspielen entdeckt hatte und auf diesem Gebiet erfolgreich programmierte, verkaufte er seine Firma und kam zurück nach Hause. Arbeiten, um Geld zu verdienen, das braucht er nicht mehr. Der Verkauf seiner Computerspielfirma und sein verbleibender fünfprozentiger Firmenanteil bescheren ihm ein sorgenfreies Leben. Er schweigt sich über seine Finanzen aus. Einmal ließ er aber durchblicken, dass er einen fünfstelligen Nettobetrag im Monat zur Verfügung hat.

Da er nicht nur wie Grizzely Adams aussieht, sondern auch ein großes Herz für arme Kinder und bedrohte Tiere hat, engagiert er sich persönlich und spendet jährlich anonym einen sehr großen Betrag. Michael traf Bernd auf dem Polizeihauptrevier Düsseldorf. In einem besonders schrecklichen Fall von Kindesmissbrauch und Kinderpornographie war Bernd als externer Berater engagiert worden. Da seine IT-Fertigkeiten legendär waren und sind, konnte er das weltweit verzweigte Computernetzwerk dieser perversen Gesellschaft knacken. Da dank seiner Hilfe ein internationaler Ring krimineller Pädophiler gesprengt wurde, ist er seitdem ganz oben auf der Liste der LKA- und Polizei-Berater. Bei Michael steht er seitdem auf der Freundesliste ganz oben.

Michael steuert sein Motorrad wie in Trance nach Ratingen und steht, unerwartet schnell, vor dem großen weißen Einfahrtstor. Seit dem Tod der Eltern bewohnt Bernd deren alte Gründerzeitvilla. Bernd hatte Michael einen Chip in seinen Wagen und sein Motorrad eingebaut und so öffnet sich das Tor ohne extra Bedienung. Michael fährt langsam die Einfahrt hoch. Sie gleicht einer Allee und wird rechts und links durch riesige Eichen flankiert. Vor dem Haus steht der alte BMW 750 aus den achtziger Jahren und das bedeutet, dass Bernd zu Hause ist. Michael parkt seinen Bock neben dem BMW und geht immer noch gedankenverloren zum Eingang. Der herrschaftliche Eingang zeichnet sich durch eine halbrunde Sandsteintreppe aus und führt zu einer riesigen doppelflügeligen Eingangstür. Rechts und links wird das steinige Treppengeländer durch die klassisch sitzenden Löwen und barockartigen Blumentöpfe verziert. Diesen ganzen antiken Prunk nimmt Michael heute nicht war. Er geht zu einer kleinen Edelstahlklappe rechts neben der riesigen weißen herrschaftlichen Tür mit Messingknäufen. Er schiebt die Klappe nach oben und legt seinen rechten Daumen auf einen circa fünf Mal fünf Zentimeter großen Scanner. Der Scanner leuchtet grün und eine ebenso große Zahlentastatur schiebt sich von links über den Scanner. Michael hämmert jetzt den Keycode in die Tastatur. Ein Summen zeigt an, dass sich jetzt die Tür öffnen lässt. Mit Schwung schiebt Michael die Tür auf. Hinter der Tür steht ein alter Freund, Rocky, ein in die Jahre gekommener, knuddeliger Rauhaardackel.

So viel Zeit muss sein. Rocky wird ausgiebig begrüßt und erst einmal von vorn nach hinten und zurück durchgekrault. Da Michael weiß, wo er Bernd findet, macht er sich auf den Weg in die erste Etage. Er rennt die geschwungene tiefbraune Eichentreppe nach oben, den Flur nach rechts und öffnet den einen Flügel einer für diesen Baustil üblichen doppelflügeligen weißen Tür. Was ihn, aber auch alle anderen Gäste von Bernd immer wieder in Erstaunen versetzt, ist der absolute Stilwechsel. Das Erscheinungsbild einer Gründerzeitvilla zieht sich von außen bis in den Eingangs- und Flurbereich fort. Die Räume der Villa sind ein Stilmix aus der Jahrhundertepoche mit antiken Möbeln gepaart mit Einzelstücken ausgesuchter moderner Designer. Eines ist aber überall sofort zu sehen, High-Tech, was das Herz begehrt und was auf dem Markt erhältlich ist. Und wenn es auf dem Markt nicht erhältlich ist, so baut es Bernd eben selbst. In seinem sogenannten Arbeitszimmer sind wie in einer Kommandozentrale zwanzig Flat Screen Fernseher in U-Form zweireihig aufgebaut. Auf jedem der Fernseher laufen Nachrichtensender. In der Mitte dieser Nachrichtenwand ist ein alles überragendes Gerät mit einem LED-TV mit einer reinen Bilddiagonale von zwei Metern. Vor dem Ensemble steht ein braunes Dreisitzer-Ledersofa im englischen Landhausstil.

Bernd sitzt mit dem Rücken zur Tür, vor ihm ein Energy Drink, eine Cola Flasche, ein halb aufgegessener Big Mac auf dem Glastisch und spielt online sein Lieblings Egoshooter Spiel „Call of Duty". Ohne sich umzudrehen ruft er freudestrahlend:

„Hi Michael, alles o.k.? Hab dich auf der Videoüberwachung kommen sehen. Komm' setz dich, lass uns spielen."

Michael, der mittlerweile zu einem schweren braunen Ledersessel gegangen ist und sich dort festhält und so aussieht, als würde er jeden Augenblick zusammenbrechen, entgegnet:
„Nichts ist o.k.! Alles Scheiße, alles eine große Lüge."
Mit diesen Worten lässt er sich wie ein nasser Sack in den großen Sessel fallen, in dem er förmlich zu versinken droht. Erstarrt von Michaels Worten starrt Bernd einen Augenblick lang teilnahmslos auf sein TV, wo sein Avatar gerade erschossen wird, bis er sich in dem Bruchteil einer Sekunde wieder fängt. Er wirft sein Wireless Joystick auf das Sofa neben sich, springt auf und geht zu seiner Cocktailbar, welche sich in der anderen Ecke des Raumes befindet. Dort schnappt er sich zwei Whiskygläser und füllt diese mit goldbraunem Whisky und zwei Eiswürfel je Glas. Bernd greift mit einer Hand in die Gläser und geht zu Michael. Er reicht Michael ein Glas und setzt sich dabei in den Sessel daneben und fragt:
„Michael, was ist los? Sag schon, was ist passiert. Du siehst aus, als hättest du einen Geist gesehen! Trink erst einmal einen Schluck!"
Michael, gedankenverloren, sieht Bernd an und trinkt in einem Zug das Glas leer.
„Sag schon, was ist dir über die Leber gelaufen? Hey Alter, mach mir keine scheiß Sorgen."
Bernd versucht Michael ein wenig aufzulockern und verfällt in die Ghettosprache, wenigstens soweit er meint, Michael könne sie gerade ertragen.
„Alles eine scheiß Lüge! Große Scheiße! Was geht da ab? Wie kann das sein? Wer ist das? Wer war das?" Mit diesen Worten hält Michael inne. Währenddessen war er bereits aufgestanden und hatte sich vor den Kamin gestellt und Bernd mit seinen rhetorischen Fragen wie eine Maschinengewehrsalve durchlöchert. Fragend schaut ihn Bernd an und sieht aus wie ein Bahnhof. Züge fahren rein und raus, aber Bernd versteht nichts.
„Ich versteh' nur Bahnhof! Jetzt beruhige Dich mal und halt' die Backen zusammen. Jetzt gebe ich dir noch ein Glas und dann erzählst du mir alles. Du weißt, wir haben schon so manche Scheiße durchgemacht und das schaffen wir auch."
Im gleichen Moment drückt er Michael ein weiteres Glas in die Hand und schaut ihn fragend und neugierig an. Michaels Gesichtszüge

beruhigen sich und mit einem offensichtlich erleichterten Lächeln nippt er am Whisky und fängt an zu erzählen. Er beginnt mit der Situation im Büro, dem Umschlag und zeigt Bernd dann die Fotos. Bernd lässt ihn in aller Seelenruhe erzählen. Er weiß, dass Michael ein guter, vielleicht sogar der beste Kriminalbeamte ist und so wird er kein Detail vergessen. Als Michael innehält und seine Geschichte zu Ende ist, scheint es so, als brennt eine Frage unter Bernds Fingernägeln.
„Deine Mutter ist doch durch einen Unfall mit Fahrerflucht verstorben. Wer hat die Fotos gemacht? Wer ist der Kerl, der ungesehen in dein Büro gekommen ist? Und dann stellt sich mir die Frage, ob der Tod deiner Mutter wirklich ein Unfall war?"
Der große Raum wirkte auf einmal unendlich groß, alles so weit weg, nicht greifbar und schlimmer, ein Gefühl der Hilflosigkeit erfüllt den Raum.
Michael schaut ihn wie versteinert an und haucht verstört:
„Ich weiß es nicht. Ich weiß gar nichts. Ich bin leer. Was soll ich tun?"
Bernd weiß, dass in solchen Situationen jeder weitere Satz sinnlos wäre und so holt er noch zwei weitere Whiskys und entzündet den Kamin. Sie sitzen noch bis drei Uhr morgens vor dem Kamin und starren wie Salzsäulen in das lodernde Feuer, bis sie dann in ihre Zimmer gehen. Michael hat bereits ein Gästezimmer so umfunktioniert, so dass es wohl kaum noch als Gästezimmer bezeichnet werden kann.
Also schläft er in seinem Zimmer, in dem sich ein Schrank mit allen möglichen Klamotten von ihm befindet. Das ebenso besetzte Bad Ensuite beherbergt auch alle Utensilien, die Michael benötigt.
Sonntag, morgens um zehn, Michael wacht auf und zieht sich seinen Bademantel passend im Pyjamadesign an und taumelt den Flur entlang und die Treppe hinunter zur Küche. In der Küche empfängt ihn ein appetitmachender Geruch von gebratenem Speck, frischen Brötchen vom Bäcker, Spiegeleiern und frisch gepresstem Orangensaft. Aber die immer wieder herzigste Begrüßung wird ihm von Rocky entgegengebracht. Rockys Hinterteil wackelt so stark, dass der Eindruck entsteht, der Schweif mit dem Hund wackelt. Sobald Michael ihm Aufmerksamkeit schenkt, wirft sich Rocky auf den Rücken und fordert seine Krauleinheit.
„Morgen. Ausgeschlafen?", begrüßt ihn Bernd.
„Moin, wider Erwarten habe ich fest geschlafen."

„Der Whisky, mein Lieber, ersetzt so manche Schlaf- oder Beruhigungstablette. Setz dich, Frühstück ist fertig. Kaffee?" Gleichzeitig betätigt er die Taste seines Kaffeevollautomaten für extra starken Kaffee. Ein martialisches Zermahlen der Kaffeebohnen unterbricht jegliche Unterhaltung. Der Kaffee ist fertig und wie ein Startschuss beginnen beide einen Satz auszusprechen. Bernd lässt Michael den Vortritt.

„Ich habe mir so einiges durch den Kopf gehen lassen. Dabei ist eines ganz klar. Wenn ich jetzt den Kopf verliere, werde ich die Wahrheit nicht herausfinden. Also versuche ich sachlich an diesen Fall heranzugehen. Wie im Job! Ich versuche es wirklich."

„Fall? Was meinst du mit Fall? Willst du wirklich alte Wunden aufreißen? Vergiss bitte nicht deinen Vater und nicht zuletzt dich selbst. Wie stellst du dir das vor? Wir sollten das vergessen. Ich will nur dein Bestes. Du, wir können sowieso nichts ausrichten", fällt Bernd ihm mit verstörter Miene ins Wort.

„Ach, ich weiß es doch auch nicht. Was soll ich nur tun? Hast du n' Idee oder einen Rat?"

„Pauschal kann ich dir da gar nichts sagen. Das einzige, was ich dir aber rate, erzähl' es auf gar keinen Fall deinem Vater oder wenn, dann nur so viel, dass er es verkraften kann. Du weißt, wie schwer er es nach dem Tod deiner Mutter hatte. Das wäre nicht gut, gar nicht gut."

Beide blicken tief in ihren Kaffee, als würde die Antwort dort zu finden sein. Nach fünf Schweigeminuten, gefühlte halbe Stunde, beginnt Michael sehr leise zu brabbeln.

„Ich fahr jetzt erst einmal nach Hause. Da überlege ich in Ruhe, was der nächste Schritt sein könnte. Kein Plan Alter."

„Hört sich für mich gut an. Am besten du schläfst eine Nacht drüber. Wir können uns ja dann in den nächsten Tagen treffen. Hast du Bock auf n' Altbier? Wie wäre es mit dem Schumacher, da war ich schon ewig nicht mehr. Da gibt's auch Ecken, wo wir ungestört quatschen können. Oder was dir am besten erscheint."

„O.k., hört sich gut an. Wir telefonieren?", grinste Michael.

Bernd wusste, dass Michael weiß, dass er sich sofort an die Arbeit setzen und in dieser Geschichte recherchieren würde. Nicht um sonst hatte Michael wie zufällig den Briefumschlag im IT-Raum liegen lassen.

„Nichts für ungut, dafür sind Freunde schließlich da, oder," denkt Bernd, als Michael zurück in sein Zimmer geht.
Nachdem Michael sich frisch gemacht hat, verabschiedet er sich von Bernd und Rocky, steigt auf seinen Bock und fährt zurück nach Düsseldorf. In seiner Wohnung angekommen, steht er gedankenschwelgend in seiner Küche und fragt sich, was er denn nun mit dem angebrochenen Tag machen könnte. Wie vom Blitz getroffen, dreht er sich um und geht in sein Schlafzimmer. Er zieht sich seine Sportsachen an, packt die Schlüssel in die orange Sportjacke und zieht vor der Tür die Nikes an. Jetzt sucht er sich seine Playlist raus, Kopfhörer in die Ohren und schon legt er los. Seine Stammstrecke führt ihn quer durch die Stadt bis an den Rhein und zurück.
Eine Strecke von gut 15 Kilometern, die er auch zur Marathonvorbereitung läuft, was er aber schon zwei Jahre nicht mehr getan hat. Die ersten Kilometer führen ihn durch seinen Kiez in Derendorf, bis er sich dann durch die Altstadt und das Zentrum zum Rhein durchschlägt. Mit der Musik in den Ohren läuft er gedankenleer durch die Stadt. Wie ein iRobot aus dem Will Smith Film rennt er seinen Parcours ab. Wieder zu Hause angekommen, nimmt er erst einmal eine heiße Dusche. Nach dem Duschen ist es Pflichtprogramm, sich in seine Wohlfühlklamotten vor den Fernseher zu fläzten. Bei einem Glas trocknen italienischen Rotwein aus seinem letzten Toskana Urlaub macht er es sich gemütlich.
Im Kasten läuft eine amerikanische Krimiserie. Michael starrt in den Fernseher und tausend Gedanken schießen ihm durch den Kopf. Die Krimifolge im Fernsehen gleitet dahin, ohne das Michael nicht einmal ansatzweise etwas vom Inhalt mitbekommt. Nach einer Flasche Rotwein schläft er auf seiner Couch ein. Montagmorgen. Mit einem Sirenensound weckt ihn sein IPhone, im Fernsehen läuft schon die Frühstückssendung. Langsam rappelt er sich auf, reibt sich den Schlaf aus den Augen und stellt den Fernseher aus. Wankend geht er zur Küche und wirft die Kaffeemaschine an und aus dem Radio dröhnt der lokale Sender Radio Düsseldorf. Er stellt die Tasse unter den Kaffeevollautomaten und drückt den Schalter.
„Mist, Wasser nachfüllen", denkt er. Ein Bettlaken könnte nicht mehr zerknitterter sein als Michaels Gesicht. Widerwillig füllt er Wasser in den Behälter und drückt erneut den Schalter. Die Maschine meldet sich

erneut und Michael flucht innerlich, "Kaffee nachfüllen." Die Woche fängt ja gut an, ich spring gleich aus dem Fenster. Dieser Gedanke entbehrt nicht einigen Humor, denn er wohnt Hochparterre. Selten gelingt es ihm, sich selber zu überraschen und es bricht ein kleines, aber vom Herzen kommendes Lachen aus ihm raus. Nachdem nun der Start ein wenig holprig war, scheint es dann zu laufen. Michael duscht, zieht sich an und gießt sich noch eine Tasse Kaffee in eine Thermotasse für die Fahrt ins Büro. Heute fährt er mit seinem Daimler ins Büro. Im Dezernat angekommen begrüßt er seine Kollegen und bittet als erstes Jenny zu sich.

„Hi Jenny, wie war Dein Wochenende? Bring mich bitte auf den neusten Stand."

„Hallo. Mein Wochenende? Mein Wochenende war ziemlich ruhig, also konnte ich weiter im Fall Ägyptisches Kreuz recherchieren."

„Was hast du rausgefunden. Ich weiß, du hast was."

„Also der vollständige Bericht der Gerichtsmedizin ist nun da. Der Tote ist nicht aktenkundig. Die DNA-Daten sind abgespeichert und abgeglichen. Negativ. Der Zahn- und Kieferbefund ergab auch kein Ergebnis. Es scheint, als ob der Tote schon über einen sehr langen Zeitraum keine Zahnpflege mehr betrieben hat, geschweige denn einen Zahnarzt besucht hat. Eines ist aber festzuhalten. Grau-sam! Der Mann wurde wohl mit Schlaf- und Betäubungsmittel ruhiggestellt. Dann wurden ihm die Nägel durch die Hände und Füße geschlagen, mit der Tennisdarmsaite gefesselt und dann wurde er bei Bewusstsein lebendig verbrannt. Grausam!"

„Ja, absolut grausam! Also haben wir aus der Gerichtsmedizin keinen Hinweis. Richtig? Was ergab die Tatortermittlung?" Michael spart sich weitere Mitleidsbekundungen. Dafür hat er schon zu viel gesehen. Dies ist ein weiteres Kapitel in seinem ganz persönlichen Buch der Horror-Stories.

„Richtig, aus der Gerichtsmedizin Fehlanzeige. Die SPUSI ergab leider auch nichts. Die Reifenspuren sind Allerweltsspuren. Das Profil ist festgestellt und abgespeichert. Auch das Kreuz, die Holzart oder Ähnliches, nichts. Nichts Auffälliges. Daten und Werte sind aufgenommen und gespeichert. Die Tennisdarmsaite ist interessant."

„Ich wusste es, du hast etwas. Komm - raus damit!"

„Die Darmsaite konnte identifiziert werden und es handelt sich um ein amerikanisches Fabrikat –Wilson. Diese Saite wurde in den Jahren 1975 bis 1985 produziert und ausschließlich an Fachhändler vertrieben."

„Das hört sich doch erst einmal gut an. Schau dir das Vertriebsnetz im Computer an und konzentriere dich dabei auf den Großraum Düsseldorf. Ich glaube, nein, ich bin mir sicher, dass Täter und Opfer hier aus der Gegend sind. Außerdem denke ich, dass es ein äußerst persönlich motiviertes Verbrechen ist."

„Hallooo, die Daten sind nicht im Computer. Hör doch zu, die Jahre 75 bis 85. Da gab es noch keine Computer, da wurde alles schön säuberlich mit der Schreibmaschine geschrieben."

„Sorry, du hast Recht. Wie kommen wir an die Daten? Wo ist der Wilson Hauptvertrieb Europa, Deutschland, NRW? Weißt du es schon?"

„Natürlich! Das Deutschlandgeschäft wird in München abgewickelt. Ich werde da gleich mal an-rufen, vielleicht haben wir Glück und sie haben alles digitalisiert."

„Hört sich gut an. Bin schon auf deine Ergebnisse gespannt." Mit einem wohlwollenden Nicken wendet er sich wieder seinem Computer zu. Er fährt das Internet hoch und öffnet die Interpolseite.

„Was dauert das heute wieder!", murmelt er in sich rein.

Nach dem Login und nachdem er drei Stunden vergeblich versucht hat, Information über den Unfall seiner Mutter zu recherchieren, gibt er entnervt auf. Er steht auf und holt sich am Automaten einen Cappuccino. Für einen Automaten Cappuccino nicht schlecht. Mit dieser Einschätzung geht er zurück ins Büro und an seinen Schreibtisch. Grübelnd sitzt er in seinem Bürosessel und starrt aus dem Fenster.

„Was soll ich nur machen?" Absolute Leere breitet sich in Michaels Kopf aus. Währenddessen scheint Jenny endlich den richtigen Ansprechpartner in der Deutschlandzentrale Wilson in München zu erreichen.

„Hallo, guten Tag, Jenny Schneider, Kriminalkommissar, LKA Nordrhein-Westfalen aus Düsseldorf hier, mit wem spreche ich?"

„Grüß Gott, Gruber, M&Z Sportartikel Vertriebsgesellschaft, München hier. Was möchten sie?", ertönt es im tiefbayrischem Akzent aus dem Hörer.

„Wir untersuchen gerade einen Fall, indem eine Tennisdarmsaite Ihrer Firma aus den Produktionsjahren 1975 - 1985 eine Rolle zu spielen scheint. Zu diesem Zweck benötigen wir Ihr Vertriebsnetz aus diesen Jahren hier in NRW. Haben Sie die Daten noch?"
Ein kurzes Schweigen, danach hört sie die Antwort.
„Ja diese Daten liegen uns noch vor, aber nur in Papierform. Bei der Gelegenheit, ich darf die Unterlagen nicht einfach so rausgeben oder gar faxen. Wie stellen Sie sich das vor?"
Jenny atmet auf. Endlich eine Spur. Jetzt greift sie mit ihrer berühmten Charmeoffensive an.
„Nein, nein, ein Kollege aus dem LKA München leistet Amtshilfe und würde die Dokumente gern bei Ihnen in Empfang nehmen. Den dazu nötigen Beschluss bekommen Sie selbstverständlich bei der Gelegenheit ausgehändigt. Darf ich Krimanalkommissar Moser dann jetzt über unser Telefonat informieren? Er wird Sie zwecks Terminabsprache kontaktieren."
„Ja, aber vorher werde ich noch unseren Geschäftsführer informieren."
„Selbstverständlich und haben Sie vielen Dank für Ihre Kooperation. Auf Wiederhören."
Mit einem tiefbayrischem „Servus" ist das Telefonat dann beendet. Jennifer füllt auf ihrem PC die Beschlussvorlage aus und sendet diese direkt an das LKA Bayern via Michael und dem Dezernatsleiter Ralph Berg.
„Und senden", spricht sie mit sich selbst und drückt in diesem Augenblick die Kurzwahltaste für das LKA Bayern in München. Am Telefonempfang lässt sie sich mit Kriminalkommissar Moser verbinden. Jennifer und Kriminalkommissar Moser besuchten vor zwei Jahren ein Profiling-Seminar in der EUROPOL Zentrale Den Haag. Sie waren sich sympathisch und sind seitdem in gutem Kontakt geblieben.
„Hallo Herr Moser, Jennifer, Jennifer Schneider aus Düsseldorf hier. Wie geht es ihnen?"
„Hallo Frau Schneider, danke alles gut und Ihnen?"
„Auch gut! Wir haben da ein Anliegen."
„Hab schon gehört, mein Chef hat mich bereits telefonisch informiert. Ist der Beschluss schon raus?"

„Den sollten Sie in der nächsten Stunde auf dem Tisch haben und darf ich erwähnen … es brennt!", versucht sie ihren Amtshilfeüberfall mit einem hörbaren Lächeln zu überspielen.
„Ja, schon klar, ich weiß. Ihr Preußen habt's immer eilig. Ich denke, ich könnt heut alles soweit erledigen. Ihr solltet die Unterlagen dann morgen Mittag spätestens auf eurem Rechner haben."
„Super! Hört sich gut an. Vielen Dank und Servus."
„Servus und alles Gute nach Düsseldorf", verabschiedet sich Herr Moser. Und an seiner Stimme kann sie erkennen, dass er ganz sicher ein breites Grinsen auf dem Gesicht hat.
Jennifer wendet sich dem Kollegen Heinzi zu.
„Da hab ich mal Glück gehabt. Heute konnte ich den Moser mal kurzhalten. Du, sag mal, weißt du, was mit unserem Chef los ist? Der ist so komisch, gar nicht bei der Sache."
„Weiß nicht. Aber mach dir keine Gedanken. Passiert schon mal. Morgen ist wieder alles gut."
„Hast Recht. Apropos … morgen kommt Arbeit rein. Kannst du mit in den neuen Fall einsteigen?"
„Ja, sieht gut aus. Die Kleinigkeiten mach ich zwischendurch. Schlage vor, du organisierst für morgen früh ein kurzes Meeting. Eine Stunde sollte reichen. Soweit ich weiß, können die andern beiden auch bald dazu stoßen."
„Super, mach ich sofort! Ich sehe gerade, ab 10:30 Uhr sind alle verfügbar. Und erledigt, die Terminanfrage ist raus. So und meine Schicht ist für heute durch. Wir sehen uns morgen."
„Schönen Feierabend. Hast du heute was vor?"
„Nö, der Wochenenddienst war lang. Heute setz ich mich auf meinen Balkon mit einem Glas Rotwein und relaxe."
„Dann mal viel Spaß und bis morgen."
Jennifer verlässt das Büro und ruft noch ein „Ciao" in die Runde, welches als Echo wieder zu ihr zurückkehrt. Jennifer war mit ihrem Vespa Roller zum Dienst gefahren und so freut sie sich auf die Heimfahrt bei sommerlichen Temperaturen um die 28 Grad Celsius.
„Vielleicht esse ich noch ein Eis?", fragt sie sich selbst und denkt dabei an ihre Lieblingseisdiele in Grafenberg am Staufenplatz. Zielstrebig und mit großer Vorfreude auf das Eis, das sie jedem anderen vorzieht,

steuert sie ihren zitronengelben 125er Roller durch den Düsseldorfer Berufsverkehr nach Grafenberg.

Nachdem sie im Sonnenschein vor der Eisdiele ihre Abkühlung genossen hat, fährt sie nur noch ein kurzes Stück zu ihrer Wohnung. In der Geibelstraße wohnt sie im Dachgeschoß einer Jugendstilvilla. Die kleine Zweiraumwohnung mit Balkon genügt ihren Ansprüchen und ist vom Mietpreis her noch in ihrem Rahmen. Sie spart und möchte sich in ein paar Jahren eine Eigentums-wohnung leisten und deswegen bleibt sie in allen Belangen bescheiden. Mittlerweile ist es acht Uhr durch und Jennifer sitzt auf ihrem Balkon, genießt die untergehende Sonne und ein Glas Rotwein bei einem Fantasieroman. Die Sonne wärmt ihre Haut und sie atmet einmal tief durch und lässt sich in ihre Lektüre fallen. Vor ihr auf dem kleinen runden gusseisernen Gartentischchen steht das Glas Rotwein und daneben liegt ihr Handy.

Kapitel 9 – Jagdbegehung

Weite Felder, landwirtschaftlich genutzt, im Großraum Neuss, zwischen Grevenbroich und Korschenbroich erstrahlen in der untergehenden Sonne. Gelber Raps, dschungelgrüner Mais und grüngelbe Weizen- und Roggenfelder unterbrochen von einzelnen Waldstücken flankieren die Autobahn A52 Richtung Mönchengladbach. Ein grüner Geländewagen der Marke Land Rover Defender fährt einen nicht asphaltierten Landweg zwischen den gelben Rapsfeldern in Richtung eines Waldstücks. Selbst von weitem sieht man, dass es im Auto ziemlich rumpeln muss, da das Chassis sich wie in einem Sturm hin und her bewegt. Am Steuer des Wagens sitzt Lothar von Cappenberg.
Die von Cappenbergs gehören zu einer der lokalen Größen im Raum Düsseldorf. Nach dem Krieg gehörten sie eher zum sogenannten verarmten Landadel und lebten hauptsächlich von der Land- und Forstwirtschaft. In den Jahren des Deutschen Wirtschaftswunders hatten sie Glück. Landwirtschaftliche Flächen wurden zu ausgewiesenen Baulandflächen und durch Verkäufe und Erbpachtverträge gehörten die von Cappenbergs förmlich über Nacht zu den reichsten Familien im Raum Düsseldorf. Johann von Cappenberg, der Vater von Lothar, nahm das Vermögen und vergrößerte es, indem er in den Siebzigern ein Investment- und Consulting Unternehmen gründete. Die daraus entstandene Holding wurde zu einer Aktiengesellschaft umfirmiert, in der Lothar mittlerweile den Vorstandsvorsitz übernommen hatte. Sein Vater hatte ihm das Amt vor gut 5 Jahren übergeben und wechselte selbst in den Aufsichtsrat. Johann von Cappenberg verstarb im letzten Sommer im Alter von dreiundsiebzig Jahren an einem Herzinfarkt.
„Genau heute vor einem Jahr ist Vater verstorben und wie geht's mir?" Lothars laut ausgesprochene Gedanken kreisen um seine kleine Herzattacke vor zwei Monaten und er hat Angst, dass das gleiche Schicksal seines Vaters, halt nur viel früher, auch ihn ereilt. Was soll ich machen? Finanziell ist die gesamte Familie abgesichert. Antje und ich haben keine Kinder, also sollten wir das Leben genießen. Ja, genießen! Ich werde meinen Job an Herrn Dr. Bach übergeben und

wechsle jetzt schon in den Aufsichtsrat. Genauso wird's gemacht. Sofort am Montag werde ich alles in die Wege leiten.
In diesem Moment lenkt er seinen Defender in den Waldweg und befindet sich gerade hundert Meter im Wald, als er vor sich ein schreckliches Bild erspäht. Lothar macht eine Vollbremsung und kommt kurz vor dem Etwas zum Stehen. Ein mannshohes Kreuz aus Holz und oben darauf seitlich aufgespießt liegt ein ausgewachsener kapitaler Hirsch. Die durch die Blätter gleitenden Sonnenstrahlen verzerren erst die Wahrnehmung und dann wird ein Bild des Grauens deutlich. Die Gedärme hängen heraus, das Kreuz sowie der Boden sind mit Blut getränkt. Sein eigenes Blut gefriert ihm in den Adern als Lothar nach dem ersten Schrecken den abgetrennten Kopf des Tieres auf dem Kreuz deutlich vor sich sieht. Seine Sitzhöhe im Fahrzeug lässt ihn genau in die toten Augen des Tieres schauen und die blutigen, dreckigen Fransen des Resthalses zeugen von einer äußersten Brutalität. Nach dem ersten Schock, der ihm das Blut aus dem Gesicht hat weichen lassen, sammelt sich Lothar und flucht:
„Welches Schwein tut so etwas? Was soll das? Ein Wilderer kann das nicht gewesen sein. Wilderer gab es ja auch seit Jahrzehnten nicht mehr. Was ist das nur für eine Schweinerei? Diese Drecksau. Wenn ich den erwische!"
Begleitet von diesem Wutausbruch und Flüchen öffnet er die Fahrertür. Mit den Augen immer auf das schreckliche Bild gerichtet, steigt er langsam aus dem Auto aus. Mit seiner grünen Cordhose, Trekkingschuhen, blauweißkariertem Hemd und einer grünen Lederweste bekleidet, stellt er sich breitbeinig vor das Kreuz. Er schaut sich um, dreht sich dabei im Kreis und versucht irgendetwas zu erkennen. Nichts! Er wendet sich wieder dem bedauernswerten Tier zu und schaut bedächtig lang-sam von unten nach oben. Mitleid, Wut und Zorn steigen in ihm hoch. Plötzlich kracht das Geäst. Er dreht sich um, aber da wird es schon dunkel um ihn. Er bricht zusammen.

Kapitel 10 – Die zerrstörte Freizeit

Jennys Handy klingelt und auf dem Display erscheint der Name ihres Kollegen.
„Harry, was ist los? Musst du mich in meiner Freizeit wirklich stören?" Sie lacht und setzt gerade an, ihren ersten Schluck Rotwein zu trinken.
„Hi Jenny, sorry, aber wir haben einen Mordfall", begrüßt Harry sie freundlich.
„Mordfälle, dafür ist in erster Linie die Kripo Düsseldorf zuständig, nicht wir und nicht ich", entgegnet Jenny mit einem leicht genervten Unterton.
„Dieser Fall scheint in Zusammenhang mit dem Fall Ägyptisches Kreuz zu stehen. Alles deutet darauf hin. Kommst Du bitte? Michael ist schon unterwegs."
„O.k., sofort. Das ändert die Lage. Wo soll ich hin?"
„Steh schon vor der Tür."
Jenny springt auf und schaut runter auf die Straße. Sie lächelt und winkt kurz, dann wendet sie sich ab und geht in ihre Wohnung. Sie schließt die Balkontür und geht zum Schreibtisch. Aus einer der oberen Schubladen holt sie die Dienstwaffe. Dienstausweis kommt in die linke hintere Hosentasche der Jeans. Die Dienstwaffe an den Gürtel gesteckt, schlägt sie hinter sich die Wohnungstür zu und springt die Treppe hinunter. Vor der Tür steht Harry vor seinem erst gerade ein Jahr alten Ford Mustang mit eingeschalteter Warnblinkanlage. Er hatte lange gespart, um sich einen vierhundert PS-starken, schwarzen Mustang kaufen zu können. Sein ganzer Stolz. Und so lehnt er auch an seinem Auto, als Jenny zu ihm läuft. Mit einem galanten Lächeln öffnet er ihr die Beifahrertür.
„Na, alles klar bei dir?"
„Alles o.k. Danke."
Harry legt den Wahlhebel auf „D" und startet durch. Das PS-Monster heult einmal kurz auf, um sogleich im tiefen fünf Liter Hubraum des Boliden wieder zu verschwinden.
„Was haben wir?", will Jenny wissen.

„Grob kann ich dir folgendes sagen, Ein riesiger Holzkasten in Form eines T-Kreuzes. In dem Kasten eine stark verweste Leiche. Vor dem Kasten steht ein Kreuz, auf dem ein geköpfter Hirschtorso aufgespießt ist. Weitere Details habe ich über das Funknetz nicht so gut verstanden. Aber wir haben nun einen Körper, der wohl leichter zu identifizieren ist. Traurig, aber wenigstens etwas."
„Also keine Einzeltat. Es bildet sich zu einer Serie aus. Und was sagt Michael immer? Aus zwei Opfern werden dann mindestens vier. Ach du heilige Scheiße!"
„Warum mindestens vier? Hab ich nie verstanden."
„Weil in der Regel die Täter zwischen dem vierten und fünftem Opfer gefasst werden. Michaels Statistik, frag nicht, aber sie haut hin. Ich hab es mir angeschaut und seine Serienkillerfälle endeten in den meisten Fällen auch so."
„O.k., also keine offizielle Statistik."
„Wo ist der Tatort denn dieses Mal? Auch wieder am Flughafen?"
„Nein, aber auch auf deren anderen Rheinseite. Richtig Mönchengladbach. Die genauen Koordinaten habe ich schon ins Navi eingegeben. Ich bin gespannt, was uns dort erwartet."
„Wieso sagst du das?"
„Der Kollege von der Kripo Düsseldorf, ein gewisser Burgmeister tat so geheimnisvoll und außer-dem schien ihm fürchterlich schlecht zu sein."
„Burgmeister? Ist das nicht ein Kumpel von Michael? Er war auch am ersten Tatort der Vorortermittler der Kripo. Warum er? Das ist doch der Rhein-Kreis Neuss oder irre ich mich?"
„Die aus Neuss haben so etwas wohl noch nie gesehen und haben dann die Kollegen in Düsseldorf angerufen. Weil Michael nicht erreichbar war, ist der Auftrag zu mir durchgestellt worden."
„Warum meinst du, dass es Burgmeister schlecht geht?"
„Weil er im Gespräch kotzen musste, T'schuldigung."
„Burgmeister hat sich übergeben? Das kann ich ja fast nicht glauben. Jetzt bin ich aber auch neugierig."
Auf einmal klingelt Harrys Handy. Michael ist am Apparat.
„Hallo, wo steckst du?", fragt Harry sofort, ohne abzuwarten, wer sich am anderen Ende meldet.
Verzerrt über die Freisprecheinrichtung dröhnt es:

„Steh hier an der Bundestrasse mit Warnblinker, ihr seid doch nicht mehr weit oder?"
„Nein, wir sehen dich schon. Willst du vorweg fahren?"
„So machen wir es."
Im gleichen Atemzug schaltet Michael die Warnblinkleuchte aus, setzt den Blinker links und zieht raus. Auf dem Seitenstreifen aus Gras reißt er eine tiefe, lange Furche bis er den Asphalt erreicht.
Die beiden Fahrzeuge passieren gerade eine langgestreckte Rechtskurve, als sie das Blaulicht der Einsatzfahrzeuge im Wald sehen. Gelbe Warnleuchten blinken und rotweißes Polizeiabsperrband flattert im Wind. An der ersten Absperrung parkt Harry sein Auto am Straßenrand. Er und Jenny setzen sich zu Michael in den Mercedes. Sie fahren weitere zwei Kilometer, bis sie an einen Punkt kommen, ab dem sie zu Fuß weitermüssen.
Nachdem die drei bisher den Weg gemeinsam wortlos gegangen sind, eröffnet Jenny die Fragerunde.
„Was haben wir? Ist das Opfer bereits identifiziert? Wie ist es ums Leben gekommen?"
Michael schaut zu Jenny rüber und nickt wohlwollend mit einem Hauch Anerkennung. Jenny gestärkt in ihrer Vorgehensweise spricht Harry direkt an.
„Harry, los raus mit der Sprache, was weißt du schon?"
Harry entgegnet schon ein wenig abwehrend:
„Ehrlich, ich weiß auch noch nicht so viel. Nur soweit, es muss soll wohl noch grausamer sein als bei dem voran gegangenen Mord."
„Also eine Steigerung der Gewalt", schaltet sich Michael ein.
„Ja, richtig und die Methode und Vorgehensweisen deuten klar und deutlich auf einen von langer Hand vorbereiteten Plan hin. Das war nicht der letzte Tote am Ägyptischen Kreuz.", wirft
Harry mit Inbrunst in die Runde.
„Symbolik, Methode und Vorgehensweisen deuten auf eine Bestrafung hin – Rache!"
„Stimmt, wir haben es, verfluchte Scheiße noch mal, mit einem Rachefeldzug zu tun. Jetzt wird es schwer. Für einen Rachefeldzug liegt das Motiv meist weit in der Vergangenheit zurück. Die Gemeinsamkeit der Opfer kann nur eine Kleinigkeit sein und der Täter lange gewartet haben oder er war mit einem Auslöser konfrontiert.

Harte Arbeit erwartet uns. Nur gut, dass das Team wieder frei für einen Fall ist."
Mit diesen Worten erreichen sie die letzte Absperrung vor dem Tatort. Wie in einem Guss ziehen alle Drei ihren Dienstausweis, der Beamte winkt sie durch.
„Hey, da ist Burgmeister".
„Harry, bitte versuch schon einiges Infos von der SPUSI zu bekommen und wenn du die Pathologin triffst, sag ihr bitte, dass wir bei Burgmeister sind. Danke."
Michael dreht sich jetzt zu Jenny:
„Und wir beide werden Burgmeister befragen, bitte nimm dein Diktiergerät. Jedes Detail muss aufgezeichnet werden."
Jenny nickt, nimmt sich ihr Diktiergerät aus der Tasche und checkt den Ladezustand der Batterien.
„Alles o.k., es kann losgehen", denkt sie und geht zielstrebig auf Burgmeister zu.
„Hallo, Konny, wie sieht's aus? Was kannst Du uns sagen?"
In der Manier eines Reporters hält Jenny das Diktiergerät Michael und Burgmeister direkt unter die Nase. Dabei kommt Burgmeister zu nah, der mit seinem rechten Arm rumwedelt, als wolle er eine Wespe verscheuchen.
„Muss das sein?"
„Es muss sein. Also schieß los, was haben wir?"
„Diesmal hatten wir mehr Glück. Durch Zufall waren die Einsatzkräfte der Feuerwehr schneller am Tatort. Ein vorbeifahrendes Pärchen hatte den Rauch bemerkt und die Feuerwehr alarmiert. Da sie nur den Notruf ausgelöst und nichts gesehen haben, habe ich die Aussage aufgenommen und sie nach Hause geschickt."
„Haben sie nichts gesehen? Ein wegfahrendes Auto, Radfahrer oder Spaziergänger?"
„Rein gar nichts. Vorsicht, SPUSI!" In diesem Moment mussten gerade zwei Kollegen mit schwerem Gerät der Spurensicherung vorbei.
„Komm wir gehen zur Seite. Also was haben wir? Wir haben wieder ein T-Kreuz aus Holz, welches angebrannt ist. Augenscheinlich das gleiche Material und die gleiche Bauweise." Burgmeister macht eine Pause und holt Luft. Es fällt ihm sichtlich schwer, den Sachverhalt in Worte zu fassen.

„O.k., also wir konnten das Kreuz öffnen, bevor es ganz verbrannt war. Wir haben eine männliche Leiche, sowie hunderte von toten und lebendigen Ratten. Die sind zäh, die Biester."
„Wie? Nochmal! Ratten?", fragt Jenny ganz aufgeregt.
„Das ist nichts für zart besaitete Personen. Die erste Sichtung mit der Pathologin ergab Folgendes. Der Mann wurde sozusagen an das Kreuz genagelt und mit hunderten von Ratten eingeschlossen. Die Ratten haben den Mann bei lebendigem Leibe angefressen. Wie lange das Martyrium gedauert hat, wird die Obduktion zeigen."
In Wahrheit stellt sich das Bild schrecklicher dar, als Konny es beschreiben konnte. Ein zerfledertes Gesicht, bis auf die Wangenknochen runter gefressen. Seitlich erkennt man die auch schon halb aufgefressene Zunge. Die Augen sind nicht da, leere, dunkle, blutrote Höhlen starren einen an. Der Körper ist übersäht mit Fressarealen. Die Stellen, wo die Haut und die Muskulatur weniger hart waren, sind bis auf die Knochen runtergefressen. Das betrifft Brust, Bauch und Genitalgegend. Die Beine und Arme sind von der ersten Hautschicht befreit und der blanke Muskel liegt frei. Die Innereien wie Darm und Magen sind weg und man schaut durch den Körper von oben runter auf das Holz des Kreuzes. Ein selten grausamer Anblick, der sich dem pathologischen Team darbietet. Michael und Jenny stehen und trauen ihren Ohren und Augen kaum. Nach einer gefühlten Ewigkeit bekommt Jenny den ersten Satz heraus:
„Sag mal Konny, du siehst fertig aus. Sollen wir morgen im Büro alles Weitere besprechen?"
„Da wäre ich euch echt dankbar", erwidert Konny.
„O.k., geh heim und hau dich aufs Ohr. Wir sichten den Fundort, was auch wohl der Tatort ist. Nur wie wurde der Mann hierher gebracht? Wie wurde er überwältigt?", denkt Michael laut.
„Jenny, Harry versucht mal Näheres über den Transport zum Tatort zu ermitteln, ich werde mich mit der Pathologin und der SPUSI in Verbindung setzen. In einer Stunde treffen wir uns wieder hier. Bis gleich."
Konny zieht mit gesenktem Kopf von dannen. Niemand zuvor hatte ihn in diesem Zustand gesehen, geschweige denn erlebt. Jenny und Harry bewegen sich zum Anfang des Feldwegs, wobei sie mit der riesigen MAC Stabtaschenlampen den Weg rechts und links systematisch

ausleuchten. Dieses Verfahren dient nicht dazu, die Kollegen der Spurensicherung zu überprüfen, nein, es ist wichtig, sich ein Bild von der Situation und der Lage zu machen, um später beim Profiling die Atmosphäre besser zu spüren. Nach einer Stunde stehen Jenny und Harry am vereinbarten Treffpunkt.
„Typisch. Wer fehlt uns? Der Michi", lästert Harry abfällig.
Im gleichen Augenblick kämpft sich Michael aus einem der vielen Büsche und klopft sich Blätter, Dreck und irgendwelches Getier von der Kleidung.
„Habt ihr was gefunden?"
„Nein, tut uns leid. Aber dort ist nichts und ich würd mich auch wundern, wenn die SPUSI etwas gefunden haben sollte. Der Täter wusste, was er tat."
„Ihr habt vollkommen Recht. Wie beim ersten Mal, alles minuziös geplant, keine Fehler. Außer vielleicht … dass das Opfer zu früh gefunden wurde. Wenn wir es identifizieren können, sind wir vielleicht in der Lage ein Motiv zu erkennen und die Serie zu stoppen. Das wird sonst nicht das letzte Opfer sein."
„Morgen sollten wir jetzt unseren Leuchtturm in den Fall mit aufnehmen. Was meinst du Michael? Er hat seinen Fall abgeschlossen."
„Ich weiß, so machen wir es auch. Du weißt Heinzi morgen ein, o.k.? Komm, wir fahren heim. Harry, bringst du Jenny zu ihrer Wohnung? Ich fahr heute Nacht zu meinem Dad", sagt Michael
und bei jedem anderen hätte sich „Dad" irgendwie affektiert angehört, aber nicht bei ihm, er ist halt authentisch.
„Alles klar." Und im gleichen Augenblick trotteten die beiden zu Harrys Auto.
Michael setzt sich in seinen Wagen und sieht sich das schaurig schöne Treiben der Kollegen an. In einem Meer von Lichtern, blinkendem Blaulicht und Suchscheinwerfern der Hubschrauber getaucht betrachtet er die Szene. Nach einer gefühlten halben Ewigkeit dreht er den Zündschlüssel um und setzt seinen Daimler in Bewegung. Auf dem Weg nach Heerdt an den Feldern, Wiesen und Wäldern im Raum Neuss-Meerbusch vorbei genießt er die Fahrt bei sommerlichen Temperaturen und offenem Fenster. Und dabei sieht alles so friedlich aus, denkt er und schüttelt leicht den Kopf. Gedankenverloren schaut er in die Nacht.

Kapitel 11 – Der Rückblick

In Düsseldorf angekommen, empfangen ihn die von neonlichtdurchfluteten Straßen. Hier und da kommen ihm verspätete Disco- und Kneipengänger nicht ganz gerade entgegen, aber sonst nichts Auffälliges, denkt er. Wäre auch blöd, wenn ihm jetzt noch ein Randalierer über den Weg laufen würde. Er fährt in die Pestalozzi-Straße und biegt langsam und sehr ruhig auf den Hof seines Vaters ein. Eduard Brenner erkennt das Motorgeräusch des Wagens seines Sohnes und öffnet ihm das Garagentor.
Ein abgeschlossenes Areal mit zwei großen Schwenktoren, wie es für Werkstätten so üblich ist. Eines der zwei Tore steht offen und man sieht genau, an welchem Projekt er gerade wieder arbeitet. Ein alter BMW 2002 aus den Siebzigern. Das Alter der Anlagen ist deutlich zu erkennen, aber dennoch sind Hof und Werkstatt sehr aufgeräumt und sauber. In der Ecke steht das alte, braune und schwer anmutende Ledersofa. Leo, der Dritte, die alte Grautiger Dogge springt schwerfällig von dem Sofa und kommt schwanzwackelnd auf Michael zugelaufen. Michael parkt den Wagen und begrüßt überschwänglich Leo. Dann wendet er sich seinem Vater zu und fragt:
„Dad, wie siehst Du denn aus?" Dabei grinste er über beide Ohren.
„Hey, was willst du? Ich war doch schon im Bett! Aber als ich deinen Wagen hörte, wusste ich, du willst quatschen. Stimmt's?"
„Stimmt genau. Hast du noch ein Alt für mich? Ich penn heute hier. Hab heute keinen Bock, allein zu grübeln."
„Ach ja, das teilst du lieber mit deinem alten Herrn. Aber du hast Recht, dafür sind Väter ja da. Komm erst einmal rein und hol dir ein Alt. Es sind noch zwei oder drei Flaschen im Kühlschrank."
Eduard Brenner schließt mit einem rostigen Knarren der Hoftür die Einfahrt. Michael ist bereits in der Küche und holt zwei Alt aus dem Kühlschrank. Dann öffnet er die Tür zum Vorratsspeicher, direkt neben der Küche, holt zwei Flaschen Alt aus dem Kasten und legt sie in den Kühlschrank.
„Warum hole ich nicht erst die warmen Flaschen, lege sie in den Kühlschrank und nehme dann die kalten Flaschen? Egal," denkt er.

Die Küche ist mit einem Flur und zwei Brandschutztüren mit der Werkstatt verbunden. Die in die Jahre gekommene Küche mit einer milchkaffeebraunen Hochglanzoberfläche ist mit einer kleinen Sitzecke ausgestattet und grenzt ans Wohnzimmer. Im Wohnzimmer ist ein riesiger Flat-Screen-Fernseher an der Wand angebracht und davor arrangiert sich eine cremeweiße Lederpolstergarnitur. Die dazu gehörigen, farblich abgestimmten Kommoden und der Wohnzimmertisch sind zwar nicht aus der Mode gekommen, aber auch hier lässt sich das Alter nicht leugnen. Alles sieht immer noch sehr gepflegt aus, dank Frau Giesen. Hannelore Giesen ist eine alleinerziehende Mutter um die An-fang Vierzig.
Ihr Sohn Paul ist mittlerweile sechzehn Jahre alt und hilft Eduard ab und zu bei der Restauration. Michael kennt Paul schon von Kindesbeinen an und zwischen ihnen ist so eine Beziehung, wie großer und kleiner Bruder entstanden. Da Paul beide Männer aus dem Hause Brenner anhimmelt, weiß er gar nicht, welche Berufswahl er treffen soll. Kfz-Mechaniker oder Polizist. Michael rät ihm immer wieder vom Dienst in der Polizei ab und phasenweise scheint es ihm auch zu gelingen. Jetzt verfolgt er einen neuen Traum, Kfz-Ausbildung bei der Mercedes-Vertretung, Maschinenbau Studium an der RWTH in Aachen und dann in die Formel Eins. Da Paul auf dem Gymnasium gute bis sehr gute Zensuren hat stehen ihm ja alle Türen offen. Von daher wird er schon früher oder später das Richtige für sich finden, denn der Charakter stimmt. Hannelore hat, nachdem sie ihr Mann verlassen hat, nie wieder geheiratet. Beziehungen kürzerer oder längerer Natur hatte es nie gegeben und so bekam Paul eine zwar vaterlose aber allführsorgliche Erziehung. Väterlichen oder brüderlichen Rat forderte Paul regelmäßig bei Eduard und Paul ein. Da Paul dies in seiner unnachahmlichen neugierigen, altklugen, zuweilen frechen, aber stets freundlich höflichen Art tat, fiel es den beiden auch nicht schwer, ihn ins Herz zu schließen. Hannelore und Paul waren vielleicht das Beste, was ihnen nach dem Verlust der Ehefrau und Mutter passieren konnte. Diese Konstellation, gepaart mit wieder einem Doggenwelpen, namens Leo, lenkte sie damals so dermaßen ab, dass die Trauer nach und nach in den Hintergrund rückte. Eduard betritt gemeinsam mit Leo die Küche, nimmt sich eine Flasche von der Anrichte und setzt sich auf den Küchenstuhl. Michael folgt ihm und fast gleichzeitig lassen sie den

Porzellanverschluss floppen. Beide setzen an und in einem Zug ist bei beiden die Flasche schon halb leer.

„Mutter würde sagen, bring dem Jungen nicht so etwas bei", sagt Eduard zu Michael und ergänzt: „Weiß du noch? Und dabei hat sie immer gelacht und wusste, dass es doch o.k. ist. Also schieß los, was bedrückt dich mein Junge. So etwas kommt bei dir nicht so oft vor. Das letzte Mal, glaube ich, bei dem Mord an dem kleinen Mädchen. Schreckliche Sache."

„Ach, wie soll ich nur anfangen?"

„Sag einfach das, was dir gerade durch den Kopf geht."

Für Eduard vollkommen unerwartet stellt Michael ihm eine Frage, mit der er nie gerechnet hätte.

„Glaubst du, dass Mutter ermordet wurde?"

„Was redest du da? Du hast doch erst einen Schluck genommen. Junge, nimmst du Drogen? Was ist los, ich versteh dich nicht! Also nochmal und ganz langsam."

„Glaubst du, dass Mutter ermordet wurde?"

„Blödsinn, dummes Zeug!" Dabei wurde Eduard, entgegen seiner Art, jetzt ein wenig lauter, ernster und sprach, wie immer, wenn es ernst wurde, hochdeutsch und nicht in seinem Düsseldorfer rheinischen Dialekt.

„Wie kommst du darauf? Mutter verstarb bei einem tragischen Autounfall. Das ist schrecklich. Du weißt es und ich weiß es. Also, was soll die Frage? Warum belastest du uns beide damit? Wir haben uns gegenseitig den Schwur abgenommen, wieder zu leben, nach vorne zu schauen. Haben wir nicht lange genug getrauert? Das gerade von dir? Du hast mir doch zurück ins normale Leben geholfen, oder? Also rück schon raus mit der Sprache. Was ist eigentlich los?"

„Papa, bitte bleib ruhig, Bernd hat mir schon den Rat gegeben, dass ich dir nichts sagen soll." Wenn Michael nicht Dad sagt, sondern Papa, dann weiß Eduard, dass es ernst wird.

„Wie? Bernd ist schon im Thema? Komm jetzt raus mit der Sprache. Was ist passiert?"

„Die letzten Tage lag auf meinem Schreibtisch im Büro ein großer, brauner DIN A4 Briefumschlag. Unvorsichtiger Weise habe ich ihn ohne Sicherheitscheck geöffnet. In dem Umschlag befanden sich Fotos von Mutter in Tokio. Die Fotos sind laut Zeitangabe auf den Fotos kurz vor dem vermeintlichen Unfall gemacht worden. Winkel und Anzahl der Fotos lassen den Schluss zu, dass es keine zufälligen Touristenfotos waren. Es sind auch Fotos hier aus Düsseldorf dabei. Ich weiß nicht, was das bedeutet."

Den Teil, das auch Fotos vom Unfall mit im Umschlag waren, verschweigt Michael. Er hält inne, den Blick gesenkt, als würde er in seine Flasche schauen und auf Antwort warten. Eduard starrt seinen Sohn an, als wolle er sagen, dass das alles nur ein schlechter Scherz ist und zwar ein ganz schlechter Scherz. Totenstille liegt über den beiden, selbst Leo scheint diese von Tod und Leid überschattete Atmosphäre zu spüren und liegt wie eine Sphinx vor den beiden auf dem Teppich und starrt sie im Wechsel an. Wenn man diesen Geschichtsausdruck beschreiben sollte, so könnte man, wenn es die Situation zuließe, lautlos lachen. So aber herrscht eine unerträgliche Stille, die Eduard mit einem:

„Das kann doch nicht wahr sein", durchbricht.

„Was meinst du damit?" Michael ist blitzartig wieder voll geistesgegenwärtig.

„Ach weißt du, ich weiß leider nichts Genaues, aber das, was ich weiß, würde jetzt ins Bild passen."

„Welches Bild? Wovon sprichst du? Ich versteh kein Wort mehr. Hilf mir." Gespannt, was jetzt folgen wird, richtet sich Michael auf, sieht seinem Vater direkt in die Augen.

„Wie du weißt, gehörte deine Mutter einer alten Samurai Familie an. Das hört sich jetzt alles klischeehaft und wie eine alte Rittergeschichte an, denn nichts Anderes waren ja die Samurais. Die Ritter Japans. Nur mit dem Unterschied, dass sich dieses Rittertum in die Neuzeit gerettet hat. Da deine Mutter kein Samurai sein konnte, aufgrund ihres Geschlechtes, hat sie sich auch nie um die Angelegenheiten ihres Vaters und Bruders gekümmert. Im Gegenteil, sie hat uns davon ferngehalten. Und sie selbst wollte nicht damit behelligt werden." Eduard schweigt und starrt auf Leo. Michael wird ungehalten und fordert mehr Informationen ein: „Was erzählst du da? Du musst mir alles erzählen. Wenn das kein Autounfall mit Fahrerflucht war, sondern eiskalter Mord und jetzt diese Bilder bei mir auftauchen, dann heißt das wahrscheinlich, dass irgendetwas geschehen ist, was die alte

Geschichte wiederaufleben lässt und uns vielleicht in Gefahr bringt? Bitte erzähl und lass nichts aus."

Michael wird wieder ruhiger und sieht seinen Vater fragend an. Und wieder kehrt eine unheilsame Stille ein, welche beide frieren lässt. Nacheinander reiben sie sich über die Unterarme und reiben sich die Gänsehaut weg.

„Wie soll ich nur anfangen? Ich erzähl dir alles was ich weiß mit meinen Worten und erwarte jetzt bitte nicht, dass ich alles in eine Geschichte verpacken kann, o.k.?"

„Schon klar! Ich frag, wenn ich was nicht verstehe." Eduard schaut nachdenklich nach unten, dann blickt er auf, mit dem Ausdruck, weil er sich gesammelt hat.

„Als ich deine Mutter kennenlernte, kam die Familiengeschichte nie auf den Tisch. Im Gegenteil, ich wusste nur, dass dein Großvater und dein Onkel beim Umweltministerium arbeiteten. Sie beschäftigten sich mit dem Bergbau und anderen geographischen Begebenheiten, wie die ständige Bedrohung durch Erdbeben und Überflutungen. Früher nannte man das noch nicht Tsunami. Das einzige was bemerkenswert war, war die Tatsache, dass dein Großvater und dein Onkel wettkampfmäßig japanische Kampfsportarten beherrschten und dies bis zum Exzess trainiert haben. Deshalb war es auch einfacher für sie, dir das ganze Zeug beizubringen. Na ja, auf jeden Fall, ich glaub, es war in den Siebzigern, ja genau im Sommer 1978, wir haben doch damals jeden Sommer in Japan verbracht. Warum beherrschst du die Sprache wohl so perfekt. Also, ich betrat das Haus und ging in die Küche. Da hörte ich aus dem Arbeitszimmer deines Großvaters ein lautes Wortgefecht. Deine Mutter hatte sich mit ihrem Vater und Onkel gestritten. Ich habe natürlich nichts verstanden, aber am anderen Tag rief deine Mutter bei der Fluggesellschaft an und verlegte den Flug. Zwei Tage später sind wir auch dann zurück nach Hause, nach Düsseldorf geflogen."

„Und hast du Mutter gefragt? Was hat sie gesagt?" Michaels Neugierde wächst und übersteigt jetzt den Zustand des Schocks über die Möglichkeit eines Mordes an seiner Mutter. Er steht auf und holt noch zwei Flaschen aus dem Kühlschrank und mit einer für ihn nicht typischen Höflichkeit reicht er seinem Vater das zweite Bier.

„Bitte hier. Wie geht's weiter?"

„Wie du weißt, sind deine Mutter und ich immer respektvoll miteinander umgegangen. Was in ihrer Heimat passierte, regelte sie. Alles was hier geschah, dafür war ich zuständig."
„Wolltest du nicht wissen, was das für eine überhastete Aktion war?"
„Selbstverständlich! Zu Hause angekommen, du warst schon wieder in der Schule, da habe ich den richtigen Moment abgewartet und mit ihr darüber gesprochen."
„Mein Gott, ich wusste gar nicht, dass du so viel Geduld aufbringen konntest. Ich habe dich da anders in Erinnerung", platzt Michael in die Erzählung.
„Mit deiner Mutter hatte ich immer Geduld. Es fiel mir aber auch nicht schwer. In ihrer Gegenwart schien die Zeit immer stillzustehen, aber auf jeden Fall verging sie langsamer. Also, ich fragte sie und sie gab mir eine Antwort, welche ich zu diesem Zeitpunkt überhaupt nicht verstanden habe. Ihr Vater und Bruder waren nur zur Tarnung im Umweltministerium, in Wirklichkeit gehörten sie dem japanischen Geheimdienst an. Soweit so gut, dachte ich damals. Es sind nicht gleich alle wie James Bond unterwegs. Das waren sie auch nicht im eigentlichen Sinne. Sie gehörten aber einer Geheimorganisation an, welche dem Kaiser zugetan war oder ist und die die Monarchie in vollem Umfang wiedereinführen wollte oder will. Royalisten sozusagen, aber fanatisch wie hier die Neonazis.
Diese Organisation arbeitete oder arbeitet im Untergrund. Der Name dieses Geheimbundes ist mir nicht bekannt. Wie du weißt, hatte deine Mutter die Geschichte Japans und Deutschlands studiert und auf diesem Hintergrund waren ihr diese Aktivitäten in ihrer Familie ein Greul und für sie inakzeptabel. Hast du dich nicht gewundert, dass wir nach diesem besagten Sommer nie wieder gemeinsam dorthin geflogen sind? Jetzt weißt du warum."
„Was hast du gedacht oder unternommen?", bohrt Michael.
„Da alles so mysteriös und undurchschaubar war und wir ja von keiner Straftat oder Ähnlichem wussten - vielleicht ahnten wir was, wollten es aber nicht wahr haben- haben wir den Kontakt auf das Minimum reduziert und das Ganze schnell vergessen. Später war das dann so, als hätte deine Mutter mal eine Krimigeschichte erzählt, von der sie das Ende nicht kannte."
„Das war es?"

„Ja und wie du siehst, ist es nicht viel. Jetzt verstehst du mich. Das konnte man nur vergessen, weil nichts davon real erschien und als deine Mutter den Unfall hatte, waren ja auch schon Jahre verstrichen. Wie sollte ich da einen Zusammenhang herstellen? Warum sollte ich Vermutungen dahingehend anstellen, dass die Familie mütterlicherseits an irgendwelchen gewaltsamen Aktivitäten beteiligt sein könnte oder gar an einem Komplott? In Deutschland gibt es auch welche, die wünschen Bayern wäre unabhängig oder der Kaiser käme zurück oder andere Geisteskranke, die wünschen sich noch Schlimmeres zurück. Also bestand keine Veranlassung, Verdächtigungen oder Spekulationen anzustellen."

Eduard erzählt die Geschichte mittlerweile so sachlich, dass Michael merkt, sein Vater ist im Analysemodus. Dies macht er immer, wenn er nicht weiterweiß, dann fängt er sogar an, mit sich selber zu reden. Michael schaut seinen Vater mitleidvoll an. Der grauhaarige alte Herr sitzt dort wie ein Häufchen Elend, starrt auf den Tisch und versteht die Welt nicht mehr. Michael überlegt, ob er richtig entschieden hatte, alles seinem Vater zu erzählen. Es ist richtig, sonst hätte er nicht die Geschichte von seinem Großvater und Onkel erfahren und ob gegebenenfalls Gefahr für seinen Vater oder ihn besteht. Aber es scheint, dass jetzt keine akute Gefahr besteht, eher eine Warnung oder doch ein Hinweis etwas aufzudecken, was lieber im Verborgenen bleiben soll? Michael beschließt fürs Erste, es dabei zu belassen und beschwichtigt die Situation.

„Vielleicht ist dies ein Hinweis für mich, um dem nachzugehen? Vielleicht ist auch nicht sauber und korrekt untersucht worden und der Fahrer soll jetzt durch mich seiner gerechten Strafe zugeführt werden. Vielleicht war es doch nur ein Unfall und ich verrenne mich in etwas, weil ich überall nur Mord und Totschlag sehe."

„Mein Junge, mach dir mal keine Sorgen um deinen alten Herrn. Ich krieg das schon hin. Und wenn wir das gemeinsam sauber analysieren und untersuchen, werden wir die Wahrheit schon ans Tageslicht bringen. Eines ist sicher, deine Mutter ist ein Opfer und war nie an irgendwelchen Machenschaften beteiligt. Deine Mutter war die warmherzigste und ehrlichste Person, die ich je kennengelernt habe und wir müssen das aufklären. Das sind wir ihr schuldig."

Nach einer kurzen Gedankenpause setzt er fort:

„Komm Michael, es ist spät, lass uns schlafen gehen."
Michael reißt den bis dahin gesenkten Kopf hoch und antwortet hellwach:
„Geh schon hoch. Ich schließe alles ab. Mach dir keine Sorgen Papa und es tut mir leid, dass ich dich damit belaste."
„Junge, ich wäre traurig, wenn du mich nicht informiert hättest. Das geht uns beide an. Wir lassen uns nicht unterkriegen! Gute Nacht, schlaf gut." Er lächelt verschmitzt und trottet die Treppe hoch.
In der Küche schiebt Michael die beiden Stühle an den Tisch, geht zur Werkstatt und prüft, ob alle Türen und Tore abschlossen sind. Auf dem Weg zurück von der Halle schließt er hinter sich die Brandschutztüren des Flures. Dieses Mal prüft er ganz genau, ob alles geschlossen ist und rüttelt kräftig an den Türgriffen. Leo unterdessen folgt Michael auf Schritt und Tritt. Der Hund beobachtet das Treiben und in den großen braunen Augen kann man nur noch Fragezeichen sehen. Wieder in der Küche angekommen, nimmt Michael Leos riesiges Hundekörbchen und stellt es genau vor das Küchenfenster.
„Wenn jemand hier rein will, muss er erst an dir vorbei, mein Bester."
Dabei streichelt Michael Leo über seinen riesigen Kopf. Leo legt sich gemächlich in seinen Korb, schaut Michael mit den Gedanken an, jetzt beweg dich nach oben und vergiss nicht das Licht auszumachen. Dabei gleitet der Kopf auf seine Pfoten und er schließt die Augen halb zu. Deutsche Doggen sind bekanntermaßen verspielte und kinderliebe Hunde. Freundlich zu jedermann, Einbrecher kommen zwar rein, aber nicht wieder raus. Letzteres hatte sich schon bewahrheitet, als Leo vier Jahre alt war. Damals war ein junger Gelegenheitsdieb in die Werkstatt eingestiegen und hatte sich an der Tasche mit dem teuren Werkzeug zu schaffen gemacht. Als er wieder verschwinden wollte, stand Leo ganz einfach vor ihm. Er muss wohl nur dagestanden haben, weil am anderen Morgen, als Eduard Brenner in die Werkstatt kam, beide auf dem Boden saßen. Leo sah dabei wesentlich entspannter aus. Der Kleinkriminelle war ein Junge aus dem Viertel und nach der Gerichtsverhandlung gab Eduard Brenner ihm eine Chance, der durfte die Ausbildung zum Kraftfahrzeug Mechaniker bei ihm machen.
Pünktlich um sechs Uhr morgens klopft Eduard Brenner an die Tür seines Sohnes:
„Aufstehen, guten Morgen."

Mit diesen Worten geht er weiter seines Weges zum Badezimmer.
Michael dreht sich nochmal um, nach einer fürchterlichen Nacht, in der
er nicht in den Schlaf kam. Und wieder fängt er an zu grübeln über das,
was er tun soll und vor allen Dingen, wem kann er noch vertrauen.
Ganz in diesen Gedanken versunken springt er mit einem Satz aus dem
Bett und geht in sein Bad. Da er Einzelkind ist, hatten Tomoko und
Eduard schon früh beschlossen, ihr Haus danach auszurichten. So hatte
Michael schon als Kind sein eigenes Reich, ein eigenes Bad, Telefon-
und Fernsehanschluss.
Dieser Luxus machte sein Elternhaus während der Schulzeit zu einem
beliebten Ziel für seine Kumpels. Nach Rasur und Dusche bindet er
sein etwas längeres Haar nach hinten zusammen. Aus dem Schrank
holte er sich einen seiner sportlichen dunklen Anzüge - heute der Blaue
- und macht sich fürs Büro fertig. Seine Jeans und die anderen Sachen
vom gestrigen Abend packt er in eine kleine Sporttasche. Als er nach
unten in die Küche kommt, begrüßt ihn Leo. Nach ein paar Klopfern
auf die Brust des Hundes, ist dieser auch zufrieden und legt sich wieder
auf seinen Platz.
„Papa, alles in Ordnung? Wie hast du geschlafen?"
Eduard, der gerade ein paar Scheiben Brot schneidet, dreht sich um und
sagt: „Nicht so gut, mir gingen so einige Sachen durch den Kopf."
Beim Aufdecken von Brot und Kaffee fährt er fort: „Den Verlust deiner
Mutter habe ich soweit verarbeitet und dass ich die Zeit nicht
zurückdrehen kann. Aber die Möglichkeit, dass wir in Gefahr sind,
verstehe ich nicht."
„Ich vermute es nur. Ich weiß es doch auch nicht. Parallel habe ich
noch so einen anderen schwierigen und äußerst brutalen Fall. Ich kann
mich gar nicht richtig konzentrieren."
„Sohn, mach dir keine Sorgen. Jetzt iss erst einmal. Wir werden der
Sache schon auf den Grund gehen. Ich kenn dich doch. Du lässt nichts
unerledigt, dass hast du von mir", lacht Eduard Brenner.
Michael schlingt unterdessen sein Käsebrot herunter und trinkt den
Kaffee so hastig, dass ihm im Mundwinkel links und rechts etwas
wieder herausläuft. Er greift zur Serviette, wischt sich den Mund ab und
steht vom Tisch auf. Sein Vater schaut ein wenig verwirrt, steht aber
dann auch auf.

„Willst du schon weg, du hast doch noch Zeit." Eduard Brenner sagt dies mit einem äußerst sorgen-vollen Gesichtsausdruck, als würde er diesen Moment am liebsten einfrieren und alles, was gestern gesagt wurde, vergessen machen.
„Tut mir Leid Papa, aber ich glaube, ich weiß jetzt, was ich zu tun habe. Bitte schließ die Toreinfahrt auch tagsüber und ruf mich an, wenn du etwas Verdächtiges bemerkst oder einfach nur so. Ich rufe an. Bis heute Abend. Wenn du magst?" Mit einem erleichternden Lächeln läuft er los.
„Klasse, ich freu mich! Was willst du essen?" Eduard Brenner folgt seinem Sohn, geht zum Tor und öffnet es.
„Grillen wäre klasse. Ciao,"
Mit diesen Worten schließt Michael seinen Daimler auf und steigt ein.
„Shit, tanken muss ich auch noch. Das passt jetzt gar nicht ins Programm. Egal, was sein muss, muss eben sein." Und mit sichtlich besserer Laune verlässt er den Hof. Eduard winkt noch und schließt die Hofeinfahrt. Vorschriftsmäßig fährt Michael die Straße entlang. Nicht dass er gern mal schneller fährt, als erlaubt, aber in Wohngebieten, wo jederzeit Kinder oder Personen hinter parkenden Autos herauslaufen könnten, bleibt er sogar unter dem Speed-Limit. So, auf zur Tanke und bei dem Gedanken legt er schon den Blinker raus. Nachdem er getankt hat, geht er noch in den Shop-Bereich der Tankstelle und holt sich noch eine Cola aus dem Eisschrank. Wieder im Daimler und auf der Straße ruft er bei Bernd an.
Als er durch das Knacken im Telefon hört, dass Bernd das Gespräch annimmt, ruft Michael ihm schon ein überlautes „Moin" entgegen. Verschlafen nuschelt Bernd mit belegter Stimme:
„Du weißt doch, wenn du außerhalb meiner Arbeitszeiten anrufst, bin ich nicht genießbar." Damit ändert er seine Stimme und ahmt eine Computerstimme nach: „Willkommen bei der Benzmann Enterprises. Sie rufen außerhalb der Sprech- und Besuchszeiten an. Sie erreichen uns am Mittwoch in der Zeit von zehn bis zehn Uhr dreißig. Vielen Dank für Ihren Anruf."
Michael setzt erneut an: „Guten Morgen Bernd, obwohl es außerhalb der Sprechzeit ist, bist du trotzdem gut drauf. Hast du Zeit für mich?"

„Klar, für dich doch immer. Ich hab da was für dich. Aber du hast angerufen, was ist los? Sonst respektierst du doch die Sprechzeit." Laut lachend wartet er auf Michaels News.

„Ja stimmt. Ich habe etwas von meinem Vater erfahren. Vielleicht passt das ja ins Bild und zu den News, die du hast."

Nachdem Michael Bernd die Informationen bezüglich der Geheimdienstaktivitäten und der royalistischen Untergrundorganisation seines Großvaters und Onkels gegeben hat, erwartet er von Bernd eine Antwort, aber der schweigt.

„Bernd, hallo jemand zu Hause?"

„Ja, ja, alles in Ordnung! Irgendwie finde ich es immer wieder bemerkenswert, dass du immer eine Recherche meinerseits voraussetzt, als wäre das selbstverständlich."

„Stimmt schon, ist dreist oder?" Mit einer in Mitleid versteckten Ironie begegnet er Bernds ungeschminkter Wahrheit. Er ist halt so, aber trotz der vordergründig scheinenden ausnutzenden Art, ist Michael ein durch und durch loyaler und verlässlicher Freund. Und das weiß Bernd nur zu genau.

„Also pass auf. Die Unfallakten deiner Mutter sind zwar digitalisiert, aber unvollständig. Du weißt, nicht überall und nicht in allen Ländern wurde die Digitalisierung so konsequent vorangetrieben wie in England und Deutschland. In Asien ist Japan ganz klar der Antreiber gewesen, aber hier wird es merkwürdig. Nachdem ich die Akten deiner Mutter runtergeladen habe - und frag nicht, wie ich das gemacht habe - ist mir eins, obwohl ich nicht japanisch spreche, aufgefallen. Die Seitenzahlen sind nicht vollständig. Ich habe mir dann alle Verkehrsunfälle im Raum Tokio angeschaut.

Will sagen, ich habe ein kleines Programm geschrieben und siehe da, nur dieser Unfallbericht ist unvollständig. Dann ist mir noch ein Stempel aufgefallen, der nur auf dieser Akte zu sein scheint. Das einzige, was ich lesen konnte, war die Sterbeurkunde, weil die in Englisch ist und für die deutschen Behörden zur Einfuhr des Leichnams wichtig war. So das ist erst einmal alles. Mit den neuen Infos könnte die Angelegenheit mit der eigentlichen Arbeit deiner buckligen Verwandtschaft zu tun haben. Was meinst du?"

„Du hast Recht. Ein anscheinender Zusammenhang lässt sich erkennen. Hast du heute Abend Zeit? Ich lad dich ein! Bei meinem Vater grillen, gegen neunzehn Uhr? Dann können wir über die Akten fliegen."
„Yes Sir, neunzehnhundert Sir!" Bernd macht sich gern einmal den Spaß, in die Militärsprache zu verfallen, um den Spaßfaktor zu erhöhen und so endet das Telefonat.
Weiter auf dem Weg ins Büro ruft Michael Jenny an:
„Guten Morgen Michael, alles klar bei dir? Du schienst gestern nicht so auf der Höhe gewesen zu sein", begrüßt ihn Jenny und ergänzt:
„Also vielleicht hebt das ja die allgemeine Stimmung. Der Wagen wurde gefunden, circa vier Kilometer entfernt und ganz unauffällig in einem Wohngebiet. Es ist alles in die Wege geleitet. Befragung der Nachbarschaft und so weiter. Der Wagen ist zugelassen auf eine Investmentholding und wird ausschließlich von einem Lothar von Cappenberg gefahren und genau dieser ist seit gut sechs Wochen als vermisst gemeldet." Die kleine Satzpause nutzt Michael und unterbricht Jenny:
„Guten Morgen Jenny und tolle Arbeit. Und bei der Gelegenheit, mir geht es gut. Bitte organisiere ein Meeting mit dem Team um vierzehn Uhr. Dann legen wir alle Fakten auf den Tisch. Bitte organisiere auch die letzten gültigen Berichte von der Spurensicherung, aus der Technik und der Pathologie. Danke, bis gleich." Er lässt Jenny keine Chance, etwas zu erwidern und legt auf. Ob Jenny am anderen Ende verständnislos den Kopf schüttelt, interessiert ihn gar nicht. Wichtig ist in diesem Moment, dass augenblicklich die gute alte Polizeiroutine startet und die Spurensicherung angerufen wird.

Kapitel 12 – Die Familie von Cappenberg

Wie eine Endlosschleife geht ihm der Gedanke an seine Mutter nicht mehr aus dem Kopf. Auch wenn Michael in Selbstgesprächen gebetsmühlenartig auf sich einredet, gelingt es ihm nur sehr schwer Ruhe zu bewahren.
„Nüchtern betrachtet ist das im Fall meiner Mutter erst einmal nur ein Verdachtsfall und vor allen Dingen reine Privatsache. Das heißt, meine Kollegen dürfen nichts davon erfahren und, ganz wichtig, meine Arbeit darf nicht darunter leiden. Sei professionell!", hämmerte sich Michael während der letzten Meter zum LKA immer und immer wieder in den Kopf. In der Dienststelle angekommen rennt er am Aufzug vorbei die Treppen hoch, um schneller bei seinem Team zu sein.
„Guten Morgen zusammen. Alle gut geschlafen? Jenny bitte in mein Büro und gib mir bitte ein Briefing."
Alle schauen auf, noch mit verschlafenen Augen und Heinzi bekommt die ersten Worte raus:
„Hey, guten Morgen, wir haben dich noch nicht erwartet. Alles klar bei dir?"
„Jepp, alles o.k. Wir sehen uns gleich", antwortet Michael im Vorbeigehen. Ohne Umwege geht er zur Kaffeemaschine und holt sich eine große Tasse Cappuccino und verschwindet in seinem Büro. Er fliegt über den Aktenberg. Nicht so wichtige nach unten und Wichtiges nach oben. Schon steht auch Jenny im Türrahmen und klopft an.
„Ja klar, komm rein und setz dich. Bin sofort fertig." Jenny trägt die Dokumente unter ihrem rechten Arm, in der rechten Hand ihr Laptop und in der linken Hand eine Tasse schwarzen Kaffee.
„So, ich fang mal langsam an." Michael setzt sich neben sie.
„Also, ich glaube, wir haben Glück gehabt. Dieses Mal können wir den Toten identifizieren. Vorbehaltlich der finalen DNA - Analyse, handelt es sich um Lothar von Cappenberg, geboren am 23. Mai 1964 in Neuss. Verheiratet mit Antje von Cappenberg, geborene Waldner, keine Kinder und Sohn von Lothar von Cappenberg, dem Gründer der gleichnamigen Holding." Jenny schließt ihre Zusammenfassung mit einem leichten Seufzer.

„Dann ist er ja fünfzig Jahre alt. Hat die Familie Feinde? Ist uns da was bekannt?", bohrt Michael.
„Nur das, was man aus der lokalen Presse weiß. Geschäftliches, aber jetzt nichts, was auf einen Mord hinweisen würde. Da müssen wir mit der Familie sprechen."
„Was ergab die Untersuchung des Fahrzeugs?" Die Fragen kommen wie aus der Pistole geschossen.
„Es handelt sich um einen Land Rover Defender, Baujahr 2002 in einem Old English Green. Jetzt kommt es … Etwas sehr Seltsames. Der Kofferraumbereich des Geländewagens ist großflächig mit Blut verschmutzt. Es ist aber nicht menschliches Blut, sondern von einem Rotwild. Zum damaligen Zeitpunkt wahrscheinlich frisches Blut. Frage ist nur, warum war das im Kofferraum? Es ist keine Jagdsaison und es gibt keinen Hinweis auf einen Wildunfall mit dem Defender."
„Wurden denn Wildunfälle in dem Zeitraum gemeldet?", forscht Michael weiter nach, als wolle er sagen, Mensch Mädchen, das musst du doch schon wissen.
„Nein, schon überprüft. Es gab keine gemeldeten Wildunfälle in einem Umkreis von 10 km." Michael ist sichtlich erleichtert über die prompte Information.
„Gut, aber schon merkwürdig. Wie gesagt, trommle die Jungs für 14:00 Uhr zusammen. Jetzt haben wir ein paar Ansätze mehr und können durchstarten."
„Stopp, da der Wagen erst sehr früh am Morgen gefunden wurde, ist noch niemand zur Familie rausgefahren. Wir haben auf dich gewartet. Das behältst du dir doch immer vor." Erleichtert die letzte Info losgeworden zu sein, steht Jenny mit einem fragenden Gesicht vor ihm.
„Oh, ja klar. Also Team-Meeting um 14:00 Uhr." Mit diesen Worten steht er auf und stellt sich in den Türrahmen. Jenny, bepackt wie ein Esel, steht schräg hinter ihm.
„Hallo Leute, bitte kurz zuhören. Ihr wisst ja sicherlich alle schon, welchen Fall wir hier bearbeiten. Jenny wird euch informieren und jeder steigt da ein, wo er am besten ist. Um 14:00 Uhr, Meeting. Jenny bereitet alles vor. Heinzi, bitte unterbrich deine Arbeit. Wir fahren zur Familie von Cappenberg nach Meerbusch. In fünf Minuten o.k.?"
„Die von Cappenbergs?" Mit einer seltsamen Mischung aus Bewunderung und Vorfreude fragt Heinzi.

„Ja, ich glaube, die von Cappenbergs. Wieso gibt's mehrere?"
Heinzi springt auf, als würde es Geschenke geben: „Bin startklar."
Michael schmunzelt und ihm schießt durch den Kopf: „Manchmal sind sie alle wie große Kinder."
Um für solche äußerst traurigen Anlässe richtig gekleidet zu sein, hat Michael immer ein weißes Hemd und ein dunkelblaues Sakko im Schrank hängen. Er zieht sein T-Shirt aus und aus dem Großraumbüro kommt ein absichtliches lautes Raunen. Jenny spitzt ihre Lippen und pfeift den Playboy-Pfiff. Michael noch im halboffenen Hemd, Waffe hinten im Holster, greift nach den Unterlagen und seinen kleinen Notizbock. Der Notizblock kommt in die Inntasche des Sakkos. Er verlässt sein Büro, Heinzi steht auf halbem Weg und Michael wirft ihm das Sakko zu. Im Weitergehen knöpft er sich weiter das Hemd zu und steckt es in die Bluejeans. Auf dem Flur draußen nimmt er Heinzi das Sakko wieder ab.
„Danke."
„Gerne, immer wieder gern dein stiller Diener."
„Gib es doch zu, das machst du doch gern für mich. Warum freust du dich eigentlich, die von Cappenbergs kennenzulernen?"
„Die von Cappenbergs ist eine gesellschaftliche Größe im Raum Düsseldorf. Die Beobachtung und Analyse dieser Familie ist eine Herausforderung."
„Du bist schon ein bisschen krank, oder?"
Und mit dem Sticheln gehen sie gemeinsam unten in die Tiefgarage zu Michaels Auto.
„Hast du eben die Adresse für mich, ich weiß nur Meerbusch-Büderich. Die Straße muss im Gartenviertel sein."
„Fahr schon mal los. Ich schau." Michael steuert seinen Wagen aus der Tiefgarage, während Heinzi die Adresse ins Navi eingibt.
Wie immer fährt Michael in einer äußerst sportlichen Art aus der Tiefgarage. Als sie das LKA Gelände verlassen und sich in den alltäglichen späten Vormittagsverkehr einfädeln, klingelt Heinzis Handy.
„Hallo Heinzi, ich habe bei den von Cappenbergs angerufen, sie erwarten euch. Ich habe nichts gesagt oder angedeutet. Nur das ihr mit ihnen sprechen müsst. O.k. dann bis später. Ciao", tönt es durch den

Lautsprecher. Ehe Heinzi einen Ton hätte sagen können, war das Telefonat beendet.
„Jenny war am Rohr, wir sind angemeldet", lässt er Michael wissen.
„Habs gehört."
Nach einer kurzen Gedankenpause fragt Heinzi:
„Was erwartest du?"
„Die Frage ist nicht, was ich erwarte, sondern was erwartest du. Du bist der Profiler. Komm schieß mal los, was meinst du?"
„Die Theorie sagt ja, wir sollen ganz neutral in ein solches Gespräch gehen. Aber jeder weiß, dass das unmöglich ist, wenn wir ins Milieu, zu sozial schwachen Menschen oder Millionären fahren. Das ist definitiv ein Unterschied. Also ist meine Erwartungshaltung und meine Vorgehensweise eine andere."
„Genug der Theorie. Was erwartest du?"
„Ich denke, dass die Familie schon mit dem Schlimmsten rechnet. Da wir aber jetzt zwei sehr perfide Morde haben, glaube ich, dass der Täter aus diesem Kreis kommt. Wichtig sind die kleinsten und unwichtig erscheinenden Hinweise. Alles kann wichtig sein oder auch unwichtig."
„Du hast Recht. Hoffentlich funktioniert das Diktiergerät. Ich hab keine Lust mitzuschreiben."
Beide lachen, während Heinzi aus dem Fenster schaut und die sonnenüberflutete Rheinaue betrachtet, biegt Michael auf dem A52 Zubringer bei der Abfahrt Meerbusch ab. Rechts und links der Straße nach Meerbusch-Büderich wirken die Häuser wie auf eine Perlenschnur gezogen. Eine dahinterliegende Häuserreihe scheint nicht erkennbar zu sein. Egal, angeblich leben hier in Neuss, Meer-busch und den kleinen Meerbusch-Satelliten - wie sie auch immer heißen - Langst-Kierst, Strümp oder Büderich, wo die meisten Millionäre pro Quadratkilometer.
Die beiden LKA-Beamten biegen nun in das Gartenviertel ein, wo jeder ein Millionär ist. Nach zwei bis drei rechts und links Schlenkern ruft Michael:
„Hier haben wir die Hausnummer 52."
Michael parkt den Wagen direkt vor dem Haus auf der Straße. Beide steigen aus und gehen zum Grundstückszugang. Das gesamte Gebäude ist durch einen vom Design her altmodischen weißen Zaun abgetrennt. Der Zugang zum Haus erfolgt durch ein weißes Eingangstor mit

Klingel und Kamera. Michael klingelt. Eine freundliche Frauenstimme fragt nach ihren Namen und nachdem beide ihre Dienstausweise in die Kamera gehalten haben, ertönt der Summer und das Tor lässt sich öffnen. Bevor sie die kurze Distanz zum Haus gehen, öffnet ihnen eine reife Dame, Ende fünfzig, schon die große, schwere, weiße Eingangstür. Das Haus scheint aus den fünfziger Jahren zu sein. Der Klinkerstein ist aus optischen Gründen weiß angestrichen worden und man erkennt deutlich, dass die Familie von Cappenberg viel Mühe in die Pflege des Gebäudes gesteckt hat. Ein parkähnlich angelegter Vorgarten mit vielen Rosen und altem Baumbestand. Aber der Eindruck, dass alles irgendwie in den Achtzigern stehen geblieben ist, wird im Foyer noch bestärkt. Überladener, italienischer Marmor, dunkle Holzverkleidungen und wenn hier und da nicht mal der weiße Pinsel geschwungen worden wäre, würde man wahrscheinlich von einer dunklen Höhle sprechen. Die reife Dame in einer altmodischen schwarz-weißen Dienstbotenuniform begrüßt die beiden:
„Guten Tag die Herren. Mein Name ist Eva-Maria Kummer. Ich bin hier die Hausdame. Darf ich nochmal ihre Ausweise sehen. Die waren auf dem Bildschirm nicht so deutlich zu erkennen. Bitte entschuldigen sie."
„Guten Tag Frau Kummer, das ist Kriminaloberkommissar Bendt und ich bin Kriminalhauptkommissar Brenner vom LKA. Gut, dass sie so gründlich sind. Dürfen wir sie im Anschluss unseres Besuches auch noch befragen?" Angesichts der Situation konnte übertriebene Freundlichkeit nicht schaden. Und während Heinzi noch guten Tag sagt, ziehen beide noch mal ihre Ausweise und mit gestrecktem Arm zeigen sie diese der Dame.
„Vielen Dank die Herren. Selbstverständlich können sie mich gleich noch mal rufen. Ich melde sie an. Bitte warten sie. Trinken sie einen Kaffee, Tee oder ein Wasser?"
„Für mich einen schwarzen Tee, wenn möglich. Vielen Dank", antwortet Heinzi
„Kaffee schwarz und ein stilles Wasser vielleicht. Danke." Michael nimmt das volle Programm.
„Gerne."

Die beiden Beamten drehen sich leicht auf dem Absatz, jeder entgegengesetzt und inspizieren alle ihnen ersichtlichen Räumlichkeiten und Gegenstände.
Schweigend schauen sie sich danach an und Heinzi zieht seine linke Augenbraue hoch. Michael kennt dieses Zeichen. Das wird eine harte Nuss werden, die es hier zu knacken gilt. Solche Familienclans geben im Normalfall nichts von sich preis, auch nicht wenn das LKA im Hause ist. Frau Kummer steht urplötzlich schon wieder im Eingangsbereich.
„Frau von Cappenberg empfängt sie nun. Bitte folgen sie mir."
Die Drei gehen in dem großen ovalen Eingangsportal nach hinten zu einer breiten weißen Tür. Frau Kummer stellt sich mittig vor diese und mit einem Schwung schiebt sie die beiden Türflügel nach rechts und links. Vor ihnen eröffnet sich ein, für Standardverhältnisse überdimensionales Wohn- und Esszimmer, in dem auch noch ein schwarzer Flügel Platz findet. Vor ihnen steht eine überdurchschnittlich große, sehr schlanke, fast magersüchtige, langhaarige, blonde Frau im roten Kostümchen mit weißen hochhackigen Pumps. Eine Enddreißigerin, die jetzt schon Schönheits-OPs hinter sich gebracht hat. Überdimensionale Brüste springen einem entgegen, aufgespritzte Lippen und mit Sicherheit eine gestraffte Stirn. Hinter dieser Fassade kann man vermuten, dass das Original mal recht hübsch gewesen sein muss und heute nur noch ein Abklatsch der damaligen Schönheit ist. Trotz der restaurierten Oberfläche wird sie von einer besonderen Art von Charme und Anmut begleitet. Das wurde Gott sei Dank nicht überarbeitet.
„Traurig, was manche Menschen sich antun, um nicht zu altern", denkt sich Michael.
Antje von Cappenberg stürzt sich auf die Beamten, ehe Frau Kummer zur Vorstellung kommt.
„Was ist mit meinem Mann? Geht es ihm gut?" Eva-Maria Kummer, im Weggehen, kommt noch ihrer Pflicht nach:
„Dies sind die Herren vom LKA, Herr Brenner und Herr Bendt."
„Jaaa, ich weiß. Was ist mit meinem Mann?" fragt sie noch einmal mit schon tränenerstickter Stimme. Michael übernimmt die Wortführung und reicht ihr erst einmal die Hand:

„Guten Tag Frau von Cappenberg, bitte beruhigen sie sich und nehmen sie erst einmal Platz."
Antje von Cappenberg lässt sich von Michael zum ausladenden Sofa im englischen Landhausstil führen, wo schon eine Tasse Tee steht.
Michael bittet sie höflich und beruhigend:
„So, jetzt trinken sie erst einmal einen Schluck Tee." Nach einer kleinen Pause fährt er fort:
„Das ist mein Kollege Bendt und mein Name ist Brenner. Wir ermitteln in einem Fall, in dem das Fahrzeug ihres Mannes gefunden wurde." Er unterließ es bewusst, hier die Standardredewendung „Mordfall" zu benutzen, da ja dann eine weitere Befragung von Antje von Cappenberg wahrscheinlich nicht mehr möglich wäre. So tastet er sich vorsichtig heran. Heinzi, der sich mittlerweile auch in einen der zwei Sessel mit eigener Postleitzahl gesetzt hatte, beobachtet jede Regung und Stimmlage der beteiligten Personen, ebenso von Frau Kummer, wenn sie denn im Raum ist. Nachdem Antje von Cappenberg den ersten Schluck genommen hat, ringt sie nach den nächsten Worten:
„Was meinen sie damit, sie haben den Wagen meines Mannes gefunden und wo ist mein Mann?"
Michaels Handy klingelt ziemlich leise und fast nur von Michael hörbar. Er nimmt das Handy aus der Innentasche seines Sakkos, entschuldigt sich, steht auf und verlässt in Richtung des riesigen Eingangsflurs das Wohnzimmer.
„Jenny, hallo was gibt's den Wichtiges?"
Durch den schlechten Empfang in dem Haus rauscht es und Jennys Stimme ist schlecht zu hören, aber der Inhalt kommt dennoch klar und deutlich rüber:
„Hi Michael, entschuldige die Störung, aber der DNA-Abgleich ist gerade gekommen. Der Tote ist ohne jeden Zweifel Lothar von Cappenberg." Da in solchen Situationen die klassische Verabschiedung nicht angebracht ist, macht sie es kurz und schmerzlos:
„Bis gleich, tschöö!", wie man in Düsseldorf zu sagen pflegt.
Michael nimmt den Hörer vom Ohr und schaut verständnislos sein Handy an. Nachdem Bruchteil einer Sekunde, der ihm aber wie eine Ewigkeit vorkam, dreht er sich um und geht wieder ins Wohn-zimmer zurück. Unterdessen hatte Frau Kummer den Kaffee gebracht und an seinem Platz steht eine weiße Tasse Meissner Porzellan mit gut

duftendem Kaffee. Er nimmt Platz und hört dem Gespräch zu, welches Heinzi sicherlich initiiert hatte. Heinzi hatte die Gelegenheit ergriffen und das Gespräch in eine unverfängliche Richtung gesteuert und im Augenblick sprechen sie über das schöne Haus und den parkähnlich angelegten Garten. Michael registriert schnell, dass sich die Gemüter beruhigt haben und ergreift wieder die Wortführung:
„Der Garten ist wirklich sehr schön, haben Sie einen Gärtner? Oder machen sie das?"
Antje von Cappenberg, die sich wieder gefasst hat und gerade ihre Tasse Tee wieder abstellt, antwortet:
„Der Garten sowie das Haus sind meine Bereiche. Ich kümmere mich darum. Mein Mann kümmert sich um unsere verbliebenen wald- und landwirtschaftlichen Flächen. Großteilig ist alles verpachtet, parallel geht er seiner Arbeit in unserem Unternehmen nach."
Heinzi und Michael fällt auf, dass sie ausdrücklich ihre Gemeinschaftlichkeit betont, was sie verdächtig erscheinen lässt. Antje von Cappenberg fährt fort:
„Meine Schwiegermutter hat mich in den vergangenen Wochen sehr unterstützt. Leider haben Lothar und ich keine Kinder und wir sind beides Einzelkinder. Meine Eltern sind schon vor langem verstorben und so sind Elisabeth und Frau Kummer meine Familie."
Michael und Heinzi haben bereits Blicke ausgetauscht, sodass Heinzi ahnen kann, dass der Tot von Lothar von Cappenberg bestätigt ist. Michael weiß nach diesen Worten nicht so recht, wie er weiter vorgehen soll und dies lernt man sicherlich nicht auf Seminaren. Jetzt muss ihm seine Erfahrung behilflich sein, dieses Loch, in das Antja von Cappenberg gleich fallen wird, noch zu überbrücken.
„Bitte erzählen Sie mir von dem Tag, an dem ihr Mann verschwand."
Mit verweinten roten Augen schaut sie Michael und Heinzi an. Unterdessen hatte sich Frau Kummer an die Seite von Antje von Cappenbergs gesetzt und hält sie mütterlich im Arm. Mit einem weißen Stofftaschentuch um ihren rechten Zeigefinger gewickelt, wischt sie sich eine Träne aus dem linken Auge und beginnt zu erzählen:
„Es war eigentlich, wie jeder Donnerstag beginnt. Morgens um Acht hatte Frau Kummer schon das Frühstück für uns gerichtet. Ich war ein wenig später dran, weil ich noch geduscht hatte und so kam Lothar

nach dem Frühstück zu mir hoch und verabschiedete sich. Lothar fuhr dann wie jeden Morgen ins Büro."
Michael unterbricht:
„Mit welchem Wagen ist er ins Büro gefahren? Bitte erwähnen Sie auch die kleinsten Kleinigkeiten, lassen Sie nichts aus. Es könnte für uns wichtig sein."
Frau von Cappenberg starrt ihn an und langsam merkt sie, dass etwas Schlimmes geschehen sein muss:
„Was ist los? Was ist mit meinem Mann? Sagen sie mir jetzt die Wahrheit!" Bei diesen Worten wird sie hysterisch. Frau Kummer schließt sie fest in die Arme und schaut vorwurfsvoll zu den beiden Beamten. Michael und Heinzi wissen, jetzt muss die Wahrheit auf den Tisch und Michael weiß, dass er die unangenehme Sache nicht weiter hinauszögern kann:
„Frau von Cappenberg, es tut uns sehr leid."
Michael wird von dem lauten Geschrei von Antje von Cappenberg unterbrochen und selbst der stark wirken und immer Contenance wahrenden Frau Kummer laufen nun die Tränen. Michael holt erneut aus, um die Trauerbotschaft zu überbringen:
„Es tut uns sehr leid, wir haben Ihren Ehemann tot aufgefunden." Er macht eine kurze Pause und bedacht fährt er fort:
„Wie können wir Ihnen helfen? Möchten Sie, dass wir Ihre Schwiegermutter holen? Sollen wir Ihren Hausarzt verständigen?"
Unter Tränen schaltet Frau Kummer besonnen und sehr schnell:
„Dort drüben liegt das Telefon, die Nummern sind eingespeichert. Bitte nehmen Sie von der gnädigen Frau die Handy Nummer. Sie könnte unterwegs sein."
Eva-Maria Kummer spricht seit jeher Frau Elisabeth von Cappenberg mit gnädige Frau an. So fällt die Unterscheidung zwischen der jungen und der älteren Dame des Hauses nicht schwer.
Heinzi geht zum Flügel, wo untypischer Weise das Telefon lieblos darauf liegt. Bei einem solchen Haushalt würde man sagen, es handelt sich um einen Fauxpas. Aber in dieser Situation bleibt die Etikette außen vor. Es ist ein Festnetztelefon, an dem sich an der Seite eine große Anzahl Kurzwahl-tasten befindet. Es ist nicht schwer die Namen zuzuordnen und so nimmt Heinzi den schnurlosen Hörer und drückt die

Taste „E.v.Cappenberg Mob.". Der Ruf geht durch und am anderen Ende der Leitung wird der Anruf entgegengenommen.
„Hallo Antje, wie geht's?"
Heinzi unterbricht das Gespräch:
„Bitte entschuldigen Sie, aber hier spricht Kriminaloberkommissar Bendt, LKA Düsseldorf." Heinzi sieht, dass Frau Kummer in der Lage ist, das Telefonat zu führen und ergänzt freundlich:
„Ich reiche sie an Frau Kummer weiter."
Er übergibt den Hörer und schon hört man Frau Elisabeth von Cappenbergs laute Stimme aus dem Hörer schallen.
„Frau Kummer was ist los, was ist passiert? Was macht das LKA in unserem Haus? Sind die angemeldet? Warum weiß ich nichts davon?"
Mit dem Redeschwall wird Frau Kummer regelrecht überfahren. Da sie dies aber gewohnt zu sein scheint, reagiert sehr ruhig und souverän:
„Gnädige Frau, das LKA hat sich kurzfristig angemeldet und sie haben schlechte Nachrichten von ihrem Sohn Lothar. Bitte kommen Sie so schnell es Ihnen möglich ist."
„Was ist mit Lothar?"
„Bitte kommen Sie schnell. Frau Antje geht es sehr schlecht. Mehr kann ich Ihnen wirklich nicht sagen. Besser ist, Sie erhalten sämtliche Informationen direkt von den Beamten."
„Gut, richten Sie aus, ich bin schon auf dem Weg und in gut zehn Minuten im Haus."
Damit ist der Hörer auch schon wieder stumm.
„Die gnädige Frau ist in zehn Minuten hier", gibt sie die Info in die Runde und tippt die Kurzwahltaste fünf für Herrn Doktor Günter Hellermann. Den Hörer am Ohr und den linken Arm wieder um Antje von Cappenberg gelegt, wartet sie auf Antwort. Da auch hier die Handy Nummer angerufen wird, sollte eine Antwort garantiert sein.
„Hellermann hier, Antje bist du es?", meldet sich im vertrauten Ton der Hausarzt.
„Nein, Frau Kummer hier. Herr Dr. Hellermann wir haben schlechte Nachrichten erhalten und Frau Antje hat einen Zusammenbruch erlitten. Könnten Sie so schnell es geht vorbeikommen?"
„Ich versteh' schon. Bin auf dem Weg." Herr Doktor Hellermann schien schon zu wissen, worum es geht.

In dieser gesamten Zeit sitzen Michael und Heinzi still in ihren Sesseln. Ständig versuchen sie vergeblich, weitere Fragen zu stellen, was aber durch weitere Ausbrüche von Antje von Cappenberg unmöglich ist. Jetzt nach dem letzten Telefonat ergibt sich eine neue Chance. Michael versucht an die letzte Frage anzuknüpfen:
„Frau von Cappenberg, bitte entschuldigen Sie, aber in diesem Fall ist jeder Hinweis und jede Mi-nute wichtig. Mit welchem Wagen ist Ihr Mann zur Arbeit gefahren und was geschah dann?"
Unter tränenerstickter Stimme versucht Antje von Cappenberg zu antworten:
„Der Dienstwagen meines Mannes ist ein schwarzer Siebener BMW und der steht in der Garage."
Michael ergänzt seine Frage:
„Wann und wo hat er die Fahrzeuge gewechselt?"
„Wahrscheinlich abends, nach Feierabend. Da ich mich abends mit einer Freundin verabredet hatte, haben wir uns zum Mittagessen verabredet."
„Also ich konstatiere, ihr Mann ist wie immer zum Büro gefahren. Wissen Sie, ob er einen Außentermin oder eine andere Verabredung hatte?"
„Da müssen Sie seine Assistentin fragen, das weiß ich doch nicht", antwortet Antje von Cappenberg in einem leicht aggressiv genervten Ton.
„In der Mittagspause haben wir uns für dreizehn Uhr bei unserem Lieblings-Italiener Firenze verabredet. Ich war ein bisschen zu spät, da meine eigentliche Friseurin erkrankt war, hat mich ihre Kollegin bedient. Das hat mehr Zeit als erwartet in Anspruch genommen. Beim Essen erzählte mir Lothar, dass er abends noch durch die Ländereien fahren wollte. Dazu nimmt er immer den Defender. Und den hat er sich wohl dann abends aus der Garage geholt. Außerdem hat er sich umgezogen, mit dem Anzug ging er nie in den Wald." Antje von Cappenberg wirkt schon ein wenig gefasster als noch vor einigen Minuten.
In diesem Moment kommt Frau Elisabeth von Cappenberg ins Wohnzimmer gestürmt. Sie parkte ihren Wagen vor der Dreifachgarage und kam durch die Küche ins Wohnzimmer. Ohne zu grüßen stürmt sie auf Heinzi zu und fragt:

„Was ist hier los? Können Sie mir das mal beantworten?"
Heinzi und Michael, sie waren bereits aufgesprungen und reichen die Hand, welche die gnädige Frau hochnäsig ignoriert.
„Mein Name ist Bendt und das ist Herr Brenner. Er wird Ihnen, sofern möglich, alle Fragen beantworten."
Die gnädige Frau, die in einem modischen weißen Sportanzug erschienen ist, wendet sich an Frau Kummer:
„Frau Kummer, bitte seien Sie so nett und geben mir auch eine Tasse Kaffee und bei der Gelegenheit … meine Tennissachen in der Tasche müssten gewaschen werden. Danke."
Michael und Heinzi schauen sich an, als hätten sie gerade den Jackpot gewonnen.
„Entschuldigen Sie, ist das richtig, Sie spielen Tennis? Spielte Ihr Sohn Lothar auch Tennis?" Der Gesichtsausdruck der beiden Kommissare zeigt, dass sie die Antwort unumgänglich erwarten.
„Die ganze Familie von Cappenberg spielt erfolgreich Tennis und Lothar erst. Und was heißt hier spielte? Wollen Sie damit sagen…" Sie unterbricht die Frage und die überaus stolze ältere Dame bricht zusammen und fällt neben Antje von Cappenberg aufs Sofa. Michael setzt nach, mitfühlend, aber auch bestimmend:
„Ihr Sohn Lothar spielte also erfolgreich Tennis? Bitte geben Sie mir weitere Informationen und lassen Sie kein Detail aus."
Die Dame des Hauses fängt sich und mit leicht aggressiv arrogantem Unterton beginnt sie zu fragen: „Was soll das bedeuten? Was hat denn Tennis damit zu tun?"
Heinzi springt ins Gespräch:
„In einem ähnlich liegenden Fall wurden Utensilien aus dem Tennissport sichergestellt, die in unmittelbaren Zusammenhang stehen. Bitte lassen Sie kein Detail aus!"
Elisabeth von Cappenberg atmet tief durch und wischt sich mit einem weißen Stofftaschentuch die Tränen aus den Augen. Leicht näselnd und mit tränenerstickter Stimme beginnt sie zu erzählen: „Mein Mann und ich spielen seit unserer Jugend Tennis und es war ganz natürlich, dass Lothar schon im Alter von drei Jahren einen Tennisschläger in der Hand hielt. Er entwickelte sich prächtig und spielte von Kindesbeinen an in Mannschaften seiner Altersklasse." Sie hält inne und starrt auf den Tisch, dann richtet sie sich an Frau Kummer:

„Frau Kummer, auf dem Dachboden steht eine Umzugskiste mit Fotos und Pokalen aus der Zeit. Der Karton ist beschriftet. Würden Sie ihn bitte holen? Danke."
Die gute Seele Frau Kummer geht sofort los und wirft Michael noch einen traurigen Blick zu.
„Also was meinten Sie mit Tennis-Utensilien?", stellt Frau von Cappenberg in den Raum.
Michael schaut Heinzi an, wendet sich wieder der Familie zu und antwortet:
„Das voraussichtlich erste Opfer wurde mit einer Tennissaite gefesselt. Diese Tennissaite ist älter und wird seit ungefähr dreißig Jahren nicht mehr produziert. Leider ist kein Händlerverzeichnis mehr existent. Im Zeichen des Computers sind alle Daten umgestellt worden und einige Informationen sind unwiederbringlich verloren gegangen. Haben Sie eine Idee, was das bedeuten könnte?"
„Nein, gar nicht! Mir fällt kein irgendwie gearteter Zusammenhang ein", entgegnet Antje von Cappenberg und scheint wieder gefasst zu sein.
„Ich habe auch keine Antwort oder Idee", bindet Elisabeth von Cappenberg ein.
In diesem Augenblick hören sie die nahenden Schritte von Frau Kummer und alle warten schweigend auf das Öffnen der Tür. Frau Kummer tritt ein und trägt eine alte Adidas Tennistasche in der einen und einen Tennisschläger in der anderen Hand. Sie stellt die Tasche auf den Esszimmertisch, daneben den Schläger und unter einem starken Schnaufen sagt sie:
„Ich habe die Bilder und alles was ich sonst noch fand in die Tennistasche getan. Und der lag auch noch in der Ecke", deutet sie dabei auf den alten Holztennisschläger. Michael und Heinzi gehen zum Esszimmertisch und nehmen einen Gegenstand nach dem anderen aus der Tasche, halten es hoch und zeigen es der Familie. Die meisten Bilder zeigen Lothar in Aktion und sind so mehr oder weniger interessant, bis auf einmal Heinzi ein Bild in der Hand hält auf dem ein Tennisteam zu sehen ist. Er nimmt das Bild, stößt Michael leicht an und geht direkt zurück zu Elisabeth von Cappenberg.
„Wer ist alles auf dem Foto zu sehen?", fragt Heinzi und hält ihr das Foto direkt unter die Nase. Elisabeth von Cappenberg nimmt den

Bilderrahmen in beide Hände, setzt ihre Brille ein wenig tiefer auf die Nase und studiert jede einzelne Person auf dem Foto. Es zeigt vier verschwitzte Jugendliche im Tennisdress, die einen Pokal vor sich halten. Neben ihnen stehen ein Erwachsener im Trainingsanzug und ein kleiner Junge. Es scheint ein Balljunge zu sein.
Elisabeth von Cappenberg beginnt bedächtig ihre Aufzählung:
„Hier der Junge, der zweite von links, das ist Lothar. Das war im Sommer 1986, als die erste Meden-Mannschaft hier in Meerbusch das Städteduell Düsseldorf gegen Neuss gewonnen hatte. Alle Tennisvereine aus Neuss und Düsseldorf nahmen daran teil. Das Turnier ging eine Woche und am Finalsonntag gewann mein Junge mit seinem Team das Turnier gegen den Rochus Club aus Düsseldorf."
Michael und Heinzi halten ihre Schreibblöcke in der Hand und schreiben akribisch jede Information auf. Das Diktiergerät schien hier deplatziert zu sein. Michael springt rein und fragt:
„Können Sie sich an die Namen der Teammitglieder erinnern?"
„Leider nein. Nur, dass der Trainer aus Jugoslawien kam und der kleine Junge, der Balljunge, war sein Sohn. Das war damals schon etwas Besonderes. Aber die Namen kenne ich nicht mehr. Lothar hatte den Kontakt dann kurz nach dem Erfolg auch abgebrochen. Er war damals in der Schule extrem schlecht geworden und so nahmen wir ihn vorerst aus dem Team. Ich glaube, im Augenblick fällt uns allen nichts mehr ein. Wenn ich Sie bitten dürfte, uns jetzt wieder zu verlassen?"
Damit komplimentiert Elisabeth von Cappenberg die beiden Beamten aus dem Haus. Michael sieht Heinzi an, senkt leicht den Kopf, als wolle er sagen, das Elisabeth von Cappenberg recht hat, und wendet sich an die Damen im Raum:
„Ich glaube auch, wir bedanken uns für Ihre Hilfe und bitten Sie, für uns erreichbar zu bleiben. Dürfen wir die Bilder und die Tennisschläger mitnehmen?"
Fragend schaut Heinzi in die Runde. Niemand sagt ein Wort und so nimmt Heinzi sich die Sachen unter den Arm. Mit diesen Worten dreht er sich um und geht zum Ausgang. Im Schatten folgt im Heinzi und zieht dabei leicht die rechte Augenbraue hoch. Michael blickt zurück und mit schweigendem Verständnis denken beide das gleiche. Hier gibt's heute nichts mehr zu holen.

Kapitel 13 – Abwechslung vom Alltag

Zurück am Auto öffnet Michael den Kofferraum. Heinzi legt die Beweismittel hinein und schließt ihn mit Schwung. Dann geht er zur Beifahrerseite, steigt ein und sackt im Sitz neben Michael zusammen. Michael schaut rüber, während er den Wagen startet und fragt:
„Alles klar bei dir? Du siehst so fertig aus. Was ist los?"
Heinzi starrt aus der Windschutzscheibe, dreht sich um und starrt jetzt Michael an, wobei Michael das Gefühl beschleicht, dass Heinzi durch ihn hindurch starrt. Mit einer fast schon geschockten Stimme beginnt Heinzi doch noch zu sprechen.
„Hast du diese Kälte gespürt?"
„Grausam, in so einem Haus möchte ich nicht hineingeboren sein. Viel Geld, aber keine Liebe und Wärme."
Heinzi ergänzt:
„Wenn du in einem solchen Haus nicht schnell deinen eignen Weg findest, fängst du an, Dummheiten zu machen. Alkohol oder Drogen. Ich bin mir sicher, wir finden irgendetwas in diese Richtung bei dem guten Lothar."
„Du könntest Recht haben. Ich frage mich nur, war das jetzt der letzte Mord oder geht es weiter?"
Heinzi unterbricht ihn:
„Natürlich geht das Morden weiter. Wir bewegen uns jetzt in einem Milieu, in dem Geheimnisse zur Tagesordnung gehören. Geschäftspartner untereinander, Ehepartner voreinander, Kinder gegenüber Eltern und ich spreche hier nicht darüber, dass der Junior sich den Porsche vom Papa genommen hat, ohne zu fragen. Oft sprechen wir da von Unterschlagungen, außerehelichen Verhältnisse und Kindern und so weiter. Die Palette ist lang und bunt. Was meinst du?"
„Ich denke, wir sind auf eine heiße Spur gestoßen. Geduldige Polizeiarbeit halt. Sag mal, der Tag ist schon rum, kann ich dich in Heerdt rausschmeißen? Dann machen wir Feierabend und ich kann zu meinem alten Herrn", schlägt Michael vor. Heinzi wundert sich, es ist

gerade fünfzehn Uhr, aber warum eigentlich nicht. Überstunden habe ich genug.
Mit großen Augen fragt Heinzi:
„Mann, hab ich Hunger! Hast du Bock auf eine Pizza oder was Deftiges?"
„Gute Idee. Was sagst du zum Alten Bahnhof in Oberkassel? Da können wir draußen sitzen."
Heinzi reibt sich die Hände:
„Klasse, so wird's gemacht. Die Beweise bringst du morgen mit ins Büro? Dann nehme ich die Straßenbahn."
„Ja klar, die KTU fängt vor morgen Nachmittag ohnehin nicht an, die Beweise zu bearbeiten."
An der letzten Ampelkreuzung in Meerbusch biegt Michael links Richtung Heerdt ab. Der Weg führt sie an der Jugendfarm vorbei, und am Ferrari Händler fahren sie links an einem riesigen Industriegelände vorbei. Bäume und Fußgänger scheinen vorbei zu rasen und gedankenverloren denkt Michael an den anderen, seinen persönlichen Fall, der ihn beschäftigt. Was geschieht da gerade und warum gerade jetzt? Ist der Zeitpunkt ein besonderer? Sind sie in Gefahr, sein Vater und er? In ihm steigt ein Gefühl der Ohnmacht auf. Er hat keine Ahnung, was da vor sich geht. Wie kann er der Situation begegnen? Wie viel Zeit zur Vorbereitung, für was auch immer, hat er? Michael schießen die Gedanken nur so durch den Kopf. Dabei steigt ein flaues Gefühl in ihm hoch. Seine Arme sind schwer, er mag sich schon gar nicht mehr bewegen. Gerade, als sich dieser Zustand zu manifestieren scheint, zieht er die Reisleine. Innerlich schreit er sich selber an, reiß dich mal zusammen, Mensch mach keinen Blödsinn. Pass auf deinen alten Herrn auf.
Er schüttelt sich so, dass Heinzi darauf aufmerksam wird und fragt:
„Ist dir kalt? Du schüttelst dich?"
Mit einem langgezogenen:
„Nein" antwortet Michael und ergänzt:
"Nein, alles o.k., nur zu wenig geschlafen. Alles gut." Und dieses „alles gut" betont er so, als hätte er schon eine Idee, wie er der Situation, die ihm Kopfzerbrechen bereitet, begegnet.
Am Ende der Hansaallee, am Alten Bahnhof in Oberkassel herrscht wieder große Betriebsamkeit.

„Wo soll ich nur parken?", wirft Michael in den Raum.
„Dreh' doch und park auf der anderen Seite."
Gesagt, getan, Michael ordnet sich links ein, die Ampel schaltet auch gerade in diesem Moment von Gelb auf Grün um, so dass Michael gar nicht bremsen muss, sondern sofort verkehrswidrig einen U-Turn machen kann.
„Nur gut, dass wir die Polizei sind", feixt Heinzi. Sie haben Glück, schon nach ein paar Metern haben sie eine Parklücke gefunden.
Michael fährt mit einem solchen Schwung in die Lücke, dass beide bei der Bremsung unsanft in die Gurte gedrückt werden.
„Jau, Mann, der Wagen steht. Man hat's gemerkt."
Michael entgegnet leicht erschrocken:
„Tut mir leid, war wohl ein wenig schnell." Jetzt grinst er und stellt den Motor ab.
„Komm alter Mann, ich hab Hunger, hoffentlich haben die noch ein schönes Plätzchen für uns."
Mit einer gespielten Entrüstung entgegnet Heinzi:
„Na ja, alter Mann, wer im Glashaus sitzt, sollte nicht mit Findlingen schmeißen. Du bist doch unser Mann für das gepflegte Handicap", frotzelt Heinzi und spielt dabei auf die diversen Verletzungen an, welche beruflicher, aber auch privater Natur waren.
„Wie war das noch mit der Blondine und ihrem zwei Meter großen Freund, der gleichzeitig Rausschmeißer im MK 2 war. War das nicht der, der dir deine arroganten Flügel gestutzt und dir so richtig von oben eine auf die Glocke gegeben hat?"
„Ich war besoffen. Der hatte leichtes Spiel mit mir. Nüchtern hätte der das mit mir nicht gemacht", lachte Michael.
„Ach hör auf! Gegen fast drei Zentner Lebendgewicht mit täglich im Fitness-Studio trainierten Muskeln hättest du auch nüchtern alt ausgesehen", kontert Heinzi.
„Du könntest Recht haben. Neben dem sah ich schon recht klein aus", gibt Michael kleinlaut und mit einem Lächeln zu.
„Wie jetzt? Nur klein? Neben dem siehst du aus wie ein Hobbit, der einen Troll aus der Spur werfen will, wie ein Hobbit im Blutrausch eben." Mit diesen Worten erreichen sie den Bahnhof. Sie kämpfen sich am Windfang aus schwerem Stoff durch und gehen geradewegs durch den Gästesaal nach draußen in den Außenbereich. Der erste Teil ist gut

besucht und so gehen sie nach links, wo noch ein freies Eckchen ist, ohne neugierige Ohren. Sie nehmen Platz und schon steht ein Köbes an ihrem Tisch. Köbes sind keine Kellner im ursprünglichen Sinne. Ein Köbes ist in der rheinischen Mundart ein in einer Brauerei arbeitender Kellner.
„Zwei Alt?", fragt er.
„Ich glaub jeder ein Alt das können wir uns leisten", sagt Michael wohlwollend in Richtung Heinzi.
„O.k., wenn mein Chef das sagt. Also zwei Alt", richtet Heinzi die Bestellung an den Köbes.
„Das ist Klasse! Selten das man die Zeit hat, so etwas zu genießen", seufzt Heinzi.
„Ab und zu muss das mal sein. Und ich denke, in den vergangenen Monaten hast du, hat das Team stark gearbeitet." Michael möchte dies als Kompliment verstanden wissen und registriert, dass Heinzi dankend nickt.
„Was essen wir? Ich nehme die Bratwurst mit Sauerkraut und Kartoffelsalat und du?", fragt Heinzi mit dem Gedanken vielleicht doch noch eine andere Idee zu erhalten, um umzuschwenken.
„Ich nehme den Leberkäs mit Kartoffelpüree und Salatbeilage. Da hab` ich Bock drauf."
„Gute Wahl, ich schwenk um und nehme das auch. Also zweimal Leberkäs.", wiederholt Heinzi. Im selben Moment steht der Köbes am Tisch, schmeißt die Bierdeckel auf den Tisch, setzt das Alt ab, mit Schwung nimmt er den Bleistift hinter dem rechten Ohr weg und zieht auf jedem Bierdeckel einen Strich. Diese Abfolge ist dem geneigten Köbes schon in Fleisch und Blut übergegangen, so dass mancher Köbes sich schon bei dem Versuch erwischt hat, morgens nach dem Aufstehen die Zahnbürste hinter dem Ohr hervorzuziehen.
„Was wollt ihr denn?"
„Zweimal Leberkäs", antwortet Michael.
„Ist unterwegs." Mit Schwung dreht sich der Köbes schon wieder um und ist auf dem Weg zum nächsten Tisch, wo gerade zwei Businesstypen im blauen und grauen Anzug Platz genommen haben. Der gesamte Biergarten ist gut gefüllt. Leute, die eine verlängerte Mittagspause machen, Rentner beim Kaffeeklatsch oder schon beim ersten Alt oder Geschäftsleute, die das schöne Wetter nutzen, um ein

Geschäft zu machen. Eine gemütliche und freundliche Atmosphäre liegt in der Luft. Hier und da hört man lautes Gelächter und im Hintergrund den Straßenverkehr mit eisernem Rattern der Straßenbahnen. Gute drei Meter hinter Michael, sitzen zwei junge Mütter bei einer Tasse Kaffee und einem Stück Kuchen. Die Kinder sitzen im Kinderwagen und scheinen tief und fest zu schlafen. Auf jeden Fall rührt sich nichts und die jungen Mütter essen in aller Seelenruhe den Kuchen und unterhalten sich angeregt. Es reizt einen zu spekulieren, um was es wohl in der Unterhaltung gehen mag. Handelt es sich darum, dass der eine Ehemann vielleicht ein Verhältnis mit seiner Sekretärin hat? Wohl eher nicht. Weil die Bestellung der neuen Familienkutsche, den Porsche Cayenne nicht schnell genug geht oder ganz schlicht und ergreifend um die Abenteuer der Kinder. Es ist immer wieder spannend, obwohl es keinen etwas angeht. Nach diesen kurzen Gedanken wendet sich Heinzi an Michael:
„Na, was hältst du von der ehrenwerten Familie aus Meerbusch? Siehst du schon Anhaltspunkte?"
„Ich weiß nicht genau, aber vielleicht hilft uns der alte Tennisschläger beziehungsweise die Saite und die Fotos von seinem alten Tennisteam weiter. Das ist das einzige, was ich im Augenblick erkennen kann."
Heinzi rätselt:
„Was wir wohl herausfinden, wenn wir die ganze Familiengeschichte, jeden Stein und jeden Tennisball umdrehen?"
„Echt witzig. Deine Jokes waren schon mal besser, aber du hast Recht. Da wird sich sicherlich irgendwas finden lassen. Ich hoffe inständig, dass es uns auch weiterhilft", brammelt Michael.
Der Köbes steht schon wieder am Tisch und ohne, dass er dazu kommt, den Mund aufzumachen schmettert Michael ihm entgegen:
„Jeder noch ein Alt, das können wir uns leisten."
„O.k., wenn du das sagt. Also zwei Alt", lächelt Heinzi.
Mit Heinzis Worten dreht sich der Köbes auch schon auf dem Absatz um und steht schon am Nachbartisch, wo zwei Business-Typen, zwei junge Kerle um die Mitte Dreißig, Platz genommen haben. Die Anzüge und Hemden sind auf Maß gefertigt und die Schuhe feinstes italienisches Design. Michael und Heinzi schauen rüber, beiden beschleicht ein Gedanke und Michael spricht ihn aus: „Diese Typen sehen immer so arrogant aus. In den meisten Fällen sind sie es auch. Ich

habe allerdings auch schon ziemlich coole Typen dieser Gattung kennengelernt. Mein Nachbar ist so einer, Anwalt und cooler Sack." Nach ein paar abschweifenden Gedanken kommt auch schon das Essen auf sie zu gerauscht. Da ein Köbes von Natur aus ein weit überdurchschnittliches Lauftempo an den Tag legt, haben sie wohl Schuhe mit ABS. Sonst kann man sich die punktgenauen Bremsungen vor den Gästen nicht erklären.

Die Beiden greifen nach dem Besteck, welches bereits in einer schweren grauen Steintasse auf dem Tisch steht. Noch eine Serviette und ein hungriges „Mahlzeit" und schon sind die ersten Bisse verschlungen. Noch mit vollem Mund, aber gut verdeckt, entfährt es Heinzi:

„Mmmh, schmeckt wirklich gut heute."

„Ja, stimmt." Dabei schaut Michael kurz gen Sonne und Himmel und ergänzt:

„So könnte es für den Rest des Tages sein, gutes Essen, lecker Alt, nette Menschen und tolles Wetter."

Heinzi nickt zustimmend und sie essen in Ruhe und Gemütlichkeit. Michael lässt sich die Rechnung geben, zahlt und gibt gern noch ein großzügiges Trinkgeld. Schlängelnd bewegen sie sich zwischen Tischen hin und her, bis sie wieder vor dem Restaurant stehen. Dort verabschieden sich beide voneinander. Heinzi erreicht noch so gerade die Straßenbahn und fährt Richtung Innenstadt. Michael geht zu seinem Wagen und fährt dann zu seinem Vater nach Heerdt.

In seinem Elternhaus angekommen ruft er seinem Vater noch eine kurze Begrüßung zu, geht nach oben in sein altes Zimmer und fällt vorne über auf sein Bett. Im Augenblick scheint ihn alles zu überrollen. Er fühlt sich, wie vom Zug überfahren, schließt die Augen und schläft tatsächlich ein. Plötzlich wird er unsanft und tsunamimäßig durchgeschüttelt.

„Michael, du Schlafmütze wach auf. Bernd ist da. Du hast jetzt lange genug geschlafen", weckt Eduard Brenner seinen Sohn. Michael reibt sich verschlafen die Augen und fährt sich durch sein tiefschwarzes Haar:

„Wie lange hab ich denn geschlafen?", säuselt er.

„Fast drei Stunden. Das sollte doch erst einmal genug sein. Was möchtest du essen?"

„Lass uns Bernd fragen", grinst Michael.
„Was hast du heute Mittag gehabt?"
„Leberkäs."
„Wo lässt du das nur? Jetzt schon wieder eine warme Mahlzeit?"
Lachend schüttelt Eduard den Kopf.
Mittlerweile stehen sie schon an der Treppe und vom Treppenabsatz schaut Bernd nach oben und begrüßt Michael:
„Hey Schwede, alles gut ... ausgeschlafen?"
„Hi, klar und bei dir?"
„Ausgezeichnet, was soll ich sonst anderes sagen. Alles andere wäre klagen auf unverschämt hohe Niveau oder?"
„Das kannst du gut - Apple entwickelt zu langsam, Porsche hat zu lange Lieferzeiten oder einfach nur über das Wetter."
„Hey, halt den Ball flach."
„War nur Spaß. Sag mal, was möchtest du gern essen?", fragt Michael und grinst dreckig seinen Vater an. Dieser erwidert ein laues Schmunzeln. Bernd kratzt sich an seinem Base Cap. Ein blaues New York Yankees Base Cap, das er noch nicht abgesetzt hat.
„Ich habs! Wie wäre es mit Nudeln mit Lachs und Pesto? Und dazu einen trockenen Weißwein. Was meinst du Eduard, machst du das für mich?"
Beim Herunterkommen auf der Treppe antwortet er mit einem breiten Lachen:
„Hätt' ich mir ja denken können. Aber den Lachs habe ich nicht im Haus. Egal, ich fahr eben zum Großmarkt. Macht es euch gemütlich. Weißwein ist unten im Keller im Kühlschrank. Bei den Getränken ist immer noch Selbstbedienung. Also bis gleich."
Eduard Brenner nimmt seine Lederjacke, in der gewohnheitsmäßig seine Geldbörse steckt, greift sich einen Autoschlüssel vom Haken an der Wand und marschiert Richtung Garage.
„Welches Auto holt dein Dad denn jetzt aus der Garage?", interessiert sich Bernd.
„Weiß nicht. Hab den Überblick verloren. Immer dieses Kaufen und Verkaufen. Mein Favorit wäre jetzt bei dem Wetter ein Cabrio."
„Ein Cabrio?"
„Lass dich überraschen, ich hol' schon mal Wein und Gläser. Setz dich doch draußen im Hof auf die Bank und warte es einfach ab."

Während Michael in den Keller geht, bewegt sich Bernd Richtung Garagenhof.
Auf dem Hof, direkt neben dem Eingang, steht eine alte braune, ein wenig verrottete und durch die Sonne ausgebleichte Holzbank mit einem ebenso alten rustikalen Holztisch und zwei Stühlen. Beim Rausgehen öffnet Bernd noch die Gartentruhe am Eingang und holt die klassisch blumig gemusterten grünen Auflagen raus. Mit Schwung schmeißt er die Auflagen auf die Plätze, setzt sich auf die Bank und harrt der Dinge, die da kommen mögen. Eduard Brenner ist unterdessen in seiner großen Halle verschwunden, als plötzlich ein jaulendes Geräusch die abendliche Stille durchbricht. Bernd schaut gebannt auf das Hallentor. Was mag sich Eddi jetzt wohl wieder ausgedacht haben? Welcher Oldtimer wird denn jetzt qualvoll aus der Garage geholt, überlegt sich Bernd und fängt an, in Gedanken zu geraten. Ein weiteres Jaulen, gefolgt von einem sehr dunklen kraftvollen Motorblubbern hallt aus der Halle. Das kann nur ein Ami-Schlitten sein. Mindestens fünf Liter Hubraum und acht Zylinder. Das kann nicht anders sein. Bernd schärft sein Gehör, und die Spannung und Vorfreude, einen geilen Oldtimer zu sehen, zerreißt ihn fast. Da kommt Eddi mit dem Wagen rausgeblubbert. Ein Ford Mustang Coupé, blau mit Chromfelge und tierisch breiten Reifen, auf denen die Marke und Typenbezeichnung in Weiß geschrieben steht. Eddi fährt mit runtergelassener Scheibe an Bernd vorbei. Bernd ruft:
„Welches Baujahr, wie viel PS?"
Eddi grinst und antwortet lautstark: „68-ziger mit 210 PS, 3-Gang Automatik."
„Geil, einfach nur geil, echt geil!" Bernd schüttelt lachend den Kopf und denkt. vielleicht mal eine Investition für mich? Bei guter Pflege wird der immer mehr wert und das steuerfrei."
Eduard Brenner fährt unter einem tiefen V8-Motorgeräusch vom Hof. Mit der Fernbedienung schließt er hinter sich die Hofeinfahrt. Majestätstisch schließen sich die beiden und in die Jahre gekommenen weißen Tore.
Als er die Pestalozzi-Straße hochfährt überlegt er, welchen Großmarkt er anfahren sollte. Fahrzeitmäßig ist kein großer Unterschied und deshalb entscheidet er sich, den Großmarkt im Stadtteil Grafenberg anzusteuern. Sein absoluter Lieblingsmarkt. Hier geht er schon seit

Jahrzehnten einkaufen und auch wenn hier und da das Personal gewechselt hat, aber zu dem Fachpersonal aus den Abteilungen, die ihm wichtig sind, hat er immer einen persönlichen Kontakt aufbauen können. Wein, Fleisch und Fisch, seine Abteilungen, in denen er sich stundenlang aufhalten kann, um immer wieder Neues zu entdecken.
Eddi steuert den Mustang behäbig Richtung Oberkassel und entscheidet sich über die Düsseldorfer Straße zu fahren, weil im Zentrum zu viele Baustellen sind. Über die Rheinkniebrücke erreicht er die andere Rheinseite, lässt den Landtag rechts liegen und bewegt sich nun auf die Königsallee zu. Auf dem gesamten Weg begleiten ihn bewundernde Blicke aus anderen Fahrzeugen und hier und da ein freundliches Lächeln verbunden mit Winken oder Daumen-Hoch-Gestik. Eddi genießt die Aufmerksamkeit und fährt gemütlich, den linken Ellenbogen aus dem Fenster, Fahrtwind im Haar und lauter Rockmusik zum Großmarkt.
Im Großmarkt steuert er seinen Einkaufswagen gezielt in die Frischeabteilung. Unterwegs schlägt er noch einen Haken zwischen den hellgrauen Hochregalschluchten und schaut nach Pasta. Dann fällt ihm ein, dass sich die frische Pasta sowieso auf dem Weg zur Fischabteilung in einer der langen endlos scheinenden Kühlmöbelreihen befindet. Dennoch der Weg durch die tiefen Täler der Hochregalschluchten ist nicht vergebens, weil er unterwegs noch ein sehr feines und edles natives Olivenöl in den Wagen legt. Pinienkerne, Knoblauch und Meersalz habe ich noch zu Hause. Also fehlt nur noch frischer Basilikum und Parmesan. Parmesan und die Nudeln sind in den Kühlmöbeln. Jetzt erst den Wein, ein italienischer Rotwein, am besten einen mit viel Sonne. Eddi meint damit ein besonderes Gebiet in Italien, welches er bevorzugt, die Toskana.
In der Weinabteilung bieten sich ihm Weine aus aller Herren Länder an, von Australien, Südafrika über Frankreich und Deutschland bis nach Italien. Gut, die italienischen Weine sind erreicht. Wo ist der Toskana Wein? Eddi schiebt langsam seinen Wagen an der üppigen Auslage an Weinen vorbei. Hier und da greift er sich eine Flasche und liest das Etikett. Bis er auf einen Wein stößt, der ihm zusagt. Ein 2011er Vino, Monte Vecchio, der soll es sein. Ein Karton mit sechs Flaschen wird in den Einkaufswagen gehievt. Nun aber zur Frischeabteilung. Parmesan und Nudeln sind schnell gefunden. An der

riesigen Fischabteilung zieht er sich eine Nummer und da noch fünf Kunden vor ihm dran sind, geht er weiter zur Obst- und Gemüseabteilung. Das frische Basilikum ist ebenso schnell gefunden. Er geht zurück zu seinem Wagen, den er vor der Fischabteilung an einer Kühltruhe geparkt hatte. Nur noch ein Kunde vor ihm, ein dröhnender Dong macht ihn darauf aufmerksam, dass er nun an der Reihe ist. Der japanische Abteilungsleiter bedient ihn persönlich. Das ist ein Glück, die beiden kennen sich und so wird Eddi herzlich begrüßt.

„Eddi, hallo, wie geht's dir und Michael?"

„Akira, prima, dass du Zeit für mich hast. Danke alles gut und bei dir, wie geht's deiner Familie?"

Mit einem überaus angenehmen und freundlichen japanischen Akzent in der deutschen Sprache antwortet Akira mit einem glücklichen Gesichtsausdruck:

„Super, Frau und Kinder haben sich nun eingelebt. Hat lange gedauert, aber jetzt läuft es in der Schule und meine Frau arbeitet in einem Hotel auf der Immermann Straße."

„Das hört sich doch mal gut an. Du sag mal, wir müssen uns noch mal über Autos aus Japan unterhalten. Ruf doch mal an und komm bei mir vorbei. Okay?"

Eddi und Akira kamen vor geraumer Zeit ins Gespräch und da stellte sich heraus, dass Akira einen Cousin in Tokio hat, der sich auf gebrauchte europäische Fahrzeuge spezialisiert hat. Die Idee war geboren, europäische Young- und Oldtimer nach Deutschland zu importieren. Bislang ist es aber bei der Idee geblieben, aber Eddi hat sie nie verworfen.

„Was darf ich dir anbieten?", fragt Akira in einem sehr lauten Tonfall. Es ist voll geworden im Fischbereich und die Lautstärke steigt und steigt bis sie Markthallencharakter erreicht hat.

„Lachs für Drei."

Akira nimmt drei Filets von dem schneeweißen Eis und legt sie auf die Waage.

„Gut 900 Gramm. Ist das zu viel oder okay? Ihr seid doch Männer, oder?" Akira lacht laut auf.

Eddi schaut mit großen Augen und lacht gemeinsam mit Akira.

„Alles klar, wir sind Männer."

Akira packt den Lachs in eine durchsichtige Plastiktüte, schweißt sie zu und tackert den Rechnungsbeleg an die Tüte. Fast wie ein Hammerwerfer reißt er mit Schwung die Lachstüte von der Waage und reicht sie Eddi.
„Bitte."
Eddi weicht ein wenig aus, als hätte er erwartet, sie auffangen zu müssen.
„Douitashimashite, bitte."
„Arigatou, danke." Dabei nimmt Eddi den Lachs mit beiden Händen entgegen und senkt leicht den Kopf. Winkend dreht sich Eddi um und verlässt die Fischabteilung. Mit großen Schritten nähert er sich dem Kassenbereich. Er hat großes Glück. Die sonst vollen Kassen sind heute Abend nur mäßig frequentiert. Er legt schnell seine Ware auf das Kassenband und reicht der Kassiererin seine Großhandelskarte. Die Dame an der Kasse scheint ein wenig genervt zu sein und erwidert den Gruß nicht. Sie zieht die Ware über den Scanner und fragt ziemlich schroff:
„Bar oder mit Karte?"
Da Eddi keine Zeit hat, die Dame aufzuheitern, raunzt er:
„Bar."
Eddi geht zum Kassenautomaten und schiebt einen Geldschein nach dem anderen in diese seelen-lose Maschine. Nachdem der Automat die Rechnung ausspuckt, nimmt er seinen Trolley und jongliert ihn behutsam an vielen Fahrzeugen vorbei zum Mustang. Das Pony wird beladen und los geht's nach Hause. Die Jungs haben Hunger!
In der Zwischenzeit sitzen Bernd und Michael bereits draußen auf den Gartenstühlen, genießen die letzten Sonnenstrahlen und trinken genüsslich ein kaltes Glas Weißwein.
„So schieß los. Was hast du rausbekommen? Erzähl mir die schlechten Nachrichten, bevor Dad wieder zurück ist."
Michael schaut ihn in einer Mischung ausfragend und aggressiv an.
„Also mein Lieber, das war gar nicht so einfach, überhaupt etwas herauszufinden, und ganz ehrlich, viel ist es nicht. In der kurzen Zeit habe ich nur oberflächliche Recherchen machen können."
„Was du oberflächlich nennst", unterbricht Michael ihn und nimmt hastig noch einen Schluck Wein.

„Wie schon gesagt, viel ist es wirklich nicht. Die Ausdrucke und Fotos habe ich absichtlich nicht mit zu deinem Vater genommen."
„Das ist sehr gut", murmelt Michael. „Los sag schon, was hast du?", raunzt Michael mit Nachdruck hinterher.
„Die Akte über den Tod deiner Mutter in der Polizeipräfektur Tokio ist nicht eingescannt worden, weil sie unauffindbar ist. Zu der Fallnummer gibt es einen Computervermerk und da steht, Akte geschlossen - unauffindbar nach Umzug. Die Japaner sind genauso dämlich gründlich wie die Deutschen, alles wird dokumentiert."
Bernd senkt den Kopf, nimmt dann sein Glas, trinkt und lächelt verschmitzt:
„Ich gebe aber nicht auf, oder? Also, dann habe ich nach dem Unfallfahrzeug recherchiert. Und siehe da, auf einem Server des japanischen Geheimdienstes fand ich eine Registrierung. Es ist ein Dienstfahrzeug, welches seltsamerweise zwei Wochen nach dem Unfall außer Dienst genommen wurde und zwar wegen Laufleistungsüberschreitung. Die Dienstwagen zur der Zeit wurden entweder fünf Jahre oder einhunderttausend Kilometer gefahren. Komisch nur, dass dieser Wagen gerade zwei Jahre alt war und, wie wir wissen, bei den Verkehrsverhältnissen in Tokio eine solche Laufleistung nahezu unmöglich ist. So die letzte Info, die ich aus dem System kitzeln konnte, war, dass das Fahrzeug vom Geheimdienst des japanischen Innenministeriums / Abteilung Personenschutz zur Verfügung gestellt worden war."
Bernd schaut Michael fragend nach Lob und Anerkennung an, aber Michael starrt in sein Glas und man könnte meinen, er ist nicht mehr anwesend.
„Michael, alles klar?"
Michael schleudert den Kopf hoch, schaut Bernd an und grinst nachdenklich.
„Klasse, mehr als ich erwartet habe, viel mehr." Michael trinkt wieder einen Schluck Wein.
„Ich hoffe, bis zum Ende der nächsten Woche herauszufinden, wer die Fahrberechtigung des Fahr-zeugs hatte. In der Regel ist das eine überschaubare Anzahl an Personen. Und die Gretchenfrage, wem waren sie direkt und indirekt unterstellt. Wer war der Befehlsgeber, sozusagen", ergänzt Bernd mit dem Gedanken, Michael das sichere

Gefühl zu geben, dass er alles im Griff hat und alle Möglichkeiten in Betracht zieht.
„Ich frage mich nur, warum habe ich diesen Umschlag bekommen? Warum jetzt, warum ich? Was will die Person damit bezwecken?"
Bernd lehnt sich nach vorne an den Tisch und nimmt die Flasche Weißwein aus dem italienischen Tonkühler und schenkt beiden noch einmal ein, dabei wirft er seine Stirn in Falten und fängt leise an, seine Vermutung zu äußern:
„Überleg mal, wenn die Person oder die Organisation dir oder deinem Vater etwas antun wollte, hätten sie es schon längst getan. So heimlich wie der Umschlag unerkannt deinen Schreibtisch im LKA erreicht hat, das ist schon äußerst professionell, oder? Da will dir jemand eine Nachricht überreichen und möchte, dass du dich darum kümmerst. Offensichtlich ist etwas faul an dem Unfall deiner Mutter und du sollst es aufklären und ans Tageslicht führen. Ich glaube, das ist etwas Persönliches und du sollst es ins Reine bringen."
Michael fährt sich durch sein Haar und nimmt einen großen Schluck: „Du hast Recht. Du hast mich auf etwas aufmerksam gemacht. Warum ist mir das nicht früher eingefallen?"
Man sieht förmlich, wie seine Gedanken rasen und sich die kleinen Rädchen in seinem Kopf drehen.
„Gut, jetzt ist mir so Einiges klarer. Bernd, danke für die Infos und den kräftigen Kick."
Bernd schaut ihn fragend an.
„Bitte suche weiter nach Infos, Daten, Fotos. Alles was du noch auftreiben kannst. Du hast vollkommen Recht, es ist etwas Großes. Ich soll die Sache klären. Mal sehen, wohin mich das führt. Bitte tue mir einen Gefallen. Wenn Dad gleich wieder da ist, bitte sag einfach nur, dass du in der Sackgasse steckst, weil die Fall-Akte verschwunden und nicht digitalisiert worden ist. Du weißt schon, den Rest behalten wir für uns. Ich glaube auch Dad oder besser wir beide sind nicht in Gefahr. Also halte ich ihn raus, bis ich mehr weiß. Klasse, ich war wie blockiert. Ich glaube, jetzt ist der Knoten geplatzt."
„Ich bin erstaunt, dass du sachlich sein kannst. Freut mich aber", fügt Bernd hinzu und blickt seinen alten Freund schon fast glücklich an.
Bernd umschleicht das Gefühl, dass die Sonne aufgeht, obwohl der Hof

bereits in Kerzenlicht und in das trübe Licht einer alten Neonlampe getaucht ist.
„So jetzt beeile ich mich lieber und zünde den Grill an und stelle schon einmal Wasser auf. Dann geht's gleich schneller. Mann, hab ich Hunger, ich könnte ein halbes Schwein fressen." Michael rennt los und holt den Grill aus der Werkstatt. Er erscheint mit einem uralten runden schwarzen Grill, welcher sagen will:
„Ach lass mich doch in Ruhe." In der anderen Hand trägt er einen Sack Holzkohle. Gekonnt wird der Grill aufgebaut, Kohle aufgefüllt und der Grillanzünder mit Streichhölzern angezündet. Mit unterstützendem Blasen fängt das erste Kohlenstück an zu glühen. Michael kann sich nun um das Wasser kümmern. Aus der Küche holt er einen großen Topf und einen Camping–Elektroplattenherd. Er stellt die Platte auf den Tisch und in den Topf füllt er Wasser aus der Außenzapfstelle auf dem Hof, geht zurück in die Küche und kommt mit einem Mixer und einem Korb mit Zutaten wieder zurück.
„So jetzt steht alles bereit und Dad kann durchstarten."
Michael hat sich gerade hingesetzt, als ein tiefes Brummen eines satten V8 den Innenhof erfüllt. Eddi lenkt den blauen Mustang behutsam in die Garage. Eddi steigt aus dem Pony und ruft den beiden Jungs zu:
„Na ist die erste Flasche schon leer?"
„Nööö, ein halbes Glas ist noch da", antwortet Bernd.
Unterdessen hat Eddi die Garage geschlossen und geht mit zwei braunen Papiertüten zum Tisch.
„Klasse, du hast ja schon alles aufgebaut und aus der Küche geholt."
Jetzt ging es schnell und Eduard Brenner packt die Zutaten für das Pesto in den alten Mixer und legt den Lachs, gewürzt mit Knoblauch, Salz, Pfeffer und als Highlight noch mit Thymian und Basilikum auf den Grill. Der Lachs scheint in den letzten Zügen des Grillvorgangs zu liegen, da wirft Eddi die Nudeln ins heiße Wasser. Schnell sind die Nudeln fertig, Pesto untergerührt und auf den Teller mit Nudeln noch schnell ein nach Knoblauch riechendes Stück Lachs. Das Trio genießt das Essen und da es schon sehr spät geworden ist, wird hungrig und schnell gegessen. Gesprochen wird so gut wie gar nicht und wenn, dann ein feuchtfröhlicher Trinkspruch. Eddi ist der letzte, der sein Essen beendet, da die anderen beiden bereits alles besprochen hatten, halten sie sich gütlich am Wein.

„So Jungs, nun sagt mal, was los ist", fragt Eddi in einem absolut in sich ruhendem Tonfall.
Bernd wischt sich den Mund ab, weil er so hastig getrunken hatte und beginnt zu berichten „Tja, also viel ist es nicht, was ich herausbekommen habe. Meine Internetrecherche hat ergeben, dass schlicht und ergreifend der Unfallbericht nicht digitalisiert wurde und offenkundig verloren gegangen ist. Ich versuche aber weiter noch etwas herauszubekommen", betont Bernd und schaut zur Wortübergabe zu Michael.
„Wir sind zu dem Ergebnis gekommen, dass uns nichts gefährdet. Ich soll wohl aufgefordert wer-den, weiter nachzuforschen. Das ist alles. Also schieben wir es erst einmal beiseite und kochen es auf kleiner Flamme weiter, bis sich etwas Konkretes ergibt."
Eduard Brenner schaut beide ein wenig fragend an, scheint sich aber dann mit den Antworten und Informationen zufriedenzugeben.
„Na schön, dann scheint ja erst einmal alles in Ordnung zu sein oder?" Fragend schaut Eddi in die Runde. Kein Wort kommt den Jungs über die Lippen. Der Hof ist schon in einem tief schwarzen Mantel gehüllt, nur die Grillkohle und die Kerzen spenden noch Licht.
„Kommt, lasst uns alles zusammenräumen und schlafen gehen. Michael, du musst doch morgen sicherlich wieder in den Dienst?", fragt Eddi Michael.
„Ja klar! Morgen ist wieder Action angesagt und wie wir wissen, machen Gangster niemals Pause."
Nach diesem passenden Schlusswort mussten alle alkoholgeschwängert laut lachen. Das Lachen erfüllt den ganzen Hof. Der Ausspruch war jetzt nicht sonderlich witzig, aber Bernd bekommt einen solchen Lachanfall, dass Michael ihn wieder beruhigen muss. Nach geraumer Zeit ist die Hausarbeit erledigt und alle verabschieden sich in den Schlaf. Diese Drei sind wie eine Familie und so ist es nicht verwunderlich, dass alles geteilt wird, auch Geheimnisse.

Kapitel 14 – Der Sondereinsatz

Michael schläft unruhig und dreht sich in seinem Bett von rechts nach links, auf den Bauch, auf den Rücken, wie ein Schnitzel das paniert wird. Er schaut auf den Wecker, 4:45 Uhr. Jetzt lohnt es sich auch nicht mehr, sich umzudrehen, stellt er für sich fest und beschließt, ins Büro zu gehen. Er springt aus dem Bett, geht ins Bad und nimmt eine kalte Dusche. Für eine Rasur ist heute keine Zeit, also bleibt es beim Dreitagebart. Auf dem Weg zum Auto greift er sich in der Küche noch einen Bleistift und schreibt auf den Block:
„Bin schon weg. Melde mich M."
Diese telegrammartige Nachricht müsste ausreichend sein und überhaupt, sie sind und waren von ihm nichts Anderes gewohnt. Auf dem Weg zur Dienststelle begegnen ihm schon die verschiedensten Menschen. Nachtschwärmer, Arbeiter im Schichtdienst und Menschen, die einfach nur früh zur Arbeit gehen, um dem alltäglichen Stauwahnsinn in und um Düsseldorf zu entgehen. Michaels Stammbäcker ist auch schon auf und die ersten Fahrschüler sind bereits versorgt. Er hat Glück, direkt vor der Tür ist ein Parkplatz frei. Er springt in den Laden und ordert ein Roggenbrötchen mit Salat und Brie. Dazu noch einen Kaffee schwarz, groß „to go", wie es heute so schön heißt. Früher hätte man sicherlich „einen Kaffee zum Mitnehmen" gesagt. Bei dem Gedanken grinst Michael und setzt sich wieder in seinen Wagen. In einer hervorragend kurzen Zeit erreicht er sein Büro. Klar, dass noch niemand da ist, also nimmt er sich die Unterlagen und Akten aus seinem Eingangskorb. An seinem Schreibtisch angekommen, schaltet er seinen PC an, tippt sämtliche Passwörter ein und endlich kann die Maschine hochfahren. Michael nimmt sich die erste Akte. Die Tasse Kaffee in der linken Hand fängt er an zu lesen. Endlich sind auch die Obduktionsberichte eingetroffen und die Jungs aus der KTU waren auch fleißig.
„Na schön, was haben wir denn da?" Dabei legt Michael seine Stirn in Falten. Er beginnt der Reihenfolge nach mit dem ersten Mord. Während er vor seinem Schreibtisch sitzt, Seite um Seite liest, Fotos und Skizzen genau studiert, treffen die Kollegen ein. Einer nach dem anderen wirft

die klassische Begrüßung in den Raum, aber Michael bekommt nichts mit. Abgeschottet von der Außenwelt kämpft er sich durch meterhohe Berge von Akten. In solchen Zeiten und Momenten ist es gut, wenn man den großen Meister gewähren lässt und nicht stört. Sein Team erkennt das Momentum und währt sämtliche Anfragen und sonstige Nebenkriegsschauplätze von ihm ab. Gegen Mittag hebt sich der Kopf. „Geht jemand mit essen? Wer hat Hunger?" Michael ist aus seiner Lesestarre erwacht.
Jenny antwortet:
„Jau, Meister, ich geh' mit, aber nicht in die Kantine. Lass uns in den Hafen fahren und dort was essen! Wer schließt sich an?"
Heute gibt es vom Rest des Teams nur ein Kopfschütteln. Jenny greift hinter sich die über die Stuhllehne hängende Lederjacke und zieht sie sich mit Schwung über. Aus dem Schreibtisch nimmt sie die Dienstwaffe und befestigt sie hinten am Gürtel und sie ist startklar.
Plötzlich wird die Tür aufgerissen.
Ralph Berg stürmt ins Büro und schaut suchend in die Runde bis er Michael sieht.
„Ich brauch dich, 10 Minuten, es ist dringend!"
„Klar ich komme", erwidert Michael.
„Ich warte, kein Thema", wirft Jenny ein und zieht ihre Jacke wieder aus.
Michael folgt Ralph in dessen Büro. Emma Jung ist bereits in der Mittagspause und so gibt es kein Smalltalk auf Japanisch. Im Büro schreitet Ralph zu seinem Schreibtisch, greift nach einem klassisch beige-braunen Aktenumschlag auf dem in roter Schrift „Geheim / Eilt!" gedruckt steht. Michael liest und schon ahnt er, was auf ihn zukommt.
„Michael, ich habe hier ein Gesuch aus Köln von unserem Kollegen Adler. Er benötigt dringend Amtshilfe! Es handelt sich um eine Terrorwarnung. Sie benötigen dein Team. Die Terrorwarnung ist noch im Level 3."
„Was? Mein gesamtes Team?"
„Ja, dein gesamtes Team, aber ich habe dich freigeschaufelt. Wenn Level 2 erreicht wird, musst auch du nach Köln. Ist das o.k. für Dich?"
„Für wie lange?"
„Es sind acht Wochen vorgesehen, mit einer Option auf weitere vier Wochen."

„Ab wann startet der Einsatz?"
„Ab sofort, bitte organisiere heute noch eine Übergabe und dann musst du das alleine rocken."
Michael schaut erschlagen und mit gesenktem Kopf nach unten. Seine langen schwarzen Haare hängen rechts und links an seinen Ohren herunter, so dass sein Gesicht nicht zu sehen ist. Langsam hebt er seinen Kopf und schaut mit festem Blick in Ralphs Augen.
„Übergabe brauch ich nicht, hab alles im Kopf, ich schick sie los! Vielleicht kannst du ja Jenny loseisen? Versuchs!"
„Michael, vielen Dank für deine Unterstützung. Weißt du, was ich an dir so schätze? Du machst keinen Zirkus. Du nimmst die Situation an und machst es einfach. Danke."
Michael nickt und verlässt wortlos das Büro. Auf dem Flur lehnt er sich gegen die Wand und schaut wieder auf den Boden. Das Gefühl, einen Schlag in die Magengrube bekommen zu haben, hält sich. Er lässt es sich nicht anmerken und bindet sich die schwarzen Haare zu einem Zopf zusammen. Für ihn ist das eine Art Ritual, jetzt kommt seine Einzelkämpfermentalität wieder zum Einsatz. Ein Ritual, was er schon lange hinter sich gelassen hatte, so dachte er! Aber gerade jetzt kommen wieder die Gedanken von dem Fall vor gut drei Jahren in ihm wieder hoch. Michael war Chefermittler in einem äußerst grausamen Fall. Als One-Man-Show für solche Angelegenheiten wurde er nach Berlin und London ausgeliehen. Eine Serie von Ritualmorden an jungen Frauen. Frauen im Alter zwischen siebzehn bis zwanzig Jahren wurden entführt, drei Tage lang vergewaltigt und dann getötet. Im Rahmen dieser Ermittlungen wurde eine Berliner Kollegin ermordet und er wurde schwer verletzt. Diese Verletzung hätte ihm fast das Leben gekostet.
Plötzlich wird er aus seinen Gedanken gerissen. Jenny ruft ihm quer über den Flur zu:
„Michael alles o.k.?" Michael richtet sich auf und grinst.
„Ja, alles o.k., warte bitte." Michael geht ihr entgegen. Gemeinsam gehen sie ins Büro und Michael erhebt die Stimme.
„Leute hört mal bitte! Hallo, Leute Ruhe bitte!" Alle schauen mit großen Augen zu Michael.
„Was gibt's?", ruft Harry aus seiner Ecke.

„Leute, bitte jetzt vollste Konzentration. Wir haben in Köln eine Terrorwarnung der Level 3. Der Kollege Adler benötigt euch und das mit sofortiger Wirkung. Soweit ich weiß, sind eure Fälle auf Stand und eine Unterbrechung ist vertretbar. Also bitte schreibt eure Mails, Berichte und was sonst noch so anliegt und holt euch eure Marschbefehle bei Frau Jung ab. Der Zeitrahmen wird 8 Wochen mit einer weiteren Option sein. Ich werde bleiben und an dem „Ägyptischem Kreuz" weiterarbeiten. Falls sich die Terrorwarnung verschärft, stoße auch ich dazu. Eure Expertise ist im Augenblick äußerst wichtig. Also auf geht's! Danke Leute."

Eine Art Schockstarre steht in die Gesichter geschrieben. Sie schauen sich gegenseitig an. Hier und da zieht noch jemand die Augenbrauen hoch und wie eine Armee drehen sie sich wortlos um und hämmern wieder in ihre PCs. Michael steht derweil noch wie angewurzelt da und wie ein Déjà-vu sieht er sich wieder in einem extrem schweren Fall, von allen verlassen und alleine.

Kapitel 15 – Michaels Alptraum

London gehört wohl zu den mit Abstand schönsten und kulturell interessantesten Metropolen der Welt. Das pulsierende Leben auf den Straßen Londons ähnelt einem Armeisenhaufen. Geschäftig und wohl organisiert. Hier wo „Big Business" wie Investmentbanker, Börsenmakler und zerlumpte Straßenmusikanten nebeneinander im Hydepark sitzen und Lunch zu sich nehmen. Neben absoluten avantgardistischen Bürotürmen stehen Reihenwohnhäuser aus der viktorianischen Architekturepoche. Der immer wiederkehrende krasse Widerspruch in allen nur erdenklichen Formen, das Festhalten an alten Traditionen und die netten Menschen aus aller Herren Ländern, dies zeichnet die Stadt an der Themse aus.

Ein heißer Sommer vor drei Jahren, eine Mordserie, die in Düsseldorf ihren schrecklichen Anfang nahm und über Berlin nach London zog, brachte Michael in die Hauptstadt Englands. Erst wies alles auf einen wahnsinnig brutalen Einzelfall hin. Als sich aber das Mordmuster über zwei Fälle im Raum Düsseldorf, vier Mordfälle in Berlin und schließlich drei Morde in London hinweg, war es deutlich, einer grausamsten Fälle der europäischen Kriminalgeschichte. Michael wurde nach dem zweiten Opfer in Düsseldorf hinzugezogen und zu dem Zeitpunkt wusste er noch nicht, wie sehr ihn dieser Fall verfolgen sollte.

Die Mordopfer waren zwei junge Mädchen im Alter von vierzehn und sechzehn Jahren. Die Vorgehensweise war immer gleich. Der Mörder spähte die Mädchen aus. Junge Mädchen, die den Großteil ihres Heimweges von der Schule alleine und über Straßen und Wege gingen, auf denen Einsamkeit herrschte. Es waren Mädchen von großer, schlanker, ja fast knabenhafter Statur, braunem Teint und langen tiefschwarzen Haaren. Dabei schien die ethnische Zugehörigkeit keine Rolle zu spielen. Aber nach dem ersten Opfer bekam der Täter seinen Namen, die Presse nannte ihn den „Asha-Killer" und die Sonderkommission hieß SOKO „Asha". Asha war ein vierzehnjähriges Mädchen aus Düsseldorf Angermund. Der Vater, ein deutscher Ingenieur bei einem großen deutschen Automobilhersteller, die Mutter, eine Inderin, war im gleichen Konzern in der Qualitätssicherung beschäftigt. Ihre einzige Tochter Asha besuchte die Internationale Schule in Kaiserswert und nahm täglich den Bus. Nur die letzten zweieinhalb Kilometer benutze sie ihr Hollandrad. Nur an diesem einen, verhängnisvollen Tag hatte das Rad einen Plattfuß. Sie packte ihren Schulrucksack auf den Gepäckträger und schob ihr Fahrrad. Die Untersuchung die Zeitachse betreffend ergab, dass es später wohl noch einen Familienausflug mit abschließendem Essen in Ashas Lieblingspizzeria geben sollte. Asha musste sich beeilen, sonst wäre sie unpünktlich gewesen und ihre Eltern hassten Unpünktlichkeit. Aber an jenem Abend sollten die Eltern vergebens auf ihre Tochter Asha warten. Nachdem sie alle Freunde und Nachbarn ohne Erfolg angerufen hatten, nur die Voicebox Ashas Mobiltelefons ansprang, gingen sie am späten Nachmittag zu Fuß den Schulweg ab. Hinter einem Gebüsch fanden sie das Rad und den Rucksack mit dem Handy darin. Weil es auch ihr Heimweg war, machten sie sich Vorwürfe, dass sie das Rad und die anderen Dinge nicht früher gesehen hatten. Die Ermittlungen zeigten aber deutlich, dass die Eltern keine Chance hatten, aus dem Auto heraus irgendetwas erkennen zu können. Des Weiteren ergaben die Ermittlungen, dass der Täter dem Mädchen mit einem Kleintransporter aufgelauert hatte. Der Tathergang ließ sich später recht gut anhand aller vorliegenden Beweise, Zeugenaussagen und Indizien rekonstruieren. Asha schob ihr Rad auf dem Bürgersteig, bis sie auf Höhe eines weißen Kleintransporters kam. Die Schiebetür wurde aufgerissen und ein Mann sprang raus, hielt ihr ein mit Chloroform getränktes Tuch vor das Gesicht und schleppte das regungslose Mädchen in den Wagen. Nach exakt zehn Tagen fanden Spaziergänger das tote Mädchen am Rhein.

Asha war verkleidet wie eine indische Bollywood Schönheit in einem traditionell indischen Gewand und einem Kopftuch. Ihre alte Kleidung, die sie an dem Tag ihrer Entführung trug wurde niemals gefunden; vermutlich verbrannt. Die Obduktion ergab, dass Asha wohl neun Tage und über Stunden hinweg vergewaltigt worden sein muss, bis er sie, vermutlich beim Vergewaltigungsakt mit einem indischen Seidenhalstuch erwürgt hat. Eines der auffälligsten Vorgehensweisen war die Ablage der toten Mädchen an einem bekannten und öffentlichen Ort. Asha wurde am Rheinufer und das zweite Mädchen im Düsseldorfer Stadtpark genau zwölf Wochen später gefunden. In

diesem zwölf Wochenrhythmus trieb er sein grausames Unwesen über Berlin bis London. Immer wieder die gleiche Vorgehensweise, das gleiche Opferschema, der gleiche Tathergang und die gleiche Opferdarbietung. Bis zu diesem einen Tag. Dieser Tag bleibt einem Ermittler im Gedächtnis haften wie eine Narbe am Körper, ein Leben lang. Das junge Mädchen war gerade dreizehn, brasilianischer Herkunft, in Rio geboren und in London aufgewachsen. Sie hieß „Ana". Das letzte Opfer sollte noch etwas mit dem ersten Opfer aus Düsseldorf gemein haben, der kurze Vorname, der dann auch noch mit A begann. Das Profil, die Vorgehensweise, die veröffentlichten Hinweise ließen Michael sehr nah an den Asha-Killer herankommen. Über die indische Kleidung kam er ihm dann auf die Spur. Bei der Festnahme wurde Michael mehrfach angeschossen und schwer verwundet. Er konnte die hübsche kleine Ana nicht mehr retten. Sie starb buchstäblich vor seinen Augen. Der Mörder war ein früherer Elitesoldat des 5. Indischen Commonwealth Kommandos. Nach dem Ausscheiden aus der Army und mit dem zugehörigen Sold hatte er sich dann als Teppichhersteller und -händler verdingt. Seine Reisetätigkeiten führten ihn somit in diese Städte, die er zu Städten der Angst und des Grauens machte. Nach einem sechswöchigen künstlichen Koma benötigte Michael noch zehn Monate bis zur vollständigen körperlichen Rekonvaleszenz.
Die seelische und geistige Genesung erreicht er bis heute nicht. Diese sinnlosen Morde an jungen unschuldigen Mädchen, ihre friedlichen, hübschen aber auch toten Gesichter verfolgen ihn. Meistens im Schlaf. Sie erscheinen ihm, alle getöteten Mädchen, sie rufen ihn und wenn er im Traum näher tritt, werden aus ihren wunderschönen freundlichen Gesichtern kalte fahlweiße Totengesichter und sie halten einen indischen Krummdolch in ihren Händen und trachten ihm nach dem Leben. Dann wacht er meist schweißgebadet auf, es sei denn, er hat vorher seine Ration Whiskey intus. In diesen Fällen kommt er erst gar nicht zum Träumen, sondern schläft wie im Koma, wie er das gern selber so beschreibt. Dies führte ihn dann auch letztendlich in stationäre Behandlung. Soweit hat er es unter Kontrolle, wenn man in diesem Zusammenhang überhaupt von Kontrolle sprechen kann. Tiefstes Detailwissen über dieses traurige Kapitel in seinem Leben haben nur zwei Personen, sein Vater und sein bester Freund Bernd.

Kapitel 16 – Das Vorspiel

Wie wärmende, schützende Hände neigt sich die Sonne über Düsseldorf. Es ist ein wunderschöner und für die Rheinmetropole typischer Freitag. Viele geschäftige, dem Wochenende entgegensehnende Menschen bevölkern die Straßen wie Ameisen. Die Straßencafés und insbesondere die Kneipen in den Kasematten, am Rhein entlang in der Carlstadt, oder auch im Volksmund Altstadt Düsseldorfs, präsentieren ein buntes Treiben. Düsseldorfer, Leute aus der Umgebung und viele andere Menschen aus den weiten Teilen der Welt treffen sich hier zu einem Altbier, Wein oder Ähnlichem.
Die Kasematten waren in der historischen Geschichte Düsseldorfs Befestigungs-, Wohn- und Aufbewahrungsanlagen als Teil der Uferbefestigung am Rhein. In das Ufer senkrecht eingearbeitete Räume, ähnlich einer Hobbithöhlenreihenhaussiedlung. Heute beherbergt jeder Raum ein anderes Restaurant oder Bierkneipe und somit sind die Kasematten eines der größten Amüsierhighlights der Stadt. In unmittelbarer Nähe der Kasematten befindet sich einer der bekanntesten Altbierbrauereien. Nur ein mäßig großes Ausschankzelt ziert die Kopfsteinpflasterstraße am Ende der Altstadt gegenüber der Brauerei, aber Trauben von Menschen bevölkern die ungefähr vierzig Meter lange Brauereifront. Die Straße ist unpassierbar, sich unterhaltende, lachende und Altbier trinkende Menschen vieler Nationen zeichnen ein Bild der Freude.
Unter ihnen stehen zwei alte Freunde, Peter Dallmann und Jan-Paul van Reek. Einmal im Monat, und wenn das Wetter mitspielt, treffen sie sich hier, um sich auszutauschen und über gute, längst vergangene Zeiten zu quatschen, anders kann man es sonst wohl nicht nennen. Peter Dallmann ist ein eher klein gewachsener und leicht dicklicher Mann mit grauer Halbglatze. Sein Beruf ist Justiziar im Headquarter eines der größten inhabergeführten Pharmakonzerne Deutschlands. Die Arbeitsstelle ist im Industriepark nahe Dormagen Richtung Köln. Peter Dallmann hat nie geheiratet und lebt einsam in einer Drei-Zimmer-Mietswohnung in Düsseldorf-Benrath. Er hat den Tod seiner Eltern nie richtig verarbeitet. Er verkaufte sein Elternhaus in Meerbusch und lebt

jetzt lieber zur Miete. Er legt kaum Wert auf sein Äußeres und dies sieht man ihm auch an. Der Schick der Endachtziger begleitet ihn. Damen und junge Frauen scheinen durch ihn hindurchzuschauen, sie haben nur Augen für Jan-Paul van Reek. Ein groß gewachsener ca. 1,92 m großer, drahtiger, durchtrainierter Mann, mit vollen grauen Haaren. Noch ein wenig Gel für die jugendliche Frisur, dazu trägt er stets einen gepflegten, auch schon ergrauten Dreitagebart. Mit seiner leichten brauen Hautfarbe und seinem überaus gepflegten Erscheinungsbild ist er das krasse Gegenteil von Peter. Jan scheint einem Modemagazin entsprungen zu sein und stand und steht stets im Mittelpunkt. Heute trägt er coole braune Sport-Sneaker, hippe Blue Jeans, ein weißes Slim-fit Hemd und ein blaues Business-Sakko.
Ein Typ Mann, auf den die Frauen fliegen. Seine Ehefrau Petra kleidet ihn so äußerst hipp ein, ohne zu wissen, dass er so für die Damenwelt zum Freiwild wird. Petra, das gute dumme Schaf, hat es noch nicht gemerkt. Jan nutzt seine Chancen bei den Damen recht ordentlich aus. Peter, der, so scheint es, sein einzig richtiger Freund ist, stellt ihm dann auch von Zeit zu Zeit die entscheidende Frage:
„Warum machst du das immer wieder? Petra liebt dich doch. Wenn ich so viel Glück hätte, ich würde das nicht machen."
„Was meinst du?", entgegnet Jan ziemlich barsch.
„Das mit den anderen Weibern. Du weißt schon", erwidert Peter kleinlaut, wissend, dass er jetzt wieder irgendeinen dummen Spruch einkassiert.
„Weil ich es kann und du nicht, mein Dickerchen." Eine kurze Pause begleitet Jans stechende Blicke.
„Schau dich doch mal an. Bei aller Liebe, aber weißt du, wie du aussiehst? Du siehst aus wie Don Johnson für Arme. Ich hab dir schon tausendmal gesagt, kauf dir mal geile Klamotten. Aber du willst ja nicht hören. Und das mit Petra, das geht dich gar nichts an."
Nachdem Jan mit seiner Predigt fertig ist, schauen beide schweigend in die Runde. Funkstille. Dann durchbricht Peter das Schweigen: „Kannst du dich noch an Lothar erinnern? Lothar von Cappenberg."
„Klar, was ist mit ihm?", schmeißt Jan gelangweilt zurück und ergänzt: „Der Looser. Der hat doch nie das Maul aufgemacht, geschweige denn einen hoch! Was ist nun?"

„Lothar ist tot. Einem Gewaltverbrechen zum Opfer gefallen. So stand es im Blitz."
„Ach Quatsch! Doch nicht unser Lothar. Warum sollte der ermordet werden. Dieser harmlose Vogel. Es sei denn, er wäre zum Gangster mutiert und seine dunkle Seite wäre hervorgetreten. Habe ich schon immer gesagt", lacht Jan.
„Blödsinn! Du musst nicht von dir auf andere schließen. Was kann da wohl passiert sein?"
Mit einem breiten Grinsen eröffnet Jan die Spekulationen:
„Vielleicht hat er sich Feinde in dem Laden seines Vaters gemacht, oder er hat eine Geliebte und seine Frau hat ihn umgelegt, ja oder der Mann der Geliebten hat ihn zur Strecke gebracht. Hab gehört, dass es zwischen ihm und seiner Antje auch nicht mehr zum Besten stand."
„Was du immer alles gehört haben willst. Ist euer Autohandel eine Art Informationsbörse? So ein dummes Zeug. Du hast doch schon lange keinen Kontakt mehr zu ihm. Jetzt bleib doch mal ernst. Meinst du, wir sollten mit der Polizei sprechen?"
„Warum das denn?", greift Jan Peter in einem lauten aggressiven Ton an.
„Warum? Du hast es doch gerade selber gesagt! Wir hatten doch jetzt wie lange keinen Kontakt mehr zu ihm, mehr als 20 Jahre oder? Nur weil wir mal als Teenies in einer Tennismannschaft waren, heißt das noch lange nicht, dass wir hilfreiche Informationen an die Polizei geben können. Was für ein Quatsch! Hast du denn nur Grütze in deiner unbehaarten Birne? Schlag dir das mal aus dem Kopf! Du machst nichts, gar nichts, verstanden?!"
Es ist als Befehl zu verstehen und Peter scheint zu verstehen. Er wechselt augenblicklich das Thema. Wie immer eigentlich, Jan-Paul ist der Tonangebende. Was er sagt, wird gemacht. Das war schon früher so in der Tennismannschaft und das ist auch noch heute so. Nur mit dem Unterschied, dass sich die anderen Teammitglieder von ihm befreien konnten und Peter halt nicht. Er weiß es, aber mittlerweile hat er sich seinem Schicksal ergeben, er hat ja sonst niemanden mehr. Nach vier Stunden Unterhaltung, was Peter für heute auch durchaus reicht, schaut er auf die Uhr.
„Mensch! Ich muss los, die letzte S-Bahn fährt in zehn Minuten. Der Deckel gehört heute dir, stimmt's?"

„Ja, ja, schon gut. Na, hau schon ab. Du warst heute sowieso eine Spaßbremse. Mal schauen, wie lange ich noch bleibe. Vielleicht passiert gleich noch was", sagt Jan und lacht dreckig.
Peter schaut sich um, tastet sich ab, ob er auch nichts vergisst und geht. Er ruft Jan noch zu:
„Treib's nicht zu bunt! Bis bald!"
Jan winkt kurz arrogant ab und Peter verschwindet in der Menschenmasse Richtung S-Bahnstation.
Jan bleibt am Stehtisch und denkt laut vor sich hin:
„Was für ein Versager! Jetzt widmen wir uns der schönen Seite des Lebens."
Wenn er sich selber diesen Marschbefehl gibt, heißt das, er sucht eine Frau, bei der er heute noch landen kann. Seine Frau Petra ist ohnehin bei ihren Eltern im Sauerland und so hat er freie Bahn. Sein Glas ist leer, er dreht sich um, um beim Barkeeper hinter dem Tresen noch eins zu bestellen. Da fällt sein Blick auf eine rassige Blondine. Eine wunderschöne, äußerst schlanke Persönlichkeit. Sehr hohe Absätze machen die junge Frau wohl gut 1,85 m groß. Schlanke Beine in einem schwarzen Hosenanzug, wobei sie die Jacke nicht trägt. Eine weiße, seidene Langarmbluse mit kaum Oberweite ziert eine androgyne Figur. Wallend lange blonde Haare rahmen ein sehr zart geschnittenes Gesicht. Jan scannt die Frau:
„Passt zwar nicht ganz ins Beuteschema, aber für heute Abend soll es mir egal sein. Nachts sind alle Katzen grau oder wie heißt das? Ist auch egal."
Jan schaut auf das Getränk der jungen Frau, ein Daiquiri. Er bestellt zwei und geht gelassen und selbstbewusst zu ihr hin.
„Hallo, ich bin der Jan, darf ich dich einladen?"
Schmunzelnd lächelt sie und erwidert mit einer sehr sexy animierenden Stimme und Tonfall:
„Sehr gern. Wie ich sehe, bist du gut vorbereitet."
Siegessicher stellt er sich auf eine heiße Nacht ein. Mit einem verschmitzten Lächeln widmet er sich der hübschen Unbekannten. Jan scheint seinem Ziel schon sehr nah und Peter?
Peter liegt schon in seinem Jugendbett und schläft den Schlaf des Gerechten.

An diesem Samstag schläft er richtig lang. Der Abend mit Jan war wieder anstrengend. In seinen Gedanken beschäftigt er sich mit Lothar und wieder und immer wieder stellt er sich die Frage, soll er bei der Polizei anrufen oder nicht.
„Mist, 12 Uhr durch! Jetzt aber raus, Brötchen holen." Mit diesem Gedanken springt er aus dem Bett. Seine kleine Wohnung, gespickt mit Möbeln eines großen schwedischen DIY Möbelhändlers wäre jetzt kein Vorzeigedomizil bei „Schöner Wohnen", ist aber für einen eingefleischten Junggesellen sauber und gemütlich. Die Wohnung erweckt den Eindruck, dass hier ein langweiliger Mensch mit festen Lebensrhythmen wohnt. Nichts scheint zufällig – wie langweilig!
Dies war aber nicht immer so. Peter war in seiner Jugend und Studienzeit ein Draufgänger. Er ließ keine Party aus, ja Drogen, Sex und Alkohol gehörten phasenweise zu seinem täglichen Repertoire, bis ihm seine Eltern in einem harten Kampf aus Liebe und Entbehrungen aus diesem Sumpf befreit hatten. Der Wendepunkt zu seinem heutigen, eher beschaulichen Leben war der Absturz der Concord Maschine mit der Flugnummer 4590 vom Pariser Flughafen Charles-de-Gaulle mit Zielflughafen John F. Kennedy International Airport in den USA am 25. Juli 2000. Das Leben, was für ihn gerade neu begann, bekam einen schrecklichen und harten Rückschlag. Peter war gerade mit dem Studium fertig und sein Vater konnte ihn über Beziehungen zum HR-Department in dem Unternehmen, indem auch er arbeitete unterbringen. Alles schien geregelt zu sein. Da wollten die Dallmanns in den Urlaub fliegen. Dieses, wohl eines der schrecklichsten, aber auch bedeutendsten Unglücke der internationalen Fluggeschichte nahm Peter die Eltern. Er wusste, wenn er sich jetzt fallen lassen würde, was jeder durchaus verstanden hätte, würde er aus diesem Loch nie wieder hochsteigen können.
Diese Erkenntnis rettete ihm wohl sein Leben und so kam es zu einer 180 Grad Wendung in seinem Leben. Zu Frauen fand er keinen richtigen Draht. Er hatte keine Antenne für die Bedürfnisse einer Frau und selbst wenn es ihm in der Vergangenheit gelungen war, ein Frauenherz für sich zu gewinnen, so war dies nie von Dauer. Es schien, als würden sie ihn nicht verstehen. Zwei Parallelwelten zeigten sich schon oft sehr kurz nach der Kennenlernphase. Seine Beziehungen dauerten in der Regel nicht länger als 4 bis 6 Wochen. Diese kleinen

Intervalle des Glücks konnten es nicht verhindern, er entwickelte sich einfach nicht weiter. Er blieb förmlich stehen und das Traurige dabei war, er bemerkte es nicht einmal. Der Samstag verspricht sonnig zu werden, also holt er eine beige Leinenhose und ein mintgrünes T-Shirt aus dem Schrank. Jetzt noch die weißen Sportschuhe und ja, er könnte der Actionkrimiserie Miami Vice entsprungen sein, wenn er doch nur nicht so korpulent wäre. Seine Halbglatze erinnert eher an Phil Collins bei seinem Gastauftritt in gleichnamiger Serie.
„So jetzt aber schnell! Hunger habe ich."
Der Gedanke, die Polizei über Lothar zu informieren, war längst dem Hungergefühl gewichen. Peter nimmt seine Nussschale, welche ein Motorradhelm sein soll, und geht die Treppe runter zum Parkplatz. Unten setzt er sich auf seinen Cappuccino braunen, 125ccm Hubraum starken Vespa-Roller. Der Elektrostarter lässt die Vespa sofort aufheulen und mit einem Ruck ist sie vom Ständer runter. Das sich darbietende Bild zeigt eher einen in die Jahre gekommenen italienischen Gigolo und nicht, auf gar keinen Fall, Don Johnson, Miami Vice, nicht einmal für Arme. Peter steuert seine Vespa auf die alleeartige Straße vor seinem Haus, am Benrather Schloss entlang zu seinem Lieblingsbäcker.
Ein konstantes Lächeln begleitet die ganze Fahrt. Es scheint fast so, als würde ihn etwas erwarten. So stellt man sich jemanden vor, der vom Frühling geküsst wurde. Selbst der beste Drogencocktail würde kein solches Glücksgefühl hervorrufen. An den vergangenen vier Samstagen hatte er, wie der Zufall das so will, eine dunkelhaarige Frau in seinem Alter kennengelernt. Sie heißt Anna und kauft dort regelmäßig ein. Es war keine fest vereinbarte Uhrzeit, aber es schien immer zu passen. Wenn er dort ist, ist Anna schon dort oder kommt kurze Zeit später. Er müsste sich halt nur die Zeit nehmen und unter Umständen noch dort in der Gegend ein wenig bummeln. Er würde sie sehen, er würde wieder ein paar nette Worte mit ihr wechseln. Der Tag, nein das Wochenende, nein sogar die ganze Woche wäre wieder gerettet und würde ihn seinem tristen Alltag entfliehen lassen. So ein Gefühl der Glückseligkeit lässt sich nur schwer in Worte kleiden. Er hatte es versucht, sogar bei Jan, erntete aber nur ein mitleidvolles Lächeln.
„Du bildest dir das ein. Was will eine hübsche Frau denn von dir?", waren seine Worte.

„Aber nein, sie ist echt und sie ist nett und freundlich zu mir und ich mag sie", schwärmte Peter in die Minuten der Vespa Fahrt zum Bäcker hinein.

Als er dem Bäcker näherkommt, sieht er ihren niedlichen weißen Fiat Kleintransporter schon seitlich beim Bäcker im Schatten unter den Bäumen stehen. Sein Herz beginnt zu rasen. Gleich würde er sich wieder mit ihr über alles, was die Welt bewegt unterhalten dürfen.

„Heute frage ich sie mal, warum sie einen Kleintransporter fährt. Ein kleiner sexy Fiat 500 mit Faltschiebdach würde ihr doch viel besser stehen!"

Peter öffnet die schwere Eingangstür und ein Duft von frisch gebackenem Brot und Brötchen schwingt ihm entgegen. Eine Auslage, wie im Schlaraffenland. Links liegen die Plunderteilchen mit goldgelbem Vanillepudding, gefolgt von einer Batterie von mit Marmelade gefüllten Berlinern. Dann die herrlich schmeckenden Nussecken und Rosinenschnecken. Jetzt folgen die Obstkuchen, über Erdbeer- bis Heidelbeerkuchen, halt alles, was Saison hat. Nun die Brötchen, Roggen, normale mit oder ohne Körner. Man kann die Vielfalt gar nicht aufzählen. Schon gar nicht die hinter den Verkäuferinnen liegenden Brotsorten. Ein Eldorado der Backkunst und so war es kein Wunder, dass sich bereits eine Schlange wartender Kunden gebildet hatte.

Anna steht in der Schlange, drei Personen vor Peter. Durch ein leichtes seitliches Vorbeugen und Zupfen an ihrer Sommerjeansjacke macht Peter sich bemerkbar. Lächelnd dreht sich Anna um:

„Ach, hallo, guten Morgen Peter. Wie geht's?"

„Hallo Anna, danke alles gut. Wie geht's dir? Sag mal warst du in der letzten Woche bei dem Vespa Händler auf dem Höherweg, wie du meintest?"

Mittlerweile drehen sich die Kunden zwischen den beiden zur Seite um und schauen sie mit fragenden Gesichtern an.

„Lass uns gleich mal quatschen", wendet Peter mit einem für ihn untypisch wirkenden souveränen Nicken ein.

„Geht leider nicht, muss gleich los. Besuch zu Hause", antwortet Anna im Stenostil.

„Aber vielleicht kannst du mir helfen, die Sachen ins Auto zu tragen?" ergänzt Anna.

„Selbstverständlich, klar!"
Anna ist jetzt an der Reihe und ordert 10 Brötchen und eine große Fruchttorte. Beim Bezahlen wendet sie sich leicht zur Seite und mit flehendem Blick:
„Peter, hilfst du mir eben?"
Peter springt aus der Reihe, wohl wissend, dass er sich gleich wieder hinten in die Reihe einordnen muss. Aber mit Anna ein paar nette Worte zu wechseln, ist ihm wichtiger. Peter geht nach vorn zur Glastheke und schnappt sich die Fruchttorte. Mit beiden Händen unter der Torte steht er nun erwartungsfroh neben Anna und strahlt sie wie ein Labrador, der seinem Frauchen den Tennisball bringt an. Anna greift sich die Tütenbrötchen, geht vor und hält Peter die schwere Eingangstür auf.
„Ich hab deinen Wagen schon gesehen, links herum nichtwahr?", wirft Peter rhetorisch auf dem kurzen Weg ein. „Wo soll der Kuchen denn hin? Auf den Beifahrersitz?"
„Nö, hinten auf der Lagerfläche habe ich eine Kühlbox. Da steht die Torte sicher und kühl. Mensch habe ich ein Glück, dass ich dich getroffen habe. Alleine hätte ich wohl große Probleme bekommen", kokettiert Anna.
„Ach du hättest das auch ohne mich geschafft, aber mit mir ist es natürlich einfacher" schreitet Peter gönnerhaft bis zum Wagen.
Am Fahrzeug angekommen, quält Peter eine Frage, die er sich aber noch verkneift. Anna öffnet seitlich die Schiebetür. Mit einem Schwung ist sie auf. Seitlich platziert sie die Brötchen, beugt sich hinein und schaut nach hinten.
„Mist die Box ist nach hinten gerutscht und die hintere Tür klemmt. Kannst du reinklettern und die Torte vorsichtig in die Box legen. Tantchen wäre enttäuscht, wenn ich ihr Matsch serviere."
„Ach das Tantchen kommt zu Besuch. Mach ich doch gern. Wo ist denn die Box? Ach da! Wenn du ein wenig zur Seite gehst, mache ich das eben für dich."
Peter schlängelt sich an Anna vorbei, kämpft sich in gebückter Haltung, die Torte auf beiden Händen tragend nach hinten zur Box. Plötzlich spürt er ein Tuch auf Nase und Mund, ihm wird schwarz vor Augen.

Kapitel 17 – Interessante Beweise

Die letzten Sonnenstrahlen des Tages erreichen noch Michaels Wohnung. Bei offener Balkontür und Fenster sitzt er auf dem schwarzen Ledersofa. Er macht es sich vor dem Fernseher bequem. Coole Jeans-Short und das Fußballtrikot seines Heimatvereins Fortuna Düsseldorf. Er trägt aber nicht irgendein Fortuna-Trikot, nein, das Trikot mit dem Totenkopfemblem der Punkband „Die Toten Hosen". Das waren schlechte Zeiten, als Fortuna in der Drittklassigkeit rumdümpelte. Aber wie heißt es so schön, tot Geglaubte leben länger oder tief fallen kann jeder einmal, aber wieder aufzustehen, dazu gehören Charakter und Mut. Irgendwie ist diese Berg- und Talfahrt der Fortuna sinnbildlich für Michaels Leben. Die ganzen persönlichen und beruflichen Aufs und Abs haben ihn geprägt. In seiner Jugend war er immer der Sonnyboy. Er hatte viele Freunde und die Mädchen konnten die Augen nicht von ihm lassen. Und Michael schwamm auf einer Welle der Oberflächlichkeit. Als Jugendlicher kann man wahrscheinlich den Unterschied zwischen wahrer Freundschaft und oberflächlichem Getue nicht unterscheiden. Aber umso schmerzlicher ist es dann, wenn es zur entscheidenden Frage kommt. Freund oder nicht Freund. Allein der Begriff Freund ist dehnbar. Was heißt Freund? Ein Kumpel, mit dem man ein Bier trinken gehen kann? Ist es der, der sich deine Probleme anhört und dir mit Rat und Tat zur Seite steht? Oder ist es gar der, der sich deine Probleme erst gar nicht anhören muss, sondern der, der weiß, wann man eingreifen muss, um zu helfen, der, der mal schweigen kann, der, der sich ungefragt und jeder Zeit für dich einsetzt? Eine solche Freundschaft finden nur wenige. Meistens sind es so Hybridfreundschaften mit verschiedenen Personen. Michael hat allerdings das Glück, zwar spät, aber er hat das Glück, Bernd begegnen zu dürfen. Eine Freundschaft, welche in einer modernen Zeit mit Facebook., Instagram und vielem mehr gar nicht bewertbar ist. Sie ist sozusagen ein Novum und deswegen weiß Michael sie sehr zu schätzen.
Heutzutage hat man hunderte von sogenannten Facebook.-Freunden und mit ein wenig „Geschick", natürlich in Anführungszeichen, kann man noch Tausende von Follower sein eigen nennen. Was für eine

Welt, in der sich so viele Dinge nur noch virtuell abspielen. Freundschaften, ja und sogar das Glück der Liebe wird darüber gefordert. Dating Seiten, um das große Glück zu finden oder nur schmutzigen Sex. Gibt es Statistiken, die belegen könnten, dass die Zahl der direkten sexuellen Übergriffe sich zum Positiven verändert haben oder vielleicht doch nicht? Es ist doch alles Online erhältlich oder?

Michael springt auf. Ihm schießt ein Gedanke durch den Kopf und er greift nach seinem Handy und wählt auf Kurzwahl Bernds Handynummer.

„Hi Michael, wie geht's alles klar? Wir haben uns doch für morgen verabredet oder?"

„Ja, ja stimmt schon und danke, alles wie immer. Ich kann gar nicht so viel essen, wie ich kotzen möchte." Dabei lachen beide laut los.

„Was gibt's denn? Du hast doch sicherlich etwas, was ich für dich tun soll, oder?", fragt Bernd nur noch rein rhetorisch

„Stimmt, ich habe da was und wenn ich die KTU frage, dauert das wieder und ich hab keine Zeit."

„Was ist es denn?"

„Kannst du mal die Telefon- und Maildaten von Lothar von Cappenberg checken. Irgendetwas Außergewöhnliches, aber auch Wiederkehrendes für ein klassisches Spießerleben."

„Schon verstanden, ich check das und melde mich. Grüß deinen Dad. Das Essen war Klasse, wie immer."

„Mach' ich, bis bald Ciao."

„Tschööö", hört man noch am Leitungsende von Bernd.

Michael schlendert mit dem Handy noch am Ohr Richtung Küche, legt auf und schmeißt es im Vorübergehen auf einen Sessel im Flur. In der Küche erwartet ihn im Kühlschrank ein kaltes Füchschen Altbier. Jetzt noch ein Bier und dann ab in die Falle. Irgendwie fühlt er sich wie gerädert, wie nach einer 36 Stundenübung bei der Bundeswehr. Er setzt an und das Alt verschwindet in einem Zug. Mit schleppenden Schritten trottet er noch zum Bett, wo er sich nach vorne buchstäblich in den Schlaf fallen lässt. Mitten in der Nacht, 3:23 Uhr um genau zu sein, klingelt sein Handy. Michael, total zerknittert im Gesicht dreht seinen Kopf.

„Oh Mann! Was ist denn das für eine Scheiße?", brummt er, wobei er sich langsam auf den Rücken legt. Er sortiert seine Gliedmaßen und möchte am liebsten gar nicht drangehen. So langsam schwindet das Schlaftrunkene und er erkennt den Klingelton. Bernd ist es.

„Bernd, schieß los! Was hast du rausgefunden?" Eben noch war er im Tiefschlaf, aber jetzt ist er hellwach, da er weiß, dass Bernd die Arbeit nicht für Peanuts machen würde.

„Hör zu, ich habe etwas in seinem dienstlichen Mailverkehr sowie bei seinen Handydaten gefunden."

„Spann mich nicht auf die Folter, du Knecht! Was ist es?"

„Also Lothar von Cappenberg hat regelmäßigen Mailverkehr zu einer Privatperson über seinen dienstlichen E-Mailserver. Das ist insofern auffällig, da die Mailkonversation erst vor gut drei Monaten startete und vor ein paar Wochen abrupt endete. Der Kontaktperson heißt Frank Roth und die Emailadresse lautet, f.r at hotmail dot com, wohnhaft in Düsseldorf. Hast du nicht noch eine nicht identifizierte Männerleiche?"

„Ja genau, dass könnte passen." Michael stieß einen Freudenschrei aus, als hätte die Fortuna gerade ein Tor geschossen.

„Zweite Auffälligkeit bei Herrn von Cappenberg ist der Handy- und SMS-Verkehr mit einem Prepaid-Handy. Aber diese Kommunikation ist seit Tagen tot und nicht lokalisierbar, ergo eine Sackgas-se. Quatsch, was rede ich denn, einen Namen habe ich noch. „Anna" – stand da, inklusive einer Liebeserklärung in einer SMS."

„Super!" Michael fühlte sich gerade wie bei einem Heimsieg der Fortuna.

„Das bringt mich aber Lichtjahre nach vorn. Vielen, vielen Dank! Wir sehen uns. Schlaf gut."

„Geil, geil, geil!" ruft er vor sich hin.

Er schaut auf die Uhr, mittlerweile 4:45 Uhr.

„Dann gehe ich jetzt mal zum Dienst. Weiterschlafen hat sich wohl erledigt."

Michael geht ins Bad unter die Dusche. Eine eiskalte Dusche würde ihn jetzt auf Vordermann bringen und mit diesen Informationen könnte er jetzt endlich Untersuchungserfolge einfahren.

„Gleich mache ich mal die Jungs von der KTU frisch und mal sehen, was ich noch über Herrn Roth herausfinde, bevor ich ihn besuche. Was kann der uns denn wohl verraten?"

Michael duscht und springt in seine Klamotten, schneller als Sebastian Vettel beim Reifenwechsel in der Box.
„Ein Frühstück, nein dafür ist es zu früh! Eine Tasse Kaffee im Büro. Das funktioniert auch." Morgens spricht er gern mit sich selbst. Eine Angewohnheit, die er sich als Souvenir aus London mitgebracht hat. Er schnappt noch eben die Lederjacke vom Hacken und rennt durchs Treppenhaus nach draußen. Aus der Garage holt er Wagen und mit einem lauten, alle Nachbarn weckenden „Roarrr" rast er die Kühlwetterstraße hoch. Zehn Minuten später, neuer Rekord, steht er bereits vor dem Eingang seiner Dienststelle. Er durchläuft die Sicherheitschecks und knapp fünf Minuten später fährt er den Computer hoch. Eine, ihn innerlich zerreißende Neugierde hat ihn gepackt. Es ist jetzt an ihm, Resultate zu bringen und sich sicher fühlend startet er die erste Anfrage, wie üblich auf dem LKA Server. Dann würden alle anderen Behörden folgen, bis er zum Schluss Google und das Telekom-Register bemühen würde.
„Also los, Frank Roth, Düsseldorf." Sein Bildschirm ist im Bruchteil einer Sekunde voll mit An-gaben zu Frank Roth aus Düsseldorf. Die Anzahl der Angaben beziffert sich auf 236, gefühlt sind es allerdings 23.600. Sein Blick bleibt trotz kleiner Panne äußerst neugierig. Aber im Eifer des Gefechts hat er vollkommen vergessen, die KTU anzurufen.
„Schwein gehabt, die KTU ist schon besetzt." Michael wählt die Kurzwahl zehn auf seiner Festnetz-station und nach dem zweiten Klingeln erklingt schon die Stimme eines Technikers der Kriminal-Technischen-Untersuchung.
„Guten Morgen Herr Brenner. Möllenkamp hier. Wie kann ich helfen?" Kriminaltechniker Klaus Möllenkamp, auch Mölle von seinen Kollegen genannt, ist noch nicht lange beim LKA Düsseldorf. Womit sich auch der freundliche Umgangston erklären lässt.
„Moin, Herr Möllenkamp. Ich möchte gern folgende Informationen zum Fall Ägyptisches Kreuz abfragen. Inwieweit sind die privaten und dienstlichen Serverdaten sowie sämtliche Handyverbindungen von Herrn Lothar von Cappenberg geprüft worden?" Wenn man Michael höflich entgegenkommt, so befleißigt er sich dann auch eines freundlich höflichen Umgangstons.
„Tut mir leid, der Gerichtsbeschluss liegt vor, aber dazu sind wir noch nicht gekommen."

„Mist, das ist ganz große Hühnerscheiße! Legen sie los, Mann. Ich brauche die Informationen dringend! Ich gebe ihnen zwei Stunden, um den Beschluss umzusetzen. Ist das klar und deutlich?" Wieder fühlt er sich dem wiehernden Beamtenschimmel hilflos ausgesetzt. Er könnte platzen vor Wut, aber heute, ja gerade heute bekommt er sich in den Griff. In der Vergangenheit flogen auch schon mal Telefon, Akten und Ähnliches quer durchs Büro. Heute aber nicht! Mit großen Schritten setzt er sich an seinen Schreibtisch, stützt die Ellenbogen auf und legt sein Gesicht in seine Hände. Während er sich die Stirn reibt, zermartert er sich das Hirn. Wie soll er denn jetzt schnell an Hinweise kommen? Michael schaut auf und sieht die riesige Glastafel, auf der Jenny die Zeitschiene und weitere Daten und Details mit farbigen Filzstiften aufgeschrieben hat. Breitbeinig - wie ein Cowboy - stellt er sich vor die Tafel. Sein Blick schweift nach unten. Vor der Tafel steht die Tennistasche der Familie von Cappenberg. Michael nimmt die Tasche und zieht ein ums andere Stück heraus. Ein Bild. Michael nimmt das Bild heraus, welches Heinzi und er schon bei der Familie gesehen hatten. Wie vom Blitz getroffen, setzt er sich vor seinen Computer. Er startet das Internet, die Google-Suchmaschine öffnet sich. Wie ein Kind an Weihnachten hämmert er hastig: „Düsseldorfer Tennismeisterschaft 1986, Siegerteam Meerbusch" ein. Nichts! Michael scrollt nach unten. Nichts. In der Befehlsleiste schränkt er die Suche auf Bilder ein. Wieder nichts! Er scrollt die Seite nach unten; er öffnet die zweite Seite. Da! Das dritte Bild oben rechts, genau das Bild aus dem Familienfundus. Nach dem Anklicken des Bildes öffnet sich eine Webseite mit dem Namen Fotoatelier Henry Mollier. Michael geht mit dem Cursor auf die Menüleiste, eine Fehlermeldung poppt auf. Die Webseite existiert nicht mehr.

„So ein Mist! Das wäre jetzt auch zu einfach gewesen." Michael öffnet die Gelben Seiten und tatsächlich Henry Mollier ist registriert. Hastig und ungeduldig greift Michael zum Hörer und tippt die Nummer ein. Der Ruf geht durch, es klingelt einmal, ein zweites Mal, nach dem achten Klingelton nimmt jemand ab:

„Mollier. Hallo? Wer ist da?"

„Spreche ich mit Henry Mollier?", faucht Michael ungeduldig in die Hörermuschel.

„Wer ist denn da?"

„Michael Brenner. Kriminalhauptkommissar Brenner, LKA Düsseldorf. Bitte entschuldigen Sie. Spreche ich mit Henry Mollier?"
„Nein, mein Name ist Axel Mollier. Ich bin der Sohn. Was möchten Sie?"
„Ich habe Fragen zu einem Bild aus dem Jahr 1986. Einem Tennismannschaftsbild. Es handelt sich um das Düsseldorfer Tennisturnier. Könnten Sie mir ihren Vater ans Telefon holen, bitte?"
„Das tut mir leid. Nach einem Schlaganfall ist mein Vater ein Pflegefall. Er ist schwer gelähmt. Vielleicht kann ich helfen. Was möchten Sie wissen?"
„Ich habe ein Bild mit einer Jugendtennismannschaft aus Meerbusch, die damals 1986 die Stadtmeisterschaft gewonnen hat. Ich benötige dringend die Namen der Personen auf dem Foto und ich dachte, ihr Vater hätte vielleicht noch ein Käuferverzeichnis oder so etwas in der Art."
„Da haben Sie aber Glück, alle Kisten habe ich zu uns geholt. Sie stehen unten im Keller. Darf ich vorschlagen, Sie kommen vorbei und wir suchen dann gemeinsam."
„Super Idee. Wenn Sie mir nun bitte noch die Adresse sagen."
„Hüttenstraße 83a."
„Kenn ich, alles klar! Geben Sie mir eine Viertelstunde. Bis gleich."
Michael schmeißt den Hörer auf die Gabel und verlässt das einer menschenleeren Westernstadt gleichende Büro.
„Jetzt fehlen nur die runden Büsche, die vom Wind durch die Straßen getrieben werden."
Mit einem Grinsen schließt er das Büro hinter sich ab. In der Tiefgarage rangiert er seinen 6 Zylinder aus den engen Gassen sportlich-elegant nach draußen auf die Straße. Mit durchdrehenden, quietschenden Rädern treibt er seinen Daimler in die Innenstadt. Hüttenstraße. Dort einen Parkplatz zu finden, ist wie Lotto spielen ohne Kugelschreiber. Schneller als erwartet, biegt er schon in die Hüttenstraße ein.
„So, hier ist die 83a und wo ist jetzt ein Parkplatz für mich? Wenn alle Stricke reißen, setz ich das Blaulicht aufs Dach und park in zweiter Reihe." Gerade, als Michael diesen Gedanken beendet, sieht er das weiße Rückfahrlicht eines uralten, orangenen Ford Capris.
„Geil, das passt ja wie die Faust aufs Auge. Dann mal schnell raus mit dir." Michael setzt den Blinker, um die Parklückenbesetzung

großflächig anzuzeigen. Ein in die Jahre gekommener älterer Herr parkt sein Capri äußerst vorsichtig aus. Eigentlich hätte Michael noch Kaffee am gegenüberliegenden Büdchen trinken können. Aber nach gefühlten 30 Minuten ist die Parklücke dann frei. Mit Lichtgeschwindigkeit parkt er ein und läuft zur 83a. Die aus den Siebzigern stammende weiße Holzsprosseneingangstür erwartet ihn.
„Mollier, Mollier, da ist er ja." Michael klingelt Sturm.
„Wer ist da?"
„Brenner, LKA." Schon summt der Türöffner und Michael schiebt die wuchtige Tür auf. In Hecht-sprüngen erklimmt er die Treppe. Im dritten Stockwerk steht ein junger, sportlich gekleideter Mann in der Tür und streckt ihm schon die Hand zur Begrüßung entgegen.
„Mollier, Axel Mollier, guten Tag Herr Brenner."
„Hallo. Kriminalhauptkommissar Michael Brenner, LKA Düsseldorf."
Axel Mollier bittet Michael in die Wohnung. Sie gehen durch einen dunklen Flur. Rechts und links hängen Fotos und anhand der schwarzweiß Aufnahmen und der Motive kann man erahnen, dass es sich um eine kleine Düsseldorfer Zeitreise handelt. Sehr oft finden sich Motive wie das Rathaus und der Leuchtturm am Rhein. Axel Mollier geleitet Michael in den letzten Raum am Ende des Flurs. Im Wohnzimmer angekommen, sieht Michael, wie ein alter Herr mit leerem Blick in einem orthopädischen Sessel sitzt und vor sich hinstarrt.
„Das ist mein Vater. Sie verstehen sicherlich, dass es keinen Sinn macht, ihn zu befragen. Aber ich habe mal die Kiste mit Negativen und Fotos aus dem Keller geholt. Sie haben Glück." Auf der vergilbten Pappbox steht deutlich „Düsseldorf Tennisturnier 1986".
„Glück, die linke Hand der Polizei", fällt ihm da der Spruch seines alten Ausbilders bei der Polizei in Frankfurt ein.
„Klasse, hier ist das Foto, das ich habe. Irgendwie hat es diese Mannschaft nicht ins Internet geschafft. Also such ich auf die klassische Art.
Das Foto zeigt das Siegerteam der Jugendmannschaft aus Meerbusch von 1986. Ich brauche die Namen."
Axel Mollier öffnet die Pappbox und teilt den horizontalen Stapel in zwei Teile und legt Michael einen davon auf den guten alten Eichenesszimmertisch.

„Dann wollen wir mal keine Zeit verlieren. Bitte nehmen Sie Platz. Aber bevor wir anfangen, möchten Sie noch etwas trinken? Kaffee, Wasser?"
„Kaffee wäre ganz Klasse. Danke."
„Mit Milch und Zucker?"
„Schwarz, danke."
Axel Mollier begibt sich in die Küche, während Michael sich den Stapel auf seine Beine legt und im Karteikartensystem Foto um Foto und Negativ um Negativ anschaut. Nach einer Weile kommt Axel Mollier mit zwei Tassen Kaffee zurück ins Wohnzimmer. Deutlich sieht man, wem welche Tasse gehört. Axel Mollier trinkt seinen Kaffee „Full-House". Nachdem ersten Schluck nimmt sich nun auch Axel Mollier seinen Stapel auf die Beine und vergleicht jedes Foto mit dem Bild, welches Michael auf den Tisch gelegt hat. Minute um Minute verrinnt. Nach einer Dreiviertelstunde ruft Axel Mollier auf: „Ich hab's! Ich glaub ich hab's! Schauen Sie mal hier!", und hält Michael ein Negativ unter die Nase. Michael nimmt das Negativ und hält es gegen das Licht der mit grünem Samt bezogenen Stehleuchte.
„Ja, genau das ist es! Lassen Sie uns noch bitte weitere Fotos mit diesen Teenagern raussuchen und dann, ja dann benötige ich noch alle Namen."
Gemeinsam finden sie noch 13 Fotos und 14 Negative mit unterschiedlichen Motiven und Personen darauf.
„Gut, jetzt haben wir die Bilder. Jetzt noch die Namen, das wäre ein großer Schritt vorwärts."
„Das dürfte kein Problem darstellen", entgegnet Axel Mollier. Michael schaut ihn mit großen Augen an.
„Mein Vater hatte einen Ordnungsfimmel. Das war gut so. Deshalb hat er auch gut verdient. Das Haus hier gehört meinem Vater. Unten war das Fotoatelier und die Wohnungen waren und sind alle gut vermietet. Sonst hätte ich jetzt bei dem Pflegebedarf meines Vaters ein riesen Problem."
Damit holt Axel Mollier ein großes, braunes mit Stoff bezogenes Buch hervor. Auf dem Buchrücken steht in Gold geschrieben „1986".
Michael traut seinem Glück noch nicht so ganz und blickt ungläubig einher. Mit Schwung schlägt Axel Mollier das Buch auf und lachend fragt er Michael:

„Haben Sie Block und Stift? Jetzt geht's los."
„Ja, habe ich! Was soll ich tun?"
„Sie schauen auf die Rückseite der Fotos oder bei den Negativen ist es der seitlich aufgeklebte weiße Streifen. Die Nummern benötige ich. In diesem Buch stehen dann die Namen und Adressen. So hat mein Vater die Bilder anbieten und verkaufen können. Kundenservice halt."
Michael überlegt nicht lange und entgegnet freundlich:
„Darf ich einen anderen Vorschlag machen? Sie erklären mir kurz das Ordnungssystem und ich nehme alles mit ins LKA zur Spurensicherung. Das sind jetzt wichtige Beweise. Bitte haben Sie Verständnis. Die Staatsanwaltschaft wird über die Wichtigkeit und Relevanz befinden und beizeiten alles wieder zurückgeben. Aber seien Sie versichert, diese Beweise bringen uns weit nach vorn und retten vielleicht sogar Menschenleben."
Ein wenig irritiert, aber mit einem glücklich strahlenden Gesicht erklärt Axel Mollier das System seines Vaters. Er war schon immer stolz auf seinen Vater, aber noch immer schwillt seine Brust auf das Doppelte an. In einer leicht gelösten Stimmung nimmt sich Michael die Pappbox samt Bilderverzeichnis, verabschiedet sich und geht erleichtert in Gedanken die Treppe nach unten auf die Straße. Am Auto angekommen, wandern die Beweise in den Kofferraum und in der Geschwindigkeit, wie er hier bei den Molliers war, fährt er zurück zum LKA. Mittlerweile neigt sich der Tag dem Abend zu und viele Parkplätze im Außenbereich des LKA's sind wieder frei. Michael parkt direkt am Eingang.
„Nur gut, dass das der Alte nicht sieht."
Michael öffnet den Kofferraum und nimmt die Box mit den neuen Beweismitteln heraus. Nachdem Security-Check geht er schwer bepackt auf den Aufzug zu. Ausnahmsweise will er den Aufzug nehmen. Er drückt den Schalter, steht da und starrt auf die graue hochglänzende Aufzugstür. Gedanken gehen ihm durch den Kopf, wie zum Beispiel:
„Warum habe ich den Umweg über den Fotographen gemacht? Warum bin ich nicht zum Tennisverein gefahren und habe dort nach Informationen gesucht? Herrgott, es könnte alles so einfach sein! Warum einfach, wenn's auch kompliziert geht! Egal, Glück gehabt, so ging es auch recht schnell und wir haben Fotos. Visuelles Material,

Beweismittel! Warum muss ich mich ständig hinterfragen? Muss ich wieder an mir zweifeln? … Nein! Ein ganz klares Nein!"
Michael wird aus seinen Gedanken gerissen, als sich mit einen sanften Ding-Dong die Aufzugstür öffnet. Im Aufzug steht Jenny mit einem riesen Becher Kaffee in der linken Hand. Mit einem Lächeln begrüßt sie ihn: „Hi! Klasse, dass wir uns noch sehen. Ich wollte dir schon eine Mail schreiben, aber so ist es doch viel besser. Willst du ins Büro?"
„Jepp, nach oben ins Büro. Alles klar? Wann setzt ihr euch denn in Richtung Köln in Bewegung?"
„Die anderen sind schon los. Ich bleibe, darüber wollte ich dich gerade informieren. Aber erst eine Zigarette."
„Wie jetzt? Du bleibst? Wer hat dir das gesagt?"
„Unser Chef kam gerade rein und gab mir die Info, weil er dich nicht persönlich erreichen konnte."
„Oh fuck! Stimmt, mein Handy - habe ich auf lautlos gestellt." Mit einem verschmitzten Lächeln ergänzt er:
„Ich war gerade bei einem so genannten Zeitzeugen und habe Beweise mitgebracht."
„Super, lass mich noch eben eine rauchen und ich bin wieder am Ball. Bis gleich."
Jenny dreht sich um und geht Richtung Ausgang. Draußen vor dem Haupteingang wurde vor einem halben Jahr ein Glaspavillon aufgestellt, der den Rauchern als Wetterschutz dient. Bei Wind, Regen, Sonne oder Schnee rotten sich hier die Raucher zusammen. Jetzt aber steht Jenny dort alleine. Ein leichtes Sonnenrot legt Düsseldorf wieder in eine wohlige und heimische Atmosphäre, bei der man gar nicht glauben kann, dass es so schreckliche Dinge hier und jetzt geben mag. Die ersten Züge an ihrer Zigarette geben Jenny ein Gefühl des Loslassens und der Freiheit. So komisch sich dies auch anhört, aber in diesen Augenblicken versinkt Jenny in eine innige Gefühlswelt. Sie hatte es schon mehrfach geschafft, das Rauchen aufzugeben, auch über einen längeren Zeitraum, aber dieses Gefühl, diese kleine Welt – nur für sich, das braucht sie wie die Luft zum Atmen. Sie weiß es und versucht deshalb ihren Zigarettenkonsum auf maximal drei Zigaretten pro Tag einzuschränken. An den meisten Tagen gelingt ihr das auch. Der letzte Zug. Jenny drückt den Glimmstängel am Rand des überquellenden Aschenbechers aus und geht zurück ins Gebäude. Oben

im Büro angekommen sieht sie Michael, wie er sich über den großen Besprechungstisch beugt, vor ihm Fotos und eine Kladde.
„So, da bin ich. Jetzt noch einmal vollständig. Nach der Vorstellung des Teams kam aus Köln die Rückmeldung, dass meine Dienste zum jetzigen Zeitpunkt nicht benötigt werden. Ich soll mich aber für einen kurzfristigen Abruf bereithalten. So die offizielle Lesart der Meldung. Vielleicht fragst du am besten den Chef nach Einzelheiten. Was hast du denn so getrieben?" grinsend schaut sie Michael an.
„Das ist ja Klasse! Ich kann gerade jetzt deine Unterstützung super gebrauchen. Den Chef frag ich nicht, deine Info genügt mir. Das muss reichen. Wir haben Wichtigeres zu tun. Also, ich war bei dem Fotografen Henry Mollier. Genauer gesagt, bei seinem Sohn Axel. Henry Mollier hatte einen Schlaganfall und konnte mir keine Auskunft geben. Kannst du dich noch an das Foto erinnern, welches Heinzi und ich von den von Cappenbergs bekommen haben?"
„Ja, klar! Das ist doch die einzige Verbindung zu der beim Mord benutzen Tennisdarmsaite."
„Richtig. Wie du weißt, fehlt uns ja noch der Name des ersten Opfers und wir rechnen mit weiteren Morden. Eine konkrete Spur ist noch nicht sichtbar, aber vielleicht haben wir jetzt wenigstens einen Hinweis."
„Wie meinst du das?" Jenny legt ihre Stirn in Falten.
„Ich habe jetzt alle relevanten Fotos von dem damaligen Turnier mit einer, hier im Buch festgehaltenen Namens- und Adressenliste. Mit ein bisschen Glück ergibt sich die Verbindung, ein Muster und vielleicht können wir potentielle Opfer warnen. Und ganz wichtig, wir haben dann die Namen. Es würde mich auch nicht wundern, wenn der Täter auch auf einem der Fotos zu sehen ist. Was meinst du?"
„Hört sich für mich schlüssig an. Aber uns fehlt immer noch das Motiv. Hast du einen blassen Schimmer, in welche Richtung es gehen könnte?"
„Nein! Ganz ehrlich, keine Ahnung. Es könnte sich um unredliche Geldgeschäfte untereinander handeln oder einer hatte Sex mit den Freundinnen oder Frauen der anderen oder wiederum ein anderer ist neidisch auf den Erfolg der anderen. Keine Ahnung."
„Ich tippe auf Sex. Es dreht sich immer um Sex."

„Keinen blassen Schimmer, aber mein Bauchgefühl sagt mir, dass es nichts mit Sex zu tun hat."

„Wie langweilig, musst du mir meine Statistik kaputt machen?" Jenny grinst ihn bei diesen Worten dreckig an.

„Los, wir machen uns an die Arbeit! Lass uns Namen und Adressen aller auf den Fotos befindlichen Personen ermitteln. Zu jeder Person eine Vita, wenn möglich. Und dann, fast hätte ich es vergessen, schau du dir bitte nochmal die Jahre 1984 bis 1988 in den Zeitungs- und Polizeiarchiven an. Irgendetwas Auffälliges, was mit unseren Leuten hier zu tun haben könnte. Und wenn es auch nur ganz entfernt ist – egal. Alles kann uns jetzt weiterhelfen. Danke dir. Auf geht's!"

„Jawohl! Boss! Wird erledigt!" In einem militärisch anmutenden Ton dreht sich Jenny zu ihrem PC um und startet die Recherche. Sie sieht aus den Augenwinkeln, wie sich Michael unterdessen das Buch schnappt und akribisch jedes Foto mit dem Namensverzeichnis abgleicht. Parallel hämmert er jede identifizierte Person in seinen Rechner ein und lässt sie durch das System laufen. Wenn sie Glück haben, so würde sich die eine oder andere Akte automatisch öffnen. Aber im Notfall gibt es immer noch Bernd.

Kapitel 18 – Die Sühne

Die riesige alte und verlassene Fabrikhalle am Ende des Tichauer Wegs liegt einsam und verlassen. Bei ihr scheint die Zeit stehengeblieben zu sein. Der Zaun, der das gesamte Gelände abschirmt, ist mit Zirkus- und anderen Eventwerbeplakaten behängt. Manche sind schon wieder so alt, dass man im Rundgang eine Nostalgiereise starten könnte. Zirkuswerbung von einem Zirkus, der schon gar nicht mehr existiert. Schlager- und Popstarevents aus den 90-gern und Ähnliches zieren den alten verrotteten Maschendrahtzaun. Das Unkraut und die Schlingpflanzen lassen den Zaun im Sommer fast wie eine blickdichte Mauer wirken. Nur das breite massive Stahltor am Eingang ist nicht vom Unkraut befallen, aber durch den rotbraunen Farbton des Rostes scheint es nur noch eine Frage der Zeit zu sein, wann es in sich zusammenfällt wie ein Häufchen Asche. Wenn man denn mal einen Blick durch eine Lücke auf das Gelände werfen kann, scheint es fast wie bei einer Geisterstadt im amerikanischen Westen. Es fehlen lediglich die umherfliegenden und rollenden abgestorbenen Strauchkugeln. So stellt sich dieses Areal in einem trostlosen Zustand vor. Seit Dezember letzten Jahres ist allerdings Betrieb auf dem Gelände festzustellen. Ein kleiner Transporter fährt dort in unregelmäßigen Abständen ein und aus. In den ersten paar Wochen war das für die Beschäftigten in den umliegenden Betrieben etwas Neues und man spekulierte fleißig, was denn nun dort entstehen könnte. Wird das Gebäude saniert oder abgerissen, aber warum wurden die gelieferten ISO-Container ins Gebäude gestellt und nicht als Baucontainer außen auf das Gelände gestellt? Aber wie die Container verschwanden auch die Spekulationen und die Gerüchte über die oder den neuen Besitzer. Ist es ein russischer Investor oder ein rumänischer Gebrauchtwagenhändler?
Alles schien möglich. Da aber nur ein langweiliger kleiner Transporter hier und da mal ein- und ausfuhr, nahm nach ein paar Wochen niemand mehr Notiz davon. Auch heute steht wieder der kleine weiße Transporter vor dem Haupttor der Halle. Plötzlich schiebt sich unter einem schreienden Krächzen das Tor nach oben. Jemand steht dort seitlich am Tor und zieht mit großen, raumgreifenden Handgriffen an

einer Stahlkette das Eingangstor nach oben, arretiert es und fährt den Kleintransporter in das Gebäude. Das Tor wird wieder runtergelassen. Dies geschieht in einer Ruhe, die so unauffällig und unaufgeregt ist, dass niemand es wahrnimmt, geschweige denn die Person gesehen hat, die sich im Inneren des Geländes aufhält. Alles geht seinen normalen Gang. Das eiserne Scheppern der Gleise und das laut zischende Fahrgeräusch einer Eisenbahn sind zu hören. Hier und da schlägt die Autotür, eines in den Feierabend gehenden Schichtarbeiters zu. Und zeitweise lautes tiefdurchdringendes Gebell der zum Wachschutz eingesetzten Rottweiler, Dobermänner und Schäferhunde. Auf diesem trostlosen Gelände befindet sich auch ein Schutzhund. Ein riesiger schwarzer Riesenschnauzer. Er läuft in aller Seelenruhe das Gelände ab und liegt meistens im Schatten des alten Sattelschleppertrailers. Auf dem Trailer steht in geschwungener Schrift „Spedition Müller – Wir fahren Sie überall hin". Also wird dieses Anwesen wohl mal von der Spedition Müller beliefert oder bewirtschaftet worden sein, aber kein Wunder, mit dieser Reklameaufschrift kann es ja nicht funktionieren. Als eben das Tor wieder zugemacht wurde, war ein kurzer scharfer Pfiff zu hören und der Riesenschnauzer trottete in Richtung seines Herrn in die Halle. Und wieder sieht die Halle einsam und verlassen aus und nichts, aber auch rein gar nichts lässt erahnen, was sich hier im Inneren der Halle abspielen könnte. In das Innere der riesigen Halle fällt kaum noch Tageslicht. Die Fenster sind von außen grün von Moos, von Grünspan und den algenähnlichen Pflanzengebilde. Von links nach rechts lassen sich vier Neonlichtbänder zählen, die wie Leuchtfeuer auf der Flughafenlandebahn einen Weg in die Tiefe der Halle zeigen. Der kalte graue Betonboden strahlt eine nicht gerade anheimelnde Atmosphäre aus. Schlimmer noch, durch die Mischung aus neon- und grünspangetränktem Licht, dem stumpfen kalten Beton und der trotz hohen Außentemperaturen eisigen Kälte in der Halle erscheint der endlos wirkende Raum in einem grausigen und unbarmherzigen Bild. Die herzliche Atmosphäre eines Gulags wäre jetzt angenehmer. In Mitten der Halle stehen die zwei braunen und mit Rost versetzten ISO-Container aus Trapezstahl. Wie zwei vergessene Tennisbälle auf dem Court mutet dieser Anblick verwirrend an. Die linke Ecke hinter dem Einfahrtstor dient als Büro- und Sozialfläche. Matt weiß und dreckig erscheinen die Türen und die Panelwände mit riesigen Glasflächen.

Daneben stehen die Örtlichkeiten. Das äußere Erscheinungsbild lässt schon Rückschlüsse auf das Innenleben zu. Dreckige, mit Fäkalien beschmierte Wände, dazwischen finden sich Scheißhausparolen und andere Sprüche mit Edding geschrieben oder mit Farbspraydosen besprüht. Auch hier fehlt eindeutig die heimelige Atmosphäre eines ostrussischen Gulags. In diesem Office Bereich, ganz hinten in der Ecke scheint eine kleine Lichtquelle zusätzlich Beleuchtung zu geben. Wie aus einer anderen Welt stehen dort eine weiße, im Biedermeierstil gefertigte Spiegelkommode und dazu ein auch dieser Epoche entstammender feingliedriger Stuhl, auch in Weiß mit rotem Samtpolster. Ein bizarres schemenhaftes Bild ist durch das neongeschwängerte und von Glühbirnen gelb untermalte Licht zu erkennen. Ein splitterfasernackter, sehr feingliedriger Mann sitzt mit übereinandergeschlagenen Beinen, sodass seine Genitalien zwischen den Beinen verschwinden, vor eben dieser Biedermeierkommode. Wie ein Maler mit einem geschwungenen Pinselstrich führt er einen Einwegnassrasierer über seine Brust. Mit großen Schwüngen und jetzt langsamer werdend, behutsam, ja schon fast zärtlich führt er die Klinge vorsichtig über die Arme. An diesem makellosen, drahtigen Körper sind aber keine Haare zu erkennen. Diese Prozedur scheint er bereits regelmäßig durchgeführt zu haben. Mit einer Hingabe streckt er nun das rechte Bein über das Linke in die Luft, wobei die Wade auf der Kommode lehnt und die Zehenspitzen wie bei einer Ballerina nach vorn gestreckt sind. Wiederum sanft und erotisch anmutend wird das Bein rasiert und gefühlvoll mit Balsam einmassiert. Ein Geruch von Lavendel und Olive liegt in der Luft. Neben den zahlreichen Kosmetika auf der Kommode steht ein alter, silbern-schwarzer Grundig C480 Kassettenrecorder. Das Band einer alten BASF 90 CR-S II Kassette dreht sich im Recorder wie in einer nie enden wollenden Monotonie. Die kleine Lautsprecherbox schreit in Endlosschleife einen Song der 80-iger Jahre. Der Song, der sich wie Silberstreif am Himmel durch die 80-iger bis in die anderen Dekaden rettetet. Die Band Soft Cell mit dem Song Tainted Love taucht das kleine Büro und die riesige Halle zugleich in eine schaurig schwere Stimmung. In dieser schwermütigen Atmosphäre hält der Mann inne, lehnt sich ein wenig zurück in die Samtlehne und blickt in einer verwirrenden Manier, traurig,

bestimmend und glücklich in einem, in den Spiegel und spricht mit sich in einer leisen, zarten, hier und da zynischen Weise:
„Na du, wie fühlen wir uns? Deine Beine hast du dir aber schon lange nicht mehr rasiert. Schau dir das an. Du bist aber auch eine kleine Schlampe. Was soll ich nur mir dir machen? Du hast auch schon wieder kleine Speckpölsterchen an deinen Armen. Schrecklich. Ein bisschen mehr Selbstdisziplin hätte ich schon von dir erwartet. Was ist aus dir geworden? Liebst du mich nicht mehr? Ach, so viele Fragen, wer kann die schon beantworten? Soll ich dich streicheln? Ja, ich bin mir sicher, dass würde uns jetzt guttun."
Vorsichtig und bedächtig legt er den Rasierer aus der Hand. Er greift nach einem Flacon mit ätherischen Ölen und gießt sich davon etwas in die rechte Handfläche. Die linke Hand greift sanft, nach-dem das Fläschchen wieder verschlossen ist, in die Rechte und verteilt nun das Öl gleichmäßig in beiden Händen. Seine Hände wandern über Kreuz über seine drahtige Brustmuskulatur. Kreisend umspielt er seine Brustwarzen. Jetzt gleiten seine wohlig warmen Handflächen, nah am Schambereich vorbei über die beiden angewinkelten, sich mit den Fußflächen abstützenden Beine. Auf dem fließenden Rückweg in den Intimbereich wird ein kleiner massierender Umweg über die Innenflächen der Oberschenkel durchgeführt. Die rechte Hand bewegt sich in sanften massierenden Kreisen, wobei die Linke anfänglich in langsamen, sanften, dann in immer kräftiger werdenden auf und ab Bewegungen ihn in Ekstase versetzt. Ein lauter Aufschrei durchbricht sein anmutiges Körperspiel. Zurücklehnend, liegt er wie ein Toter über dem Stuhl und verharrt in dieser Position.
Eine Stille überdeckt die alte Fabrikhalle wie Nebelschwaden ein Feld an einem frühen Herbsttag. Die Bürotür öffnet sich und der Mann, gekleidet in einem Taucheranzug, tritt vor die Tür. Der schwarze, schon älter und gebraucht aussehende Neopren-Anzug bedeckt den Körper von den Knöcheln bis zum Hals und den Handgelenken. Taucherboots, -handschuhe und -kopfhaube schützen die verbleibenden Körperteile. Das Gesicht wirkt so friedlich und freundlich, ja fast kindlich. Das ohnehin schon kalt wirkende Hallenklima scheint nochmal um mindestens zwei Grad zu sinken. Mit bedächtig ruhigen, aber bestimmten Schritten schreitet er in Richtung der Container. Metallenes Geklirre ist zu vernehmen und durchzieht die nebelige Atmosphäre wie

ein Schwert. In der linken Hand trägt er ein braunes Glattlederetui. Ein Etui, welches an die Schulzeit, genauer gesagt, an die Grundschulzeit erinnert. Das Etui scheint bemalt worden zu sein. Mit Kugelschreiber und anderen Filzstiften hatte man sich darauf verewigt. In der rechten Hand baumelt ein Schlüsselanhänger, an dem sich neben einigen anderen Schlüsseln auch der Wagenschlüssel befindet.
Zielgerichtet geht er zum linken Container und öffnet das bronzene Vorhängeschloss von Abus. Er hebt den Griff über die Arretierung und mit einem kräftigen Ruck nach rechts reißt er den einen Flügel des Containers auf. Das Containerinnere ist zu erkennen. Von innen sind Seitenwände, Tür und Decke mit schallisolierendem, grauen Schaumstoff verkleidet. Der Boden ist ein schlichter Holzdielenboden mit grauer Standard - Linoleumbeschichtung. Hinten im Container ist ein Bett in Standardgröße aus einem unverwüstlichen schwarzen Metallgestell. Kratzer und abgeblätterte Farbe lässt erkennen, dass es sich um altes ausgedientes Bett aus Bundeswehrbeständen handelt. Auf dem Bett liegt auf einer mit einem weißen Bettlacken überzogenen Matratze ein Mann. Beim näheren Hinsehen ist es Peter Dallmann. Er liegt nackt auf dem Bett, mit Ledergurten fixiert an Armen, Händen, Beinen und Brust. In seinem rechten Arm steckt eine Tropfversorgung, die ihn im sedierten Zustand hält. Ein leichtes Aufflackern der Augenlider ist zu bemerken. Er scheint trotz Betäubung alles um sich herum wahrnehmen zu können. Neben dem Bett steht ein kleiner schlichter weißer Tisch auf dem sich eine weiße männliche Kopfbüste wie von einer Schaufensterpuppe befindet. Die Kopfbüste trägt einen braunen Lederhelm. Er sieht wie ein Radfahrerhelm aus, nur mit dem Unterschied, dass seitlich noch weitere Gurte mit Schnallen befestigt sind. Dann liegt auf dem Tisch noch eine mit Baumwollstoff bezogene, gelbe, u-förmige Stütze zur Fixierung des Halses.
Der Mann im Taucheranzug legt Schlüssel und Etui auf den Tisch und geht zu dem Tropfbeutel an der anderen Seite des Bettes. Er verringert die Tropfgeschwindigkeit auf ein absolutes Minimum. Er checkt akribisch nochmal sämtliche Schnallen, ob auch alles wirklich ausreichend gesichert ist. Sichtlich bereit, den nächsten Schritt zu tun, steht er breitbeinig vor dem Bett und zieht die Tauchhaube von seinem Kopf nach unten, so dass sie nun wie ein Schal wirkt und schaut Peter Dallmann mit seinem freundlichen, kindlich-weiblichen Gesicht an.

„Hallo Peter. Erkennst du mich mein Lieber?" Von Peter geht keine Reaktion aus.

„Du scheinst noch ein wenig benommen. Also ich werde dir sagen, was passiert. Wir beiden Hübschen haben von jetzt an noch zehn Minuten Zeit. Dann werde ich dich wieder ruhigstellen und dann werden wir uns nicht mehr sehen. Oh, entschuldige, du wirst nie wieder jemanden sehen können. So jetzt frage ich dich noch ein letztes Mal, erkennst du mich?" Ein leicht zu erkennender verstörter und ängstlicher Blick vermitteln ein deutliches Nein.

„Also schön, dann will ich dir mal helfen, wie ich es eigentlich schon früher getan habe. Ich gebe dir jetzt Hinweise, dann solltest du es wissen. Wenn nicht, ja, wenn nicht, ach weißt du, das ist mir so was von egal. Die Tatsache, dass du jetzt hier bist, ist mir Genugtuung genug."

Ein schallendes, gemeines, ja verachtendes Gelächter durchschneidet wie eine hellrotglühende Schweißflamme den bereits wieder geschlossenen Container. Sekunden, die sich wie Stunden anfühlen verrinnen. Peter blickt, sofern ihm das möglich ist, die ihm gegenüberstehende Person ängstlich an. Dann rührt sich was. Er schließt die Augen, so fest er nur kann. Alte, verdrängte, längst vergessene und quälende Erinnerungen werden wieder wach. Verschwommene Bilder sind wiederzuerkennen: Tennis spielende Menschen, ein Clubhaus und eine Jungenmannschaft. Er hat verstanden, starr schaut er die Decke an.

„Ah, wie ich sehe, hat es Klick gemacht. Sicherlich verstehst du jetzt, warum ich das tun muss. Warum ich dich bestrafen muss. Sei versichert, du bist der erste, der es verstanden hat. So will ich mal ein wenig gnädiger sein. Dann wollen wir jetzt auch nicht länger trödeln."

Kapitel 19 – Das Ende naht

Ein Lichterwurm in LED-weiß und Signalrot schmückt in der sommerlichen Dämmerung die Autobahn.
„Mensch, diese blöde A46, schon wieder Stau. Mist!" Mit Schwung und verbissen schlägt Petra van Reek mit ihrer Faust auf das Lederlenkrad ihres nagelneuen schwarzen Jaguar F-Type R. Seitdem Jan-Paul van Reek die Jaguar und Land Rover-Vertretung in Mönchengladbach von seinem Vater übernommen hat, darf sie immer die schönsten Vorführwagen zu Privatzwecken nutzen. Früher stellte sich ihr Schwiegervater oft quer, aber jetzt. Ein neues F-Model mit Vollausstattung. Nicht das Petra großes Interesse an Technik hat, aber ein schönes und teures Auto lässt sie nicht kalt. Mit diesem Auto war die Fahrt zu ihren Eltern ins sauerländische Winterberg natürlich ein Vergnügen. Schützenfest in Winterberg, das war wieder einmal Stress pur. Petras Eltern führen ein kleines Hotel mit Gastwirtschaft und dort hilft sie zu Stoßzeiten immer noch aus.

So hatte sie auch Jan-Paul vor zehn Jahren kennengelernt. Jan-Paul war damals mit seiner Clique zum Ski fahren in dem Hotel ihrer Eltern abgestiegen. Zu der Zeit war er noch mit Andrea verheiratet. Er hatte ihr, der verträumten Petra einfach den Kopf verdreht. Sie machte hinter dem Tresen den Thekendienst für ihren erkrankten Vater und da trafen sie sich zum ersten Mal. Sie war gerade 21 Jahre geworden und hatte ihre Ausbildung zur Hotelkauffrau erfolgreich abgeschlossen. Schon am zweiten Abend hatte er sie, und Petra war vom ersten Augenblick an hoffnungslos verliebt. Was dann folgte, waren drei schwere Jahre voller Wut, Tränen und Enttäuschungen. Andrea ließ ihren Jan-Paul nicht kampflos ziehen. Vor allem war da noch die kleine Tochter Emma. Die Kleine hat am meisten gelitten. Gut, dass die Zeit so manche Wunde heilt. Emma ist jetzt bereits im Abiturjahrgang und versteht sich mit Petra ganz passabel. Es geht halt. Aber da Emma andere Interessen hat, sind auch noch kaum Besuche angezeigt. Andrea hat, verständlicherweise, ganze Arbeit geleistet. Um Abstand zu gewinnen, ist sie damals mit Jan-Paul nach Düsseldorf-Hubbelrath gezogen. Meerbusch-Büderich war ihr zu eng und zu klein geworden. Man lief sich ständig über den Weg. Sei es bei dem beliebtesten

Metzger im Dorf oder samstags, wenn Markttag war. Eine Begebenheit brachte dann das Fass zum Überlaufen, als Jan und sie im Tennisclubhaus am Tresen standen und ein Radler mit Freunden und treuen Jaguar Kunden tranken. Andrea gesellte sich ohne Einladung dazu und gab dann bei Petra die Getränkebestellung auf. Dies dann in einem unflädlichen Ton, begleitet von beleidigenden Bemerkungen. Jan-Paul war anfänglich noch nachsichtig mit seiner Ex, aber nach dem Auftritt wusste auch er, dass es so nicht weitergehen würde.

Nach dem Umzug nach Düsseldorf entspannte sich die Situation. An der Bergischen Landstraße besitzen sie nun eine Villa, die von der Straße mit einer weißen Mauer abgeschirmt wird. Sie hatten wahnsinniges Glück. Einem alten, langjährigen Kunden gehörte die Villa. Nach seinem Tod hatte seine Tochter, die in München lebt, Jan-Paul die Villa zum Kauf angeboten. Da sie nicht lange feilschen wollte, kam man schnell ins Geschäft. Eine riesige weiße, zweistöckige Villa mit 300 Quadratmeter Wohnfläche, einem 60 Quadratmeter großen Außenpool und das Ganze auf einem knapp 6000 Quadratmeter großen, befriedeten Grundstück. Alte, wunderschöne riesige Bäume zieren parkähnlich das Grundstück. Es wäre sicherlich ein Paradies für die heimische Tierwelt und der Pool könnte dem Orka Willy als zu Hause dienen. Das Eingangstor öffnet sich per Fernbedienung und führt über einen gepflasterten Weg zum Anwesen. In der Garage, die 4 Fahrzeuge fasst, stehen in der Regel noch ein neues Jaguar Model und zwei Jaguar Oldtimer. Alles ist selbstverständlich alarmgeschützt und wird mehrfach und täglich durch ein Security Dienst kontrolliert.

„Jetzt ist es schon 9 Uhr durch und ich bin immer noch nicht zu Hause. Ob Jan etwas Leckeres für mich gekocht hat? Blöd, dass ich ihn nicht ans Telefon bekommen habe. Über WhatsApp zu kommunizieren geht ja auch. Na endlich es geht voran."

Petra hängt ihren Gedanken nach und kämpft sich mühsam durch die Baustelle. Es ist noch hell und die Sonne ist noch am Horizont zu sehen. Warme 28 Grad machen es absolut nötig, dass die Klimaautomatik in Volllast rauscht.

„Bevor wir essen, gehe ich erst noch einmal in den Pool. Ja genau, das ist klasse!" Lächelnd setzt Petra ihre Fahrt fort. Am Kreuz Hilden wird noch schnell auf die A3 Richtung Mettmann/Düsseldorf abgebogen. Einmal kurz das Gaspedal des Boliden gekitzelt und die Ausfahrt

Mettmann ist erreicht. Mit einer Geschwindigkeit, die sicherlich nicht erlaubt ist, rast sie bis zur Ampelkreuzung. Jetzt geht's links nach Düsseldorf und da ist auch schon die verlassene Kasernenanlage. Nachdem Petra hier und da mal gern die Geschwindigkeit überschreitet, fährt sie die Bergische Landstraße absolut vorschriftsmäßig herunter. Hier wird gerne mal geblitzt und die Düsseldorfer Polizei hat schon ein Kopfgeld auf Petras Führerschein ausgesetzt. Es ist nicht mehr weit, der Blinker ist gesetzt und die Fernbedienung gedrückt. Wie eine schnurrende Katze schiebt sich das große graue, fast schwarze Tor nach links und gewährt Vorbeifahrenden einen kurzen Blick auf das herrliche Anwesen. Petra steuert das edle Gefährt in Richtung Haupteingang und parkt vor der Garage. Mit einem gekonnten Griff schnappt sie sich ihre Louis Vuitton Lederreise- und Handtasche und geht zum Haus. Sie schließt die Tür auf und schaut rechts auf die Schaltbox der Alarmanlage.
„O.k., Jan scheint nicht zu Hause zu sein." Enttäuscht tippt sie den Security-Code ins Gerät ein.
„Na schön, ich wollte sowieso erst schwimmen gehen." Petra holt ihr Handy aus der Handtasche und tippt noch eben eine WhatsApp an Jan: „Jan, bin zu Hause. Komm schnell, vermisse dich! Was kochst du uns? ILD"
Petra legt das Handy auf die weiße moderne Kommode im Flur. Sie dreht sich um und öffnet die in der Wand als Schrank eingelassene Garderobe und hängt ihre braune Sommerlederjacke auf den Bügel. Sie schließt die Garderobe, schaut auf die Reisetasche, die mitten im Flur steht. Mit einem schelmenhaften Grinsen zieht sie ihre schwarzen Pumps auf dem Weg zum Wohnzimmer aus. Das in jeder Hinsicht modern eingerichtete Wohnzimmer erreicht sie bereits ohne ihren weißen Minirock und ihre pinkfarbene Bluse. Sie bleibt kurz stehen und zieht sich langsam und sehr sinnlich selbstverliebt ihren String aus. Gekonnt fliegt dieser quer durch das Wohnzimmer und landet auf dem schwarzen Ledersofa. Einen BH kennt sie nicht und geht auf die große Panorama-Glasschiebetür zu. Mit einem Knopfdruck öffnet sich die große Tür mechanisch. Die Schiebetür ist nur einen Spalt offen und Petra drängelt sich hindurch und rennt mit fliegenden Armen und jubelnd auf den beleuchteten Pool zu. Kurz vor der Poolumrandung aus italienischem Marmor, noch auf der Rasenfläche bremst Petra den Lauf

abrupt ab und klappt zusammen wie ein Schweizer Armeemesser. Sie starrt wie eine Salzsäule auf den Pool, Schockstarre steht ihr ins Gesicht geschrieben. Ein Mark und Bein erschütternder Aufschrei durchbricht die Stille des Anwesens. Petra bricht lautlos in sich auf dem Rasen zusammen. Wie ein Paket zusammengeschnürt kniet sie auf dem Boden und schreit und weint vor Entsetzen.

Kapitel 20 - Die Spur führt ins Ausland

Der Zweck heiligt die Mittel. Aber damit lässt sich dem architektonisch wohl hässlichsten Gebäude Düsseldorfs auch nichts gewinnen. Das LKA liegt im Dunkeln, angestrahlt von großen Punkt- und Flächenscheinwerfern, die die Gebäude, das Gelände und die Parkfläche ausleuchten. Es scheint fahles Neonlicht nach draußen in die lauwarme Sommernacht. In machen Büros ist nun die Nachtschicht im Dienst. In der Abteilung 4, Dezernat 43 sind Überstunden angemeldet. Das große Büro ist bis auf zwei gegenüberliegende Arbeitsplätze komplett leer. Es ähnelt sehr einem Nachsitzen zu Schulzeiten. Jenny sitzt an ihrem Platz und Michael hat Harrys Platz ihr gegenüber eingenommen. Beide schauen gebannt auf die vor ihnen stehenden Monitore und tippen von Zeit zu Zeit etwas in den PC.
„Ich habe tierischen Hunger. Ich könnt jetzt mindestens drei Burger verdrücken." Jenny lehnt sich zurück und reibt sich in kreisenden Bewegungen über ihren Bauch. Michael schaut auf:
„Ja, ja, schon verstanden. Heute bin ich dran. Außerdem bin ich dir noch ein Mittagessen schuldig, stimmt's?"
„Stimmt."
„Was darf ich dir den holen?"
„Big Mac Menu mit großer Cola, bitte."
„O.k. und wenn du noch einen Änderungswunsch hast, ruf mich an. Ich geh dann mal eben."
„Alles klar. Beeil dich!" Michael trottet gedankenverloren aus dem Büro. Der Weg zur nächsten Burger-Schmiede ist nicht weit und so kann er in Ruhe nachdenken. Beide Hände in den Taschen seiner Jeans versenkt, Lederjacke offen schleicht er über den Hof des LKA. Der Eingangsposten grüßt noch freundlich, aber Michael nimmt dies schon nicht wahr und geht gedankenschwanger die Straße hoch. Die Straßenbeleuchtung lässt die Straße tageslichthell erstrahlen. Ein Harley-Davidson kommt ihm mit lautem Geknatter entgegen.
„Mmmh, eine schöne Maschine", denkt er sich und setzt seinen Weg fort. Vor der Burger-Manufaktur schaut er erst einmal rein. Er hat

Glück, kein großer Andrang heute und er marschiert rein. Am Tresen begrüßt ihn eine freundliche, ein wenig rundliche Burger-Fachkraft.
„Guten Abend, was wünschen Sie?"
„Zweimal mal ein Big Mac Menu mit großer Pommes und großer Cola. Zum Mitnehmen."
Michael zieht einen Zwanziger aus seiner rechten Hosentasche und bezahlt. Mit einem breiten Lächeln reicht die Burger-Fachverkäuferin das Wechselgeld über den Tresen und mit seitlich nach hinten gedrehtem Kopf ruft sie die Bestellung in die Burger-Werkstatt. Sofort wuseln zwei kleine Gesellen um die Brat- und Pommes-Insel.
Urplötzlich klingelt ein Handy. Alle im Raum befindlichen Gäste schauen als erstes auf ihre Taschen und Hosen, nur Michael starrt gedankenverloren auf das Werbebild des Veggie-Burgers. Alle drehen sich zu Michael um. Peinliches Räuspern reißt Michael aus seinen Gedanken. In diesem Moment hätte er noch nicht einmal sagen könne, an was er gedacht hatte. Er war einfach nur in seiner eigenen Welt. Sofort greift er in die Innentasche seiner Lederjacke und zieht sein I-Phone raus. Jenny strahlt ihn auf seinem Display an:
„Jenny, was gibt's? Die Bestellung ist schon durch. Willst du noch was Süßes?"
„Nein, Burgmeister hat angerufen. Noch ein Mord."
„Scheiße, Scheiße, Scheiße!" Dabei brüllt Michael so laut, so dass sich wieder alle Gäste nach ihm umdrehen.
„Wir waren wieder zu langsam! Nimm meinen Wagen und hol mich ab! Der Schlüssel liegt auf dem Schreibtisch und der Wagen steht direkt vor der Tür. Ich warte auf der anderen Straßenseite auf dich. Heiz ein!"
„Bis du sicher?", fragt Jenny leicht irritiert.
„Ich war noch nie so sicher wie jetzt! Ich warte, gib Gas!" Es ist das erste Mal, dass Jenny Michaels heiliges Gefährt bewegen darf.
Ohne lange zu zögern, steckt sie ihre Waffe hinten in den Holster, nimmt im Vorbeigehen den Wagenschlüssel vom Schreibtisch und rennt über den Flur zum Treppenhaus. In Sprüngen, nicht laufend erreicht sie das Erdgeschoss und den Haupteingang. Dort steht er, Michaels Augapfel. Jenny öffnet den Wagen mit der im Schlüssel integrierten Fernbedienung. Im Auto startet sie die Zündung und schaltet das Blaulicht ohne Sirene ein. Ein leichtes Driften befördert sie zum Tor, an der Ausfahrt fährt sie rechts die Völklinger Straße hoch,

um am Ende einen U-Turn zu machen. Sie fährt mit 100 km/h die Völklinger hoch und wieder runter. Da, im fahlen Neonlicht der Straßenlaterne steht Michael mit zwei papierbraunen Menütüten und zwei großen Colas auf einem Papptablett in beiden Händen. Jenny schaltet das Warnblinklicht ein und fährt rechts ran. Sie beugt sich nach rechts und öffnet mit Schwung die Beifahrertür. Michael, der sich mittlerweile wie ein Oberkellner fühlen muss, steigt ein und stellt die Colas in den Getränkehalter und das Essen in den Fußraum.
„Gib Gas!", erteilt er den unmissverständlichen Befehl. Jenny macht einen Kick-down und der Daimler schreit kurz auf. Anerkennend nickt Michael.
„Woher kannst du das? Verborgene Talente was?"
„Neee, ich habe auf der S-Klasse meines Vaters gelernt. Also alles Routine." Grinsend und mit Elan setzt sie den Blinker. In gefühlten zehn Minuten erreichen sie die Bergische Landstraße und schon begrüßt sie das Blaulicht der ersten Streife, die auf dem Bürgersteig vor dem Haus geparkt steht. Zwei Streifenpolizisten sperren den Zugang zum Haus. Die armen Kerle haben alle Hände voll zu tun, die Presse auf Abstand zu halten. Ein Übertragungswagen von RTL lokal, SAT 1 sowie Vertreter der schreibenden Zunft, Express und BILD, stehen bereits vor der Tür.
„Scheiße, bei der Familie von Cappenbergs ist es uns gelungen die Presse kurz zu halten. Warum jetzt hier? So ein Scheiß!", presst Michael durch die Zähne und beißt in seinen Burger.
„Hey, du weißt schon, was du gleich zu sehen bekommst. Meinst du dein Magen hält das aus?", fragt Jenny und biegt dabei auf die Bürgersteigauffahrt.
„Kein Problem. Mach ich nicht oft, aber es geht." Beide reichen ihre Ausweise in Richtung der Streife. Der Polizist schwenkt seinen Kopf zur Seite, hält dabei einen Fotojournalisten auf Abstand und nickt den Wagen durch. Jenny bahnt sich im Schritttempo ihren Weg auf das Anwesen und beschleunigt ein wenig, bis sie das Haupthaus erreichen. Vor dem Eingang sitzt Konny, Konrad Burgmeister, auf den Stufen der Eingangstreppe. Der Daimler kommt direkt vor ihm zu stehen, Jenny und Michael steigen aus.
„Hi, Konny", tönt es fast wie aus einem Mund.

„Was haben wir denn jetzt?" Michael schaut Konny leicht angewidert, aber auch gelangweilt an.

„Hallo ihr beiden. Heute brennt es mal nicht. Diesmal können wir uns dem Tatort ungefährdet nähern, aber auch nur bis zum Rand."

„Wie, bis zum Rand?" fragt Jenny zurück und zückt wieder ihr Diktiergerät.

„Das Opfer befindet sich im Pool. Kommt, schaut euch erst die Fundstelle an. Dann gebe ich euch weitere Details."

„Meinst du, der Tatort könnte woanders sein?"

„Wir wissen es noch nicht. Aber alles scheint daraufhin zu deuten. Jetzt kommt."

Große Schritte tragen Konny voran durch die schwere Eingangstür über den Flur ins Wohnzimmer. Die beiden LKA Kollegen folgen artig. Im Wohnzimmer finden sie eine Frau in einem Handtuch eingerollt und weinend auf dem Ledersofa sitzen.

„Sie hat das Opfer gefunden. Aber dazu gleich mehr. Geben wir ihr noch ein wenig Ruhe.", brammelt Konny vor sich hin und hat Glück, dass die beiden Kollegen bereits auf sein Gebrumme konditioniert sind und ihn verstehen. Kurz vor dem Pool drosselt Konny seine Schrittgeschwindigkeit. Die beiden anderen tun es ihm gleich. Langsam eröffnet sich ihnen die Größe des Pools, getränkt in Scheinwerfern der SPUSI und das türkisblaue Licht der Poolscheinwerfer. Jetzt sehen sie das entsetzliche, aber auch schaurig schöne und ästhetische Bild. Ein Mann ist an ein T-Kreuz gebunden und im Pool versenkt worden. Aus der Entfernung sieht es wie ein Fliesenbild aus. Beim Näherkommen breitet sich die ganze Brutalität des Verbrechens vor ihnen aus. Offene Augenhöhlen, ohne Lider starren die Beamten an. Michael scannt das Bild und startet bei den Füßen und Beinen.

„Gefesselt mit einer Tennissaite und ein T-Kreuz. Das Muster ist klar und deutlich. Was ist neu? Das Opfer ist nicht verbrannt. Was ist das?"

Jenny sieht das Erschrecken in Michaels Blick, der auf beide Hände gerichtet ist. Sie sind leicht geöffnet und in ihnen liegen die Augäpfel. Michael schmeißt seinen Kopf zur Seite.

„Was ist das denn?"

„Ja, das ist neu. Kommt, lasst uns zu der Grillecke gehen. Dort setzen wir uns und ich gebe euch den aktuellen Stand."

Mit gesenktem Haupt trotten beide wieder hinter Konny her. Die Grillecke befindet sich unter einer Loggia, gestaltet aus drei Weinreben, die über die Jahre Wände und Dach aus Ästen und Blättern gebildet haben. Die Trauben hängen, zwar noch grün, überall herum.
„Oh, ist das schön hier. Manche können sich echt etwas leisten", säuselt Jenny, verzaubert durch den Anblick vor sich hin. Schwere Holzstühle, eine große Baumstammscheibe als Tisch, ein überdimensionaler Gas-Grill und eine Außenkommode mit Geschirr vervollständigen das Ensemble. Alle drei nehmen Platz und die beiden LKA Beamten schauen gebannt auf Konny.
„Konny, schieß los! Was ist passiert?", bohrt Michael. Konny beginnt die Fakten chronologisch aufzuzählen.
„So, jetzt kommen wir zu den Besonderheiten beziehungsweise Unterschieden. Erstens, das Opfer wurde diesmal nicht verbrannt, wahrscheinlich ertränkt. Bestätigung der Pathologin fehlt noch. Zweitens, die Augen wurden ihm chirurgisch entfernt. Das Opfer wurde dabei am Leben erhalten, um dann ertränkt zu werden. Und drittens, ganz wichtig, das Opfer heißt Peter Dallmann und wurde von Frau van Reek identifiziert. Die Frau im Badetuch." Bei diesen Worten springt Michael auf.
„Wir müssen mit der Frau sprechen. Und übrigens, hast du viertens vergessen."
„Was meinst du?" Auch Jenny sieht ihren Chef fragend an.
„Der Mörder ist jetzt bereit, mit uns zu kommunizieren. Wir sind ganz nah dran. Ich habe das Gefühl, als würden wir ihn schon kennen. Verdammt! Noch ein bisschen mehr Zeit mit der Fotorecherche, dann hätten wir es vielleicht verhindern können. Konny, ich erzähl dir von unserem Verdacht, aber lass uns gehen."
Auf dem Weg zum Haus berichtet Michael Konny von den Bildern des Fotografen und den Tennissaiten und der Tennismannschaft. Sie erreichen das Wohnzimmer, wo Petra van Reek unterdessen in einem Bademantel gekleidet sitzt und von einer Polizeipsychologin betreut wird. Konny spricht sie vorsichtig an:
„Frau van Reek, das sind die Kollegen Michael Brenner und Jenny Schneider vom LKA. Sie haben einige Fragen. Können sie uns Auskunft geben?" Mit tränengetränkter Stimme antwortet Petra van Reek:

„Ja, bitte fragen sie." Michael lässt sich das nicht zweimal sagen und startet sofort.
„Sie haben Herrn Peter Dallmann identifiziert. Woher kennen sie ihn?"
„Er ist ein Jugendfreund meines Mannes."
„Wo ist ihr Mann?"
„Weiß ich nicht, ich kann ihn nicht erreichen." Hysterisch schreit sie:
„Meinem Mann wird doch wohl nichts zugestoßen sein!"
Michael bewahrt die Ruhe:
„Lassen sie uns der Reihe nach vorgehen. Woher kennen sich ihr Mann und Herr Dallmann?"
„Sie haben zusammen Tennis gespielt. Mehr weiß ich auch nicht. Ich habe ihn nur selten gesehen. Meistens haben die beiden sich in der Altstadt zum Alt getroffen. Ich war nie dabei."
„Wo haben sie sich getroffen? Haben die beiden eine Stammkneipe?"
Michael vermittelt mit voller Absicht ein Gefühl eines normalen Gesprächs und vermeidet tunlichst von Opfern, Toten oder Ähnlichem zu sprechen. Dazu gehört auch, dass er Herr Peter Dallmann als Person anspricht, als würde er noch unter ihnen sein.
„Der Startpunkt ist immer das Uerige in der Altstadt. Weiter weiß ich nicht."
„Haben die beiden einen festen Termin?"
„Ja, einmal im Monat, jeder dritte Samstag im Monat, letzte Woche."
„Noch eine Frage, kennen sie Lothar von Cappenberg aus Meerbusch?"
„Nein, aber den Namen habe ich schon gehört. Er gehörte auch der Tennismannschaft meines Mannes an. Mein Mann war Spielführer oder Mannschaftskapitän, wie auch immer. Wieso, was ist mit ihm?"
„Lothar von Cappenberg ist tot und wir vermuten, dass es sich hier um ein und denselben Täter handelt. Vielen Dank."
Mit diesen Worten dreht sich Michael um und geht zum Ausgang. Er sieht aus den Augenwinkeln, dass sich Jenny und Konny verwirrt anschauen. Im kurzen Abstand folgen sie Michael. Im Raus-gehen rückt das Gekreische von Frau van Reek in den Hintergrund. Ein Sanitäter stürmt an ihnen vorbei, um sie zu beruhigen. Die Gedanken der Drei kreisen und kreisen. Die Lösung liegt förmlich zum Greifen nah. Vor der Tür richtet Michael noch eine Frage an Konny:

„Wie ist der Täter auf das Anwesen gekommen? Das war doch ein Haufen Arbeit? Wie macht jemand so etwas vollkommen unbemerkt? Und wo ist Jan-Paul van Reek?"
„Tja. Circa zwei Stunden, bevor Frau van Reek eintraf, gab es einen vermeidlichen Fehlalarm der Alarmanlage. Die Nachbarn bemerkten nur, dass ein Wagen der Security Firma kam und den Alarm ausschaltete. Mehr war da nicht. Kein Kennzeichen, keine Personenbeschreibung. Nur ein weißer Kleinlaster, Opel oder Fiat. Vermutlich eine Sackgasse, aber wir versuchen alles. Die Kollegen werten gerade die Aufnahmen der Verkehrskameras aus. Und Jan-Paul van Reek, er wurde seit zwei Tagen nicht mehr gesehen, weder in seiner Firma noch bei Freunden. Seltsam ist, bis vor vier Stunden hat er auf jede WhatsApp oder SMS seiner Frau geantwortet. Wir ermitteln gerade das Bewegungsprofil via Handy."
„Danke Konny, bitte sende alle Informationen und Beweise zu Jenny. Ich denke, Peter Dallmann und Jan-Paul van Reek sind so gut wie gleichzeitig entführt worden. Er weiß, dass wir ihm auf den Fersen sind. Er bereitet sein Finale vor und will nicht, dass wir ihm dazwischenfunken. Wir dürfen näherkommen, aber nur so nah, wie er uns lässt. Wir sind nur Statisten in seinem Match. Verdammt! Jenny lass uns ins Büro fahren. Die Lösung ist in der Vergangenheit des Tennisteams und die Fotos helfen uns dabei. Konny, vielen Dank noch mal! Komm Jenny, lass die SPUSI ihre Arbeit machen. Wir haben eine Verabredung auf dem Center Court."
Die Drei verabschieden sich und Michael und Jenny gehen zurück zum Wagen. Kurz vor dem Wagen drückt Michael Jenny die Wagenschlüssel in die Hand:
„Fahr du bitte. Ist das okay?" Verdutzt antwortet Jenny:
„Klaro Chef!" Jenny lässt sich nicht lumpen und steuert den Wagen zurück auf die Bergische Land-straße.
„Ich könnt was von meinem Burger essen. Gibst du mir bitte meinen Burger." Jennys Blick, den sie Michael zuwirft, lässt ihren Hunger erahnen.
„Wenn du ihn verträgst, aber er ist jetzt kalt."
„Kein Thema, gib schon!"

Jenny nimmt gierig den Burger und beißt rein. Mit der anderen Hand lenkt sie den Wagen. Auch Michael nimmt seinen Burger aus der Papptüte.

„Was meinst du damit, wir haben eine Verabredung auf dem Center Court?", murmelt Jenny mit vollem Mund. Michael schluckt gerade ein großes Stück Burger und trinkt noch einen Schluck Cola.

„Überleg mal, das Team besteht aus vier Spielern. Drei sind bereits tot. Alles dreht sich um das Tennisteam. Aber warum? Das Motiv fehlt uns noch. Nur Fakt ist, drei sind tot und einer fehlt noch. Jetzt gibt es nur zwei Szenarien. Obwohl, eine Möglichkeit scheidet eigentlich aus, aber ich will sie trotzdem einmal aussprechen. Der Team-Captain Jan-Paul van Reek ist der Mörder, lenkt den Verdacht auf einen, für uns noch unbekannten Dritten und taucht dann wie Phönix aus der Asche wieder auf. Motiv noch unklar. Oder, und das ist viel wahrscheinlicher, jemand aus dem Umfeld des Teams hat ein Motiv und nimmt nach all den Jahren jetzt Rache. Warum auch immer."

„Ja, hört sich plausibel an. Aber nochmal, warum haben wir eine Verabredung auf dem Center Court?" Jenny biegt bereits auf das Gelände des LKA's.

„Center Court deswegen, weil sich alles um Tennis dreht und der Show Down muss etwas Großes sein. Folgende Schauplätze für das große Finale wären der Tennisplatz in Meerbusch, der Teamverein oder der Rochus Klub, als Schauplatz des größten Erfolgs. Wir sollten beide Plätze unter Beobachtung stellen. Was meinst du?"

„Könnte sein, aber die anderen Opfer haben überhaupt keinen Bezug zu deinen Schauplätzen. Bist du dir sicher? Ich glaube, ein großer und stark besuchter Ort in Düsseldorf könnte auch Schauplatz des Finales werden."

„An was denkst du da?"

„Vielleicht der Fernsehturm, das Hafenviertel oder die Kö."

„Stimmt, ich habe es mir vielleicht zu einfach gemacht. Dann lass uns noch mal nachdenken, welche potentiellen Orte denn in Frage kommen. Dann lassen wir dort verstärkt Streife fahren."

Beide stehen noch draußen am Wagen und diskutieren über mögliche Tatorte, als Ralph Berg das Gebäude verlässt und sie sieht: „Michael, wie oft soll ich es dir denn noch sagen, dein Auto gehört in die

Tiefgarage. Keine Ausnahme. Das schwächt die Moral der Truppe, wenn ich da Ausnahmen mache."
„Ralph, hör zu, wir haben einen dringenden Verdacht hinsichtlich potenzieller Tatorte und wollen dort verstärkt Streife fahren lassen."
„Du weißt doch, so einfach ist das nicht. Lass uns morgen darüber sprechen. Ich denke, heute wird nichts mehr geschehen, oder?"
„Okay, bis morgen, gute Nacht."
„Euch auch, bis morgen in alter Frische." Ralph Berg ist bekannt für seine Old School Sprüche und seine väterliche Art, die aber gut ankommt. In der Zwischenzeit gehen Michael und Jenny wieder hoch in ihr Büro, wo alle Fotos noch verstreut rumliegen.
„So, was haben wir?" Michael steht vor dem Dashboard und kritzelt den letzten Mordfall an die Tafel.
„Lass uns erst einmal sämtliche Fotos mit dem Tennisteam und Teammitgliedern filtern und parallel weiter an der Datenrecherche arbeiten."
„Gut." Jenny greift sich wieder ein Päckchen mit Fotos und beginnt den Abgleich mit der Namens- und Adressenliste. Ein Foto nach dem anderen geht durch ihre Hand und ihre Augen scannen alle Gesichter. Ähnlichkeiten mit Lothar von Cappenberg und Peter Dallmann sind unverkennbar. Lange Haare, teilweise unrasiert, mit Stirnband, mal ohne und stets braun gebrannt. Auf einmal fällt ihr was auf. Sie dreht sich leicht zur Seite und tippt etwas in ihren PC. Plötzlich wird sie kreidebleich und schaut Michael an. Vertieft in seiner Arbeit bemerkt er, dass er angeschaut wird und blickt kurz zu Jenny rüber. Er schaut noch mal hin und fragt erstaunt: „Was ist los, hast du einen Geist gesehen oder ist dir schlecht?"
„Vielleicht einen Geist."
„Wieso, schieß los! Was gibt's?"
„Mir ist da was aufgefallen. Ein Mädchen-Team. Scheint ein wenig jünger zu sein als das Jungen-Team von Herrn van Reek, aber die haben in dem Jahr auch den Po.k.al in ihrer Altersklasse gewonnen."
„Wir wollten uns doch auf das Jungen-Team konzentrieren. Wir haben keine Zeit für solche Nebenschauplätze. Also los, mach deinen Job!"
„Warte doch mal, hör mir erst bis zu Ende zu."
„Na schön." Sofort startet Jenny ihre Gedanken auszuführen.

„Ein Mädchen aus dem Team ist sehr oft auf Fotos mit den Jungs zu sehen. Vielleicht war einer davon ihr Freund, vielleicht der Team-Captain persönlich? Also habe ich mir den Namen rausgesucht. Es handelt sich um Anna Lynn de Vos."
„Ja und? Was ist mit ihr?" Man merkt, Michael ist übermüdet und mürrisch.
„Anna Lynn de Vos ist tot."
„Wie? Mal langsam! Was ist ihr zugestoßen und warum meinst du, dass das mit unserem Fall zusammenhängt?"
„Anna ist im Herbst, also gut drei Monate nach diesem Turnier gestorben. Selbstmord."
„Das liegt jetzt 30 Jahre zurück und warum meinst du hier eine Verbindung zu erkennen?"
„Anna hat sich in ihrem Jugendzimmer an einer Tennisdarmsaite erhängt."
„Verdammte Axt, das ist es! Das sind jetzt zu viele Zufälle, als dass da jetzt kein Zusammenhang bestehen würde. Hast du die Adresse der Eltern?" Michael ist wieder auf Betriebstemperatur und mit dem Rücken zu Jenny, einen Espresso machend, fragt er: „Wie spät ist es? Können wir sie noch anrufen?"
„Es ist jetzt viertel nach drei und die Eltern sind zurück in die Niederlande gezogen. Nach Amsterdam."
„Vorschlag, wir legen uns aufs Ohr. Gleich morgen früh um Sechs treffen wir uns hier wieder im Büro. Ich spreche mit Ralph und du rufst die Familie an, o.k.? Ach, und wegen der Tatorte … Wir nehmen erst einmal unsere zwei Tennisplätze und vielleicht hat die Familie de Vos noch einen Hinweis für uns. Wer weiß? Also bis morgen." Michael hält noch eben den Daumen hoch und geht mit dem Espresso in sein Büro, das Aquarium. Jenny lässt sich das nicht zweimal sagen, greift beherzt ihre Jacke und geht. Beim Schließen der Tür hört man noch ein verstummendes:
„Ciao!"
Im Aquarium hat Michael schon so manche Nacht verbracht. Das in der Ecke des Raumes stehende braune Ledersofa lässt sich zu einer Schlafcouch ausziehen. Aus dem Schreibtisch holt er sich noch eine zusammengerollte Decke. Der IPhone Wecker ist gestellt und schon fallen ihm die Augen zu. Nach langer Zeit schläft er aus Erschöpfung

die paar Stunden durch. Als das IPhone morgens um 5:45 Uhr bellt, sitzt Michael senkrecht im Bett. Mit verschlafenen Augen schleicht er zu seinem Aktenschrank und holt sich seinen Kulturbeutel. Mit nacktem Oberkörper trottet er über den Flur zum Aufzug und fährt zum Umkleidebereich ins Untergeschoss. Er fühlt sich wie vom Bus überfahren und braucht jetzt erst eine Dusche und danach einen doppelten Espresso. Die ersten eiskalten Duschstrahlen treffen ihn. Schlagartig ist er wieder auf dem Damm und jetzt geht es ganz schnell. Um zwei Minuten nach sechs steht er vor dem Büro. Zwei weibliche Kolleginnen pfeifen den Playboy Pfiff und schauen ihm nach.
„Mädels, ihr wisst schon, dass das sexuelle Belästigung ist?" Lachend gehen die beiden Beamtinnen weiter. Michael reißt die Bürotür auf und steht direkt vor Jenny, die gerade im Büro eingetroffen ist.
„Na Süßer, wie wär's?" Ein ordinäres Grinsen begleitet die Chef-Anmache.
„Na, na Kleine, heut nicht! Gib mir fünf Minuten, dann geht's weiter."
Im Büro zieht er sich ein sauberes T-Shirt an.
„Über deine Ersatzklamottenkiste komm ich nicht drüber weg." Jenny schüttelt leicht den Kopf.
„Ich geh eben zu Ralph und du findest die Adresse von dem toten Mädchen heraus. Wie heißt sie noch gleich?"
„Anna."
„Genau, also bis gleich." Michael stürmt wieder aus dem Büro und im Laufschritt geht er zu Ralph. Das Vorzimmer ist nicht besetzt und so klopft er kurz an und schon ist die Tür zu Ralph Berg geöffnet. Ralph Berg sitzt bereits an seinem Tisch und liest die ersten Mails des Tages.
„Guten Morgen mein Lieber! Habt ihr noch lange gearbeitet oder habt ihr Vernunft walten lassen?"
„Morgen! Wir haben noch circa eine Stunde etwas gemacht und ich denke, wir haben eine weitere Spur, aber das müssen wir noch erst eingehender eruieren." Michael versucht, jetzt intelligent zu schauen und weil er es nicht hinbekommt, fängt er an zu grinsen.
„Grins nicht so dreckig! Du hattest gestern Abend noch ein Anliegen, los raus damit."
„Ich, beziehungsweise wir sind der Überzeugung, dass es noch ein weiteres und letztes Verbrechen geben wird. Da vieles auf einen starken Symbolcharakter hindeutet, sehen wir die möglichen Tatorte in

Meerbusch, der Tennisclub und der Rochus Club in Grafenberg. Bitte lass dort verstärkt Streife fahren."
„O.k., verstanden, ich ruf den Kollegen der Düsseldorfer Polizei an. Den Papierkram erledigen wir später. Also los, raus hier, an die Arbeit!" Mit ausgestrecktem Zeigefinger und Arm schmeißt er Michael aus seinem Büro. Michael beeilt sich, um schnell wieder bei Jenny zu sein.
„Hey, hast du was für mich?", prustet er Jenny entgegen.
„Ja, ich hab die Adresse von Annas Eltern in Amsterdam und angerufen hab ich auch schon. Sie wohnen in einer der schönsten Ecken von Amsterdam. Die Adresse ist Prinsengracht 14 und dass Viertel oder die Ecke nennt man westlicher Grachtengürtel die 9 Straatjes. Niedlich oder? Sie haben Zeit für uns. Herr de Vos kann es sich einrichten, heute zu Hause zu bleiben und seine Ehefrau geht keiner Berufstätigkeit nach. Zwischen den Zeilen habe ich rausgehört, dass sie sich wohl nie wieder so richtig von dem Schock und der Tragödie erholt hat. Wie willst du vorgehen? Die Fahrt nach Amsterdam dauert ungefähr zweieinhalb Stunden."
„Klasse! Ich denke, dass uns ein Besuch in Amsterdam bei der Familie de Vos weiter bringt. Heute rechne ich nicht mehr mit einem weiteren Opfer. Das Finale wird zelebriert oder was meinst du?"
„Bin ganz bei dir, also los nach Amsterdam! War schon lange nicht mehr dort! Hab schon alle Dokumente und Fotos eingepackt. Ich bin startbereit." Die Jacke über dem Arm geht sie zur Bürotür. Michael wirft ihr den Wagenschlüssel zu.
„Gut, geh ruhig vor. Ich melde uns eben beim Chef ab."
Leicht verdutzt, aber mit einer innerlichen Freude geht Jenny los. So hat sie sich die Polizeiarbeit beim LKA schon immer vorgestellt. Action, Einsatz und Vorortermittlungen und nicht dauernd im Büro am Computer sitzend. Recherche und Berichte schreiben müssen sein, aber nicht nur. Es sollte sich die Balance halten. Jenny erreicht den Daimler und legt die Unterlagen, Fotos und ihre Jacke hinten auf den Rücksitz. Dann fährt sie den Wagen aus der Parklücke und wartet mit laufendem Motor vor dem Haupteingang. Während sie wartet, tippt sie die Adresse ins Navi ein und drückt in ihrem Handy auf Wahlwiederholung. Es ist die Nummer der Familie de Vos.
„De Vos, goede morgen."

„Hallo Herr de Vos, Jenny Schneider, LKA Düsseldorf noch einmal. Ich wollte uns nur eben anmelden. Wir würden gern ihre Einladung annehmen. Wir sind in gut drei Stunden bei Ihnen. Ist das okay?"
„Okay, alles in Ordnung, bis gleich." Nach diesem fast akzentfreien Deutsch legt Herr de Vos den Hörer auf. Jenny schaut auf ihr Handy und öffnet die Mail-App, aber keine neuen Mails. Sie hängt es in die Handy–Schale und schließt die Freisprechanlage an. Michael reißt die Beifahrertür auf.
„Los geht's!", raunzt er und schnallt sich an.
„Familie de Vos erwartet uns. Ich bin wirklich neugierig, was uns da heute erwartet. Ich glaub' auch, das ist der richtige Weg. Die Zufälle, besser Indizien häufen sich und ein Zusammenhang drängt sich förmlich auf." Während Jenny ihre Meinung weiter ausführt, ist Michael mit seinen Gedanken schon wieder woanders. Er beugt sich nach hinten, holt sich die Fotos und das Buch nach vorn und beginnt erneut alle Fotos genauestens zu screenen. Jenny bemerkt diese Unhöflichkeit, ist aber nichts Anderes gewohnt und so schweigt sie und drückt auf das Gaspedal. Sie haben die Autobahn erreicht und Jenny fragt:
„Frage, Blaulicht ohne Sirene?"
Michael schaut kurz auf und antwortet kurz und knapp:
„Jaup!" Jenny legt den Kippschalter um, das Blaulicht blinkt im Kühlergrill und sie beschleunigt den Wagen auf der linken Spur nun auf 200 km/h. Andere Fahrzeuge vor ihnen spritzen zur Seite und Jenny hat freie Fahrt, um wenigstens bis zur Niederländischen Grenze Zeit gutzumachen. Plötzlich schaut Michael auf und richtet eine Frage an Jenny. Sie reagiert sofort und lässt das Tempo auf 160 km/h runterfallen.
„Du, ich sehe neben dem Jungen- und Mädchenteam auch immer den Trainer und einen kleinen Jungen. Weißt du, wer die beiden sind? Haben wir den Namen von dem Trainer und wer ist der Kleene da?"
„Der Trainer kam aus Jugoslawien Zadar heute Kroatien, genauer gesagt, kroatische Mittelmeer-küste. Der Name war oder ist Ivo Franjo Adamovic, genannt Ivo. Er war Trainer in Meerbusch von 1983 bis 1986. Er brachte seine Familie mit. Seine Frau Alisa und seinen Sohn Antonio Josip. Die Spur des Trainers und seiner Familie verliert sich im Sommer 1986. Wahrscheinlich hat er Deutschland verlassen. Zu dem

kleinen Jungen habe ich nichts. Süßer Bengel. Das krieg ich aber noch alles raus. Vielleicht ist es der Sohn des Trainers, mal sehen."
„Okay. Was haben wir über die Familie de Vos und insbesondere über Anna-Lynn?"
„Familie de Vos. Der Vater, Vorname Ruben, ist heute Chef-Justiziar des Niederländischen Mobilfunkunternehmens KPN mit der deutschen Niederlassung E-Plus in Düsseldorf. In den Achtzigern arbeitete er bei Mannesmann in Düsseldorf, wo er später in den Mobilfunkbereich D2 rutschte. Die Ehefrau heißt Charlotte, ist Deutsche und war Assistentin bei einem Mannesmann Vorstand. Sie heirateten am 2. Mai 1970. Zwei Jahre später, am 6. März 1972 wurde Anna-Lynn in Düsseldorf geboren. Ihre jüngere Schwester Tess ist am 4. September 1975 geboren, auch in Düsseldorf."
Für solche Dinge hat Jenny einfach Talent, Recherche, Recherche und Recherche. Das Beste ist, sie kann die wesentlichen und wichtigen Daten im Kopf abspeichern und auf Abruf repetieren.
„Die Familie de Vos wohnte in Meerbusch Langst-Kierst. Die Mädchen gingen zusammen auf die International School of Düsseldorf in Düsseldorf Kaiserswerth."
„Mensch, wo holst du das alles immer nur her? So viele Infos. Wahnsinn!"
„Eine Info habe ich noch. Anna erhängte sich gut 14 Tage nach dem Geburtstag ihrer Schwester Tess. Am 15. September 1986 wurde Anna von ihrer Mutter gefunden – erhängt in ihrem Zimmer. Die Neusser Polizei stufte das als Tod ohne Fremdverschulden, also Selbstmord ein. Daran besteht auch bis heute kein Zweifel. Als Motiv finden sich in den Akten nur vage Vermutungen. So zum Beispiel Liebeskummer und schlechte schulische Leistungen."
„Sag mir bitte, warum fahren wir nochmal nach Amsterdam?" Jenny blickt kurz zur Seite und zieht die rechte Augenbraue hoch.
„Schon gut. War nur ein Witz."
„Mehr Infos habe ich jetzt aber wirklich nicht mehr." Jenny schnauft kräftig durch. Nach diesen ausführlichen Erklärungen konzentriert sie sich auf den Straßenverkehr.
Unlängst befinden sie sich im Speckgürtel von Amsterdam und bevor sie sich in das von Grachten durchzogene Labyrinth der Amsterdamer Altstadt stürzen, quälen sie sich durch die ersten Staus. Zäh wie

Kaugummi zieht sich jeder Meter Autobahn und die beiden wechseln kein Wort mehr miteinander. Michael schaut gedankenverloren in die benachbarten Autos im Stau. Endlich, die ersehnte Abfahrt. Nachdem Jenny den Blinker gesetzt hat, kommt endlich wieder Leben in den Innenraum des Daimlers. Michael setzt sich auf, öffnet das Handschuhfach und findet doch tatsächlich noch eine Cola.
„Hast du Durst?"
„Au ja!"
„Okay. Hier trink du zuerst, aber lass mir noch einen Schluck." Mit einem spürbaren, aber nicht hörbaren Zischen schluckt Jenny die erste Hälfte der Cola auf ex runter.
„Das war aber nötig", presst die hervor. „Mensch hatte ich Durst!"
„Ach, wenn du es nicht gesagt hättest." Mit ironisch dankbarem Blick nimmt Michael die Cola zurück und zieht mit seiner Kollegin gleich, die Cola Dose ist bis auf den letzten Tropfen leer. Jenny konzentriert sich sehr auf den wuseligen Verkehr in Amsterdam. Eine Mischung aus Brücken über-queren, Radfahrern, Lkw's und Wohnmobilen. Mit großem Geschick lenkt Jenny den Daimler zum Zielort. Am Grachtenhaus der Familie de Vos angekommen, taucht der alltägliche Wahnsinn einer Großstadt auf. Wo parken? Nach einigen Runden um den Block entscheidet sich Jenny, nun doch ein Parkhaus anzusteuern. Die letzten Meter gehen sie zu Fuß. Beinahe wird Michael von einem wilden Radfahrer angefahren. Jenny reißt ihn in letzter Sekunde zur Seite. Erschrocken prustet Michael:
„Das hätte mir jetzt noch gefehlt, vom Studenten auf Hollandrad in Amsterdam überfahren. Schöne Inschrift für meinen Grabstein."
Lachend gehen sie weiter.

Kapitel 21 – Das schöne Amsterdam

Nach ein paar Ampeln und tückischen Angriffen von Radfahrern stehen sie vor dem Haus der Familie de Vos. Ein dunkler, rotbrauner und restaurierter Klinkerbau aus dem achtzehnten Jahrhundert. Rechts und links flankieren kleinere Fenster ein in der Mitte befindliches doppelt so großes Sprossenfenster. Diese Bauweise zieht sich über drei Etagen. Vom Erdgeschoss als Hochparterre bis ins zweite Obergeschoss. Der Keller befindet sich auf Höhe des Wasserspiegels der Gracht. Ebenso ist der Dachboden dieses Prachtbaus in der architektonischen Bauweise niedriger und somit unterschiedlich. Der Giebel, umrahmt vom Mauerwerk, umschließt dieses Gesamtkunstwerk einer Ära des holländischen, durch Handel erworbenen Prunks vergangener Epochen. Eine dieser Kaufmannsvillen ist heute im Besitz der Familie de Vos.
Michael und Jenny gehen eine breite Sand-steintreppe zum Eingang hinauf. Neben der großen weißen Eingangstür befindet sich eine historisch nachempfundene Messingklingel mit dem Namen eingraviert. Michael drückt den Klingelknopf. Ein durchdringender Gong ist hinter der Tür zu vernehmen.
„Der Klingelton reißt ja jeden aus dem Sofa, oder?"
„Der ist echt heftig. Hoffentlich sind sie beide da, wie versprochen", antwortet Jenny.
Schon öffnet sich die Tür. Ein sehr großer kräftiger, braungebrannter Herr mit vollen kurzen schwarzen Haaren steht vor ihnen. Seine tief blauen Augen, die runden Wangen mit freundlichen Grübchen und seine tiefe Stimme lassen Ruben de Vos äußerst sympathisch erscheinen. In einem sehr guten Deutsch, natürlich mit holländischem Akzent, begrüßt der die beiden:
„Gude Tach, Sie müssen die Polizisten aus Düsseldorf sein, richtig?"
Beide strecken Herrn de Vos ihre LKA Ausweise entgegen und stellen sich vor.
„Hallo Guten Tag, Michael Brenner, LKA Nordrhein Westfahlen, Düsseldorf. Vielen Dank, dass Sie Zeit für uns haben", begrüßt Michael Herrn de Vos und mit einer Handgeste reicht er die Begrüßung an Jenny weiter:

„Ja, hallo Herr de Vos. Wir haben telefoniert. Jenny Schneider, LKA Düsseldorf."
„Bitte treten Sie ein. Darf ich ihre Jacken nehmen?" Jenny und Michael reichen ihm ihre Jacken. Während Herr de Vos sie auf den Bügel hängt, schauen sich die beiden LKA Beamten genauestens um. Ein historisch alter Fliesenboden mit Delfter Ornamenten, antike Möbel in Kombination mit modernen Accessoires und Technik. Aus dem Flur hinauf blicken beide auf einen LED- Flachbildschirm mit gut gerne 1,70 m in der Diagonale. Dies fällt auf, weil der Bildschirm viergeteilt ist und auf jedem Teilabschnitt ist eine andere Person zu sehen. Michael rätselt und kommt zu dem Schluss, dass es sich hier wohl um eine unterbrochene Videokonferenz handelt.
„Bitte entschuldigen Sie", fällt Ruben de Vos in die Gedanken Michaels ein, weil er die Verwunderung in seinem Gesicht erkennt. „Ich bin gerade in einer Videokonferenz mit vier Kollegen aus den anderen Regionen. Oben links ist Tokio, rechts daneben Shanghai, unten links Kopenhagen und rechts UK. Bitte warten sie einen kurzen Moment. Ich werde die Konferenz verschieben." Mit großen Schritten geht er ins Wohnzimmer und man hört dumpfe Beendigungs- und Abschiedsfloskeln in englischer Sprache. Er beugt sich zum Beistelltisch runter und drückt die Fernbedienung. Der LED schaltet sich abrupt ab.
„Bitte kommen Sie näher. Mögen Sie einen Kaffee, Tee oder Wasser?" Ruben de Vos stellt sich in die, zum Wohnzimmer hin, offene Küche und bereitet an einer original italienischen Kaffeemaschine den Kaffee für Michael wie ein Barista zu. Danach holt er aus dem silbergrauen Edelstahlkühlschrank im US-Stil eine Flasche Wasser ohne Kohlensäure für Jenny.
„Meine Frau ist jeden Augenblick wieder zu Hause. Sie ist nur eben zum Zigarettenautomaten. Schlechte Angewohnheit, aber seit damals braucht sie das."
Er versorgt die beiden deutschen Beamten mit ihren Getränken, als sie hören, wie die Haustür aufgeschlossen wird. Charlotte de Vos schließt die Tür auf und tritt in den Flur. Eine äußerst schlanke und kleine Frau mit einer blonden Löwenmähne auf sehr hohen Stöckelschuhen. Auffällig und ein Eye-Catcher zugleich sind nur ihre auf die Größe Doppel-D operierten Brüste. Am Gesicht hat sich noch kein

Schönheitschirurg verewigt. Ein braun, durch Zigarettenrauch gegerbter und konservierter Teint. Charlotte de Vos erreicht das Wohnzimmer und in ihrem Dunstkreis wabert ein Schwung nasskalter Zigarettenrauch mit und nebelt Jenny und Michael ein.
„Guten Tag, die Herrschaften." Charlotte streckt den Beamten lächelnd die Hand zur Begrüßung entgegen. Nacheinander reichen sie sich die Hände und langsam beschleicht alle ein Gefühl der Unbehaglichkeit. Michael und Jenny, weil sie altes, tiefsitzendes Leid wiederaufleben lassen müssen, und die Familie de Vos, weil sie ihren kontinuierlichen Verdrängungsprozess unterbrechen müssen.
„Charlotte, dies sind die LKA Beamten Brenner und Schneider aus Düsseldorf. Sie haben ein paar Fragen zu einem Fall, der mit Anna in Verbindung stehen könnte."
„Gut, dass Tess im Urlaub ist. Das braucht sie wirklich nicht." Charlotte starrt Jenny an. Die Kommissarin übermannt ein deutliches Gefühl der Ohnmacht, hier gerade etwas ganz, ganz Unnützes zu tun.
„Unser Baby hat das noch schlechter verarbeitet als wir. Also worum geht es?" Auch die Konversation mit der Herrin des Hauses gestaltet sich äußerst kurz und knackig, denn auch sie beherrscht die deutsche Sprache ausgezeichnet. Die vier sitzen im Wohnzimmer der Familie de Vos und Michael berichtet über die Morde im Raum Düsseldorf und dass mehrere Spuren zum Tennisclub und zu ihnen führen. Selbstverständlich gab er dabei keine Namen oder andere Details preis. Die Befragung soll schließlich absolut unvoreingenommen verlaufen.
„Dürfen wir Ihnen nun ein paar Fragen stellen?" Michael greift zu seiner Tasse Kaffee und muss feststellen, dass sie kalt geworden ist.
„Kalter Kaffee!", spuckt er reflexartig und wischt sich den Mund ab.
„Möchten sie noch eine Tasse?", fragt diesmal Charlotte de Vos und gibt sich ebenso gastfreundlich wie ihr Mann.
„Ja gern." Charlotte geht in die Küche und bereitet Michaels Kaffee zu.
„Was wir von Ihnen wissen möchten, wie war der Sommer 1986? Auch wenn es jetzt sehr schmerzlich für Sie ist, bitte lassen Sie das Jahr nochmal Revue passieren. Und wenn es Ihnen recht ist, schaltet meine Kollegin das Diktiergerät an." Michael schaut die beiden prüfend an.
„Ja, wenn es Ihnen weiter hilft", kommt es von Ruben entgegenkommend.
„Möchtest du oder soll ich?"

„Fang du bitte an. Ich ergänze, wenn nötig." Charlotte wechselt mit Jenny einen Blick.
„Ja klar, wie es Ihnen recht ist", schaltet Jenny sich in das Gespräch ein. Alle schauen sich schweigend an und Ruben de Vos lehnt sich ein wenig zurück, holt tief Luft und beginnt mit seinen Ausführungen.
„Das Jahr 1986 fing für uns als Familie eigentlich sehr gut an. Ich wurde innerhalb des Konzerns befördert, Charlotte startete erfolgreich ihr Consulting Business und die Kinder entwickelten sich prächtig. In der Schule lief es einwandfrei und sportlich, im Tennisverein spielten beide Mädchen gut Tennis. Die Kleine natürlich noch nicht im Rampenlicht, aber Anna war richtig gut. Sie wurde in die erste Mädchen-Mannschaft berufen und trainierte seitdem dreimal die Woche. Dazu kamen die Ligaspiele und sonstiges Training. Sie wissen schon Lauf- und Krafttraining."
Ruben de Vos hält inne und trinkt einen Schluck Wasser. Für Michael und Jenny ergeben sich aus diesen Schilderungen noch keine weiteren Erkenntnisse und so schauen sie sich ein wenig gelang-weilt an. Jenny denkt gerade „hoffentlich hat die Familie das jetzt nicht gesehen." Aber ein verschämter Blick in die Runde zeigte ihr, dass Ruben und Charlotte nichts bemerkt haben. Charlotte wischt sich eine Träne aus dem Auge und Ruben schweigt. Es scheint, dass auch er gleich in Tränen ausbrechen könnte. Plötzlich übernimmt Charlotte die Erzählung und fährt fort:
„Alles lief sehr harmonisch und wunderbar. Trotz des großen sportlichen Aufwands kam sie in der Schule immer recht gut mit. Sie stand immer zwischen eins und zwei, nie schlechter. Wir waren sehr stolz auf unsere Tochter." Charlotte pausiert und putzt sich vornehm die Nase mit ihrem weißen Stofftaschentuch, mit dem sie sich eben auch die Träne weggewischt hat. Sie holt Luft, sammelt sich und fährt fort: „Ich muss mich korrigieren, wir sind sehr stolz auf unsere Tochter."
Sie atmet schwer und erzählt weiter: „In diesem Sommer feierte sie nicht nur ihre größten sportlichen Erfolge, sie hatte sich auch verliebt. Ihre erste große Liebe. Sie hielt es anfangs vor uns und ihrer kleinen Schwester geheim, aber natürlich bemerkt man das als Mutter. Sie kennen das?" Bei dieser Frage blickt sie in Richtung Jenny, greift zu ihrem Tee und trinkt einen Schluck. Vornehm stellt sie Tasse und

Untertasse wieder auf dem Tisch ab, während Jenny die Runde auflockert:

„Ja, kenn' ich. Man ist da so voll des Glücks und überall scheint nur die Sonne, obwohl es regnet. Haben Sie sie darauf angesprochen?"

„Ja. An einem Samstagabend, ich weiß es noch wie heute, ergab sich die Situation beim Kochen, als ich wie immer in der Küche stand. Anna kam zu mir und fragte mich, ob sie an diesem Abend länger auf der Party ihrer Freundin bleiben könne. Und da hab ich es erfahren. Sie druckste rum, aber dann hat sie mir es erzählt." Charlotte macht es ungewollt spannend für die Ermittler.

„Sie schwärmte für einen Jungen aus dem Jungenteam. Ich glaube mich noch an den Namen erinnern zu können. van Reek. Kann das sein?" Fragend schaut sie Ruben an.

„Das stimmt. Der Name war Jan-Paul van Reek. Ich habe mir den Namen gemerkt, weil er holländisch war."

Michael und Jenny schauen sich mit großen Augen an. Die heiß ersehnte Spur ist gefunden. Aber wie geht es weiter? Dann erzählt Charlotte unter anfänglichem Stottern weiter:

„Genau Jan-Paul van Reek hieß der Junge. Die Schwärmerei, oder soll ich besser sagen Verliebtheit wurde sogar so schlimm, dass wir ihr den Umgang verboten haben."

„Warum das?", hakt Jenny, ohne zu zögern, nach.

„Ihre Zensuren wurden immer schlechter. Sie sprang nur noch von Party zu Party oder war auf dem Tennisplatz zu finden. Erstaunlicherweise sackte sie dort nicht ab. Aber das wahrscheinlich nur des-wegen, weil der Junge van Reek so ein Tennis-Ass war und sie sich gegenseitig angestachelt haben. Deshalb hatten wir so manches Mal ein ernstes Wort mit ihr zu sprechen." Charlotte bricht nun in Tränen aus.

„Meinst du, wir waren zu streng mit ihr?" Charlotte schaut Ruben fragend mit rot unterlaufenden Augen an.

Ein spontanes „Nein" schreckt die Ermittler auf.

„Diese Frage haben wir dutzende Male besprochen. Wir haben nichts falsch gemacht. Das war eine ganz normale Reaktion von uns. Damit konnte niemand rechnen."

„Was meinen Sie mit, damit konnte niemand rechnen?", schaltet sich Michael in das Gespräch ein.

„An einem Wochenende im Sommer, es war so zwei Wochen nach dem tollen Tuniertriumpf in Düsseldorf, kam sie sehr spät nach Hause. Sie war wohl noch im Tennisclub. Da habe ich sie sehr laut angebrüllt und acht Wochen Hausarrest verhängt. Und komisch …" Ruben spricht nicht weiter und blickt ratlos zu Charlotte.
„Was ist komisch?", hakt Jenny nach.
„Seltsam, jetzt wo wir darüber sprechen, fällt es mir erst richtig auf…"
„Was?" Jenny platzt beinahe vor Neugierde.
„Was ist seltsam? An was erinnern Sie sich? Jedes Detail ist wichtig und kann uns weiterhelfen."
„Also, sonst, wenn wir sie bestraft haben, egal ob mit lautstarkem Geschrei oder mit Verhängung von Hausarrest, gab es immer heftige Diskussionen. Dieses Mal nicht."
„Wie habe ich mir das vorzustellen?" Jetzt ist Michael am Drücker und bohrt nach.
„Wie gesagt, sonst gab es nie Probleme mit Anna. Bis auf diesen Sommer. Wir schoben es auf die Pubertät. Jede Bitte oder Anweisung wurde kommentiert oder verneint. Nur an jenem Abend nicht. Ich habe mich aufgeregt und meine Strafe ausgesprochen und sie …? Sie nahm es entgegen, ohne zu protestieren. Wie ein Lamm." Ruben schweigt.
„Bitte entschuldigen Sie, aber was geschah dann? Was geschah in der Zeit bis zu ihrem Tod?" Michael, sichtlich ergriffen, was selten geschieht, will nun den Rest der Geschichte hören. Da meldet sich Charlotte wieder. Gefasst und mit ruhiger Stimme fährt sie fort:
„In den fünf Wochen geschah gar nichts. Sie ging ganz normal zur Schule, machte ihre Hausauf-gaben, hörte Musik mit ihrem Walkman."
„Walkman?", fragt Jenny.
„Ja, Walkman. Heute wäre das ein IPod. Früher hieß das Gerät Walkman und funktionierte mit einer Cassette. Sie lag Stunden auf ihrem Bett und hörte Musik. Eigentlich nicht ungewöhnlich, denn Anna hatte wieder viel Zeit, die Hausgaben wurden wieder ordentlich gemacht und die Testergebnis-se in der Schule wurden wieder besser."
„Hatte sie Besuch, von Freunden, von Jan-Paul van Reek vielleicht?", setzt Michael nach.
„Nein!", fällt Ruben vehement ins Wort.
„Doch. Jetzt, wo wir darüber sprechen. Doch da war jemand", erzählt Charlotte mit sicherer und fester Stimme.

„Der kleine Toni ist einmal vorbeigekommen und hat ihr ihren Tennisschläger zurückgebracht."
„Wer ist Toni und warum hatte er Annas Tennisschläger?", fragt Michael, innerlich aufgeregt.
„Toni war der kleine Sohn von Annas Tennistrainer. Der Trainer hat auch schon mal hier und da eine Saite erneuert, wenn sie gerissen war. Oder sogar ganz neu bespannt."
„Er hatte also das Equipment für so etwas? Wie muss ich mir das vorstellen?" Jenny, die einen Tennisschläger gerade so von einem Hockeyschläger unterscheiden kann, fragt wieder nach.
„Das war natürlich dem ortsansässigen Sportgeschäft in Meerbusch ein Dorn im Auge. Der Inhaber war auch im Tennisclub und so gab es hier und da Diskussionen am Tennisplatz oder im Vereins-heim. Der Trainer also, er hatte eine Besaitungsmaschine und Annas Schläger brauchte dringend eine ganz neue Saite. Der Trainer hat den Schläger neu bespannt und Toni brachte ihn samt Tennisbag und Rechnung vorbei."
„War das so üblich?"
„Nein eigentlich nicht, aber der Kleine und Anna hatten eine ganz besondere Beziehung. So ein bisschen wie Bruder und Schwester. Sie war wie eine große Schwester für ihn. Auf dem Tennisplatz wich er ihr nicht von der Seite. Er beobachtete immer ihr Training, ihre Spiele und so weiter. Er war einfach nur überaus freundlich und niedlich. Wie er einen mit seinen großen braunen Augen immer angeschaut hat, Stein erweichend. Man musste ihn einfach liebhaben."
„Wissen Sie zufällig, was aus dem kleinen Toni und der Familie geworden ist?"
„Nein, nach Annas Tod haben wir die Zelte abgebrochen und Meerbusch verlassen."
„Sonst war nichts Auffälliges?" fragt Michael pedantisch noch nach.
„Nein, da ist nichts mehr", antwortet Ruben und Charlotte schüttelt auch nur noch leicht ihren Kopf.
„Darf ich fragen, wie Sie und Tess die Tragödie verarbeitet haben und wie es Ihnen heute geht?"
Charlotte schaut mit einem weinerlichen Blick zu Ruben. Ruben setzt sich noch näher zu ihr, hält ihre Hand und antwortet:

„Wir versuchen es mit professioneller Hilfe zu verarbeiten. Wir werden auch heute noch von Herrn Dr. Verbeek unterstützt. So etwas wird man wohl nie verstehen. Es gab einfach keinen Grund! Warum hat sie das nur getan?"
Jetzt laufen auch bei Ruben die ersten Tränen über das Gesicht.
„Das Motiv, so steht es auch im Bericht ist nicht klar. Liebeskummer wird spekuliert. Können Sie uns mehr zu der Freundschaft zwischen Anna und Jan-Paul van Reek erzählen?" setzt Michael, der sich jetzt in seinem klassischen Fragemodus befindet, nach.
„Da war nichts. Das weiß ich deswegen so sicher, weil sie es selber gesagt hatte und das war nicht nur so dahingesagt, um uns zu beruhigen. Da war so ein Klang in ihrer Stimme, den werde ich nie vergessen. Es war eine Mischung aus Wut, Angst und Selbstmitleid. Und mit einer lauten Stimme sagte sie, wir bräuchten uns keine Gedanken mehr machen, den falschen Mistkerl würde sie nie wiedersehen. Wir haben vermutet, dass Jan sie betrogen hatte und sie deshalb so reagierte. Immer, wenn wir mit ihr darüber sprechen wollten, wich sie aus oder sie verließ den Raum und ging in ihr Zimmer und hörte Walkman. Wir haben uns gedacht, das geht schon wieder vorbei, so etwas macht ja jeder einmal durch - oder? Außerdem ging es in der Schule wieder bergauf und zu Hause in der Familie gab es keine Probleme."
„Wie hat Tess das Ganze denn mitbekommen und warum hat sie das schlechter verarbeitet?" Michael, mit seinem Elefantengedächtnis nimmt den Faden auf, den Charlotte vor gut einer Stunde zu Beginn der Befragung vorgegeben hat.
„Ach Tess. Sie bekam den Ärger natürlich mit und verstand die Veränderung nicht."
„Welche Veränderung?"
„Ich meine damit, wenn ein Mädchen zum ersten Mal verliebt ist, Pubertät, Stimmungsschwankungen, halt zur Frau wird. Das meine ich. Dann Annas Tod und die Leere in ihrem Leben. Tess verstand sich nämlich sehr gut mit ihrer Schwester."
„Keine kleinen Reibereien unter Mädchen? Ich habe mich mit meiner großen Schwester immer gezankt", provoziert Jenny.
„Nein, im Gegenteil. Wenn Tess nachts Angst hatte, kroch sie immer zu Anna ins Bett. Sie unterhielten sich stundenlang, Anna half ihr bei

den Hausaufgaben, sie fuhren gemeinsam zum Tennis, sie machten einfach sehr viel gemeinsam und dass alles auf eine liebevolle Art. Das ist wahrscheinlich auch der Grund, dass Tess so stark darunter leidet, sie waren wie ein Herz und eine Seele."

„Was ist in den Jahren geschehen und wie äußert sich das bei ihrer Tochter?"

„Tess wurde depressiv. Sie verschloss sich. Wir hatten keinen Zugang mehr. Sie wurde in der Schule schlechter, sie hatte keine Freunde mehr. Dabei muss ich sagen, dass unser Umzug zu dem Zeitpunkt nicht die beste Entscheidung war. Wir tragen Mitschuld am Zustand von Tess."

„Was für einen Zustand?"

„Die Sache mit der Schule haben wir in den Griff bekommen. Aber ihr psychischer und seelischer Zustand ist labil. Sie ist seit Jahren medikamentös eingestellt und seitdem läuft es. Vor einem Jahr hat sie ihren Master gemacht und jetzt gerade schreibt sie ihre Promotion hier an der Amsterdamer University."

„Was studiert sie?"

„Elektrotechnik."

„Interessant. Hätten Sie ein aktuelles Foto von Tess und vielleicht auch von Ihnen beiden?" Michael stellt seinen schon wieder kalt gewordenen Kaffee auf den Wohnzimmertisch. Charlotte stützt sich bei Ruben auf, steht auf und fragt Michael: „Wir hätten da ein Foto, auf dem wir alle drei darauf sind. Ist das auch in Ordnung?"

„Ja klar, super!"

„Darf ich fragen, wozu sie das benötigen?", schaltet sich Ruben wieder in das Gespräch ein.

„Die Ermittlungen befinden sich an einem sensiblen Punkt. Alle Hinweise führen in die Richtung ihrer Tochter und da dient so ein Foto dann zur Vervollständigung der Aktenlage." Was Michael dabei verschweigt, ist, dass er es durchaus für möglich hält, dass Familie de Vos irgendwie an diesem Fall beteiligt sein könnte.

„O.k., verstanden. Wir haben nichts zu verbergen und wenn Sie noch etwas herausfinden, was wir noch nicht wissen, wäre es sehr freundlich, uns zu informieren." Charlotte dreht sich wieder um und hält ein größeres, typisches Bilderrahmenfoto in der Hand.

„Hier, auf diesem Foto sind wir alle drei. In Abendgarderobe, ich hoffe, dass ist o.k.?", fragt Charlotte.

„Kein Problem, Hauptsache es ist ziemlich aktuell. Was für eine Veranstaltung war das denn?" Michael nimmt das Foto entgegen.
„Im letzten Dezember, der alljährliche Presseball in Amsterdam. Tess hat so eine Freude am Tanzen und wir dachten, dass wäre eine gute Idee nach dem erfolgreich bestandenem Master Titel." Michael studiert das Foto ganz genau und ihm fällt sofort auf, dass Tess äußerst dünn ist.
„Bitte entschuldigen Sie, Tess ist aber sehr schlank oder?" fragt Michael naiv nach.
„Ich weiß, was Sie meinen. Aber das kann ich verneinen, Tess hat keine Bulimie. Sie ist schlank und durchtrainiert. Ihr passen sogar die Jeans ihres Freundes. Verzeihung Ex-Freundes. Kurz vor dem Presseball hat sie Schluss gemacht."
„Warum?"
„Wissen wir nicht so genau. Tess sagte irgendwas von Enge und sie wolle nach dem Master ihre Freiheit genießen. Ich glaube, Maximilian wollte jetzt mehr und sie kam noch nicht damit klar. Sehr schade, Maxi ist ein toller Bursche! Aber wenn's nicht klappt, dann klappt's halt nicht." Michael reicht das Foto Jenny und hört aufmerksam zu.
„Maximilian, und weiter?"
„Maximilian Mulder. Der Familie gehört eine Schiffsbaufabrik. Die Mulder Marine Yachts. Sie bauen Yachten in den verschiedensten Größen und Ausstattungen. Eine der wohlhabendsten Familien Amsterdams.
„Vielen Dank für die Auskunft. Wann waren Sie und Tess das letzte Mal in Deutschland?" Ruben und Charlotte schauen sich gegenseitig an. Wie durch Gedankenlesen nicken sie sich zu und Ruben antwortet: „Das letzte Mal war 2012, zum 70. Geburtstag von Johann von Cappenberg. Tess war auch dabei. Aber seitdem ist keiner von uns dreien wieder in Deutschland gewesen." Da reißt Michael die Augen weit auf. Bisher hatte er noch keine Namen genannt und jetzt, eigentlich zu einem ungünstigen Zeitpunkt der Befragung wird er gefordert sein, weitere Details preiszugeben, aber zuvor will er noch mehr herausfinden:
„Kennen Sie die von Cappenbergs gut? Wann hatten Sie den letzten Kontakt mit ihnen?" Ohne die Katze aus dem Sack zu lassen, führt er die Befragung fort.

„Wir hatten nur zu Johann Kontakt, weil er und ich im Vorstand des Tennisvereins waren. Wir waren damals gute Freunde. Nach dem Geburtstag hörten wir dann von seinem überraschenden Tod, aber zu dem Zeitpunkt befanden wir, also Charlotte und ich, uns im Urlaub. Wir waren auf Kreuzfahrt in der Karibik und haben dann später noch eine Beileidskarte geschickt. Zu seiner Frau und den Kindern hatten wir nur flüchtigen Kontakt. Aber warum fragen Sie?"
Jetzt ist wohl der Zeitpunkt gekommen. Michael lehnt sich ein wenig zurück und beginnt nun mit näheren Informationen rauszurücken: „Lothar von Cappenberg ist eins der Opfer aus einer Serie von bisher drei Mordopfern. Peter Dallmann und, aber bisher nicht offiziell bestätigt, Frank Roth. Sagen Ihnen die Namen etwas?" Ruben ist kreidebleich und versteht auf Anhieb den Zusammenhang: „Selbstverständlich kenne ich die Namen. Das sind Spieler des Jungenteams. Das Team, das in jenem Sommer so erfolgreich war. Sie haben doch wohl nicht uns in Verdacht oder? Sie führen das Gespräch in eine Richtung, die mir gar nicht schmeckt. Muss ich unseren Anwalt anrufen?"
Vollkommen entrüstet steht er auf und blickt wütend von oben auf Michael und Jenny herab.
„Bitte entschuldigen Sie, aber das war und ist nicht beabsichtigt. Wir möchten lediglich eine unvoreingenommene Befragung durchführen und sie selbstverständlich als Tatverdächtige ausschließen. Das sind Routinebefragungen im Verfahren. Da bitten wir um Verständnis. Und Sie sind augenscheinlich nicht im Kreis der Verdächtigen", lehnt sich Jenny weit aus dem Fenster und Michael blickt erzürnt zu ihr. Es scheint aber zu gelingen, Ruben beruhigt sich und nimmt wieder neben seiner Frau Platz.
„Ich nehme das mal als Entschuldigung. Aber wen verdächtigen Sie denn?" setzt Ruben neugierig nach.
„Ganz ehrlich? Wir tappen noch vollkommen im Dunkeln und hofften, Sie könnten Licht ins Dunkel bringen." Das war noch nie geschehen, Michael hatte die Hüllen fallen lassen. In der Hoffnung, mit der ungeschminkten Wahrheit vielleicht doch noch ein paar Ungereimtheiten wahrhaftig werden zu lassen, fragt er weiter:
„Gehen wir mal von dem Team um Jan-Paul van Reek aus, wobei wir annehmen müssen, dass er auch auf der Todesliste steht, weil er seit

drei Tagen vermisst wird. Uns fiel der Suizid ihrer Tochter auf und alles steht im Zusammenhang mit dem Tennisverein in Meerbusch und diesem Jahr 1986. Es fehlen uns aber noch hieb- und stichfeste Anhaltspunkte. Von Beweisen wollen wir gar nicht sprechen. Wenn Sie doch im Vorstand waren, warum ist das nirgends schriftlich vermerkt und was ist ihnen Seltsames in Erinnerung geblieben?"
„Ja, eine Geschichte ist mir noch in Erinnerung geblieben." Herr de Vos schaut in die Luft und man sieht ihm an, wie er seine Gedanken sortiert.
„Die Sache mit dem Trainer."
„Die Sache mit dem Trainer? Was war damit und bitte, lassen Sie nichts aus!" Michael hängt sich wie ein Jagdterrier an Rubens Lippen.
„Ich wurde Nachfolger von Pieter van Reek, dem Vater von Jan-Paul. Die Übernahme des Amtes erfolgte unterjährig und nur für drei Monate. Deswegen wird wohl mein Name nirgends auftauchen. Pieter trat damals aus persönlichen Gründen zurück und ich rückte, als Ersatzmann nach."
„Persönliche Gründe? Wissen sie mehr?"
„Damals eröffnete er ein Autohaus nach dem anderen. Arbeitsüberlastung war der offizielle Grund."
„Gut. Und was war jetzt daran seltsam?"
„In dem Sommer feierte der Tennisverein seine größten Erfolge im Jugendtennis und der Vater des Erfolgs war der jugoslawische Trainer. Zu dem Zeitpunkt war er drei Jahre im Amt und trainierte die Jungen- und Mädchen-Teams. Wir waren alle mit ihm sehr zufrieden. Die ganze Familie engagierte sich im Verein. Alles war sehr familiär und wir hatten eigentlich vor, den Fünfjahresvertrag vorzeitig zu verlängern. Ja, bis auf einmal…" Ruben stockt und hält inne.
„Was ist passiert? Warum wurde der Vertrag nicht verlängert?"
„Nach dem erfolgreichen Turnier in Düsseldorf, ungefähr vier Wochen später, kam Johann von Cappenberg zu mir und teilte mir mit, dass wir uns vom Trainer trennen müssten. Ich fragte nach, aber ich bekam nur Andeutungen als Antwort. Er soll wohl ein Verhältnis mit einer Mutter aus dem Mädchenteam unterhalten haben. Deshalb wollten wir uns von ihm schnellstmöglich und ohne Aufsehen trennen. Wir wollten einen Skandal vermeiden. Johann hat diese Information wohl von Pieter bekommen. Ich habe sie damals ziemlich oft zusammen an der Theke

diskutieren sehen. Ich habe Ivo, ja jetzt fällt mir der Name wieder ein, Ivo Franjo Adamovic, für die beiden fehlenden Vertragsjahre eine Abfindung angeboten und ihn gebeten zu gehen."
„Und das hat er einfach so angenommen?"
„Nein, im Gegenteil. Ich habe mit ihm gut zwei Stunden diskutiert. Er beteuerte, dass er niemals ein Verhältnis mit einer Spielermutter hatte oder hat. Er war am Boden zerstört, weil es auch für ihn bis dato die erfolgreichste Saison war. Und ganz ehrlich? Ich habe ihm auch geglaubt. Sie hätten mal seine Frau sehen müssen."
Er dreht sich zu Charlotte:
„Bitte nicht böse sein. Aber seine Frau, ich glaube Alisa hieß sie, war eine typische südländische Schönheit. Bildhübsch, schlank und spielte hervorragend Tennis." Charlotte nickt und ergänzt:
„Das stimmt, da muss ich neidlos zustimmen. Alle Kerle auf dem Platz verdrehten sich den Kopf nach ihr. Wenn sie einen Lover gehabt hätte, hätte ich es noch verstanden, aber so mutete das Ganze seltsam an."
„Also haben wir uns dann über Nacht von Ivo getrennt. Das riss ein ziemlich großes Loch in den Trainingsbetrieb. Johann und ich mussten ganz schön viel Kritik einstecken. Johann rückte aber nie wirklich mit der Wahrheit raus. Wir für unseren Teil ließen noch unsere Schläger bei Ivo privat neu bespannen oder reparieren. Das Ganze endete dann natürlich schlagartig mit Annas Tod."
Nach einer fast vier Stunden dauernden Befragung sehen alle sehr müde aus.
Aber Michael will es jetzt zu Ende bringen und fragt weiter: „Wie waren jetzt noch mal die Namen der Trainerfamilie?"
„Der Trainer Ivo Franjo, die Ehefrau Alisa und der Junior hieß Antonio Josip, aber alle riefen ihn Toni. Der Nachname Abramovic. Sie kamen aus Jugoslawien, dem heutigen Kroatien. Mehr weiß ich aber beim besten Willen nicht. Meine Frau und ich können jetzt nicht mehr. Wenn Sie noch Fragen haben, können sie ja anrufen. Ich danke für ihren Besuch." Ruben erhebt sich und komplimentiert die Beamten raus. Erschrocken sehen sich Michael und Jenny an und packen ihre Utensilien zusammen. Während Michael seine Jacke anzieht, lässt er es sich aber nicht nehmen, sich noch zu bedanken: „Liebe Familie de Vos, haben Sie vielen Dank für Ihre Geduld und Zeit. Ich denke, es hat uns schon weitergeholfen und gern würde ich Ihr Angebot annehmen und

Sie anrufen, wenn noch Fragen auftauchen. Umgekehrt würden wir uns natürlich freuen, sollte ihnen noch etwas einfallen, wenn Sie uns dann anrufen würden."
Michael reicht seine Visitenkarte an Charlotte und seine Hand zum Abschied. Jenny tut es ihm gleich und folgt ihm dann zum Ausgang, wo Ruben bereits ungeduldig wartet. So freundlich und herzlich der Empfang war so unfreundlich war dann doch die Verabschiedung. Die beiden machen sich schweigend auf den Weg zum Auto. Der Kopf ist voller Informationen, die wie ein Schwarm Bienen umherfliegen. Ordnung muss jetzt her und gerade versucht jeder beiden diese für sich herzustellen. Nur so richtig will es keinem gelingen. Dieser Zustand setzt sich fort, auch noch, als dann sie Amsterdam wieder verlassen haben und sich bereits wieder auf der Autobahn Richtung Heimat befinden. Michael sitzt jetzt am Steuer, gelangweilt liegt sein rechter Arm auf der Mittelkonsole, als er das Wort ergreift:
„Weißt du was, du hast so viel notiert, lass uns das Ganze morgen noch einmal in Ruhe durchgehen und besprechen. Lass uns jetzt mal sehen, was wir sonst noch für offene Punkt haben. Frank Roth zum Beispiel. Haben wir was zu ihm, die KTU war mir da was schuldig. Ich ruf mal an." Die Kurzwahlnummer der KTU. Es klingelt, der Ruf geht durch.
„Möllenkamp, KTU, was kann ich für Sie tun?"
„Herr Möllenkamp, Brenner hier. Sind Sie allein bei der Arbeit? Spaß bei Seite, was können Sie mir zu den Verbindungsnachweisen sagen?"
„Gut, dass Sie anrufen. Ich hätte Sie ohnehin vor Ende meiner Schicht angerufen. Sie hatten ganz Recht, eine Auffälligkeit war im Mail- und Handyverkehr von Herrn Lothar von Cappenberg zu vermerken. Fast täglich hatte er in den letzten Monaten Kontakt zu einem Herrn Frank Roth. Bis zu zehn Telefonate täglich. Die anderen Kontakte weisen jetzt keine Auffälligkeiten auf. Informationen und Kontaktdaten sende ich Ihnen per Mail. Die anderen Gesprächsnachweise erhalten Sie im Laufe der Woche zur Vervollständigung der Aktenlage. Ich denke, das war's für heute. Schönen Feierabend."
„Das war aber mal kurz und bündig. Wieso eigentlich Frank Roth? Den Namen hast du schon eben bei der Familie de Vos genannt. Was weißt du?", stellt Jenny Michael zur Rede. Da sie aber weiß, dass Michael auf solche Ansagen nicht reagiert, hängt sie an ihre Frage noch ein seichtes Lächeln.

„Sagen wir es mal so. Meine Quelle ist ein wenig schneller und unbürokratischer in Sachen Screening von fremden Servern oder Ähnlichem. Dabei möchte ich es belassen, bitte frag nicht weiter. Aber so wird das Bild immer vollständiger, meinst du nicht auch?"
„Stimmt. Alles dreht sich um diesen Sommer 1986, die Jungentennismannschaft, Annas Freitod und vielleicht noch um den Trainer, da bin ich mir aber nicht sicher. Dieser Frank Roth, warum erscheint der nirgends? Ich habe in allen Systemen gesucht, du weißt DNA und Zahnprofile, einfach nichts."
„Es gibt so Leute, die haben sich von Anfang an aus allem rausgehalten." Michael spielt damit auf die Entwicklung im IT Bereich an.
„Nur das Notwendigste! Mail und Handy und das vielleicht unter falschem Namen oder wie auch immer. Egal Herr Frank Roth ist gefunden und ich setze jede Wette, dass er unser erstes Opfer ist."
„Du wirst wahrscheinlich Recht haben. Ich schau mal eben auf deine Mails, o.k.?" Jenny nimmt sich Michaels Smartphone und öffnet die Mail-App. Die Mail der KTU lädt sich runter, es dauert und dauert, weil der Netzempfang nicht so gut ist. Alles ist geladen und Jenny öffnet die Datei.
„Da Name und Adresse. Der Durchsuchungsbeschluss hängt auch mit dran. Soll ich ihn zur Unter-schrift an Herrn Berg weiterleiten?"
„Ja klar. Dann kann die SPUSI morgen alles auf den Kopf stellen. Wo wohnt er denn?"
„Merowingerstraße 215b in Bilk."
„Bitte gib das mal ins Navi ein. Mal schauen, wann wir da sein können."
„Was hast du vor?"
„Weiß ich noch nicht so genau, wenn wir da sind werden wir es sehen." Dabei grinst er dreckig und drückt aufs Pedal.
„Das Navi zeigt 19:43 an."
„Das sieht gut für mich aus. Dann fahren wir mal in die Merowingerstraße in Bilk."
„Was erwartest du dort?"
„Es gibt nur zwei Szenarien, Herr Frank Roth aus der Merowingerstraße ist unser erstes Opfer am Ägyptischen Kreuz oder er

ist der Täter. In beiden Fällen müssen wir seine Wohnung durchsuchen. Was meinst du?"
Jenny verzieht das Gesicht und ergibt sich ihrem Schicksal - Endlosüberstunden stehen wieder an.

Kapitel 22 – Wie alles begann

Trotz einer leichten Dunstglocke strahlt Düsseldorf-Bilk in der untergehenden Sonne. Der Stadtteil, der in der Vergangenheit vorwiegend für seinen hohen Ausländeranteil und veraltete Häuserschluchten bekannt war, blüht nun nach den letzten städtebaulichen Maßnahmen auf. Ein multikultureller Mix aus asiatischen, orientalischen und europäischen Facetten prägt das Bild der Straßen in Bilk. Südländische Marktkultur neben deutschen Rechtsanwälten, asiatischer Teeladen neben türkischem Zahnarzt, wohnen zwischen Alt und Jung, Großfamilien und Singles, bunte Lebensfreude versprüht dieses neugeschaffene Wohn- und Arbeitsumfeld.
Vor dem türkischem Obst- und Gemüsegeschäft in der Himmelgeister Straße stehen Hermann Fischer und der Inhaber des Geschäfts Erkan Pekcan und unterhalten sich.
„Wann fährst du wieder in die Heimat?", fragt Hermann Fischer und stellt seine beiden weißen Plastiktüten voller Obst und Gemüse auf den Bürgersteig.
„Ich fahre Dezember, Bruder besuchen."
„Das ist schön, wie geht es Selim denn? Hat er seinen Unfall gut verkraftet?" Selim, der ältere Bruder von Erkan war bei Bauarbeiten an seinem Haus vom Gerüst gefallen und zog sich dabei einen Beinbruch zu. Selim hatte bis vor fünf Jahren das Geschäft in Bilk gemeinsam mit seinem Bruder geführt, ist aber dann zurück in die Türkei gegangen, um die damals erkrankte Mutter zu pflegen. Nach dem Tod der Mutter ist er in der Heimat geblieben und betreibt auch dort einen kleinen Obst- und Gemüseladen.
„Geht wieder. Steht im Laden und verkauft Tomaten." Dabei lacht Erkan aus vollem Herzen, sodass Hermann gar nicht anders kann, als mitzulachen. Nach weiteren zehn Minuten freundlicher, herzlicher Unterhaltung verabschiedet sich Hermann Fischer von Erkan Pekcan mit Handschlag, nimmt seine Tüten und trottet die Straße hoch.
Herr Fischer ist pensionierter Betriebselektroniker, wohnt seit seiner Geburt in diesem Viertel und kann sich gar nicht vorstellen, hier wegzuziehen. Diese neue Atmosphäre in seinem Kiez gefällt ihm gut.

In seiner alten Firma hatte er auch viel Kontakt zu anderen Kulturkreisen. Das hält ihn jung, betont er immer wieder und genießt die paar Meter Fußweg zu seiner Wohnung. Der kleine, runde, grauhaarige Mann setzt seinen Weg fort und ab und zu sieht man, wie er tief durchatmet und mit einem zufriedenen Lächeln auf den Lippen den grauen Betonbürgersteig entlang wackelt. Als er an seinem Wohnhaus in der Merowingerstraße 215b ankommt, stehen zwei Gestalten vor dem Haus und sehen sich alles ganz genau an. Er ist zwar pensioniert, arbeitet aber auf Stundenbasis als Hausmeister für die Wohnungsbaugenossenschaft und erachtet es als seine Pflicht, die beiden Figuren auf ihre Absichten anzusprechen:
„Hey, Sie da, kann ich Ihnen helfen? Wen oder was suchen Sie?", feuert Hermann Fischer nicht gerade freundlich raus. Man weiß ja nie und Gestalten mit unlauteren Absichten werden so erst einmal auf Abstand gehalten.
„Guten Abend erst einmal.", erwidert Michael freundlich. „Wir sind die Kriminalbeamten Brenner und Schneider, LKA Düsseldorf." Dabei halten beide ihren Ausweis in die Luft. Herr Fischer, noch niemals konfrontiert mit einer solchen Situation, reagiert misstrauisch.
„LKA, was ist das? Darf ich die Ausweise mal genau sehen?" Seine Hand geht Richtung Michaels Ausweis. Mit einem Lächeln reicht ihm Michael den Ausweis.
„So, so Michael Brenner, Kriminalhauptkommissar, Landeskriminalamt Düsseldorf. Das Bild ist aber nicht aktuell, was? Da haben Sie aber Glück, dass ich so gute Augen habe", schmiergelt Hermann sich einen. „Was wünschen Sie?"
„Wir möchten zu Frank Roth. Der wohnt doch hier?", ergreift Jenny das Wort.
„Ja. Frank ist mein Nachbar. Er wohnt auf der anderen Flurseite. Was wollen Sie denn von ihm?"
„Ich denke, das geht Sie nichts an." Herrisch fährt Michael ihn an. Der kleine Hermann Fischer konnte einem in dem Moment schon leidtun, aber Michael ist im Recht.
„Schon gut. Beruhigen Sie sich. Ich weiß nicht, wo Frank ist. Hab ihn schon seit Wochen nicht mehr gesehen. Anfangs dachte ich, er wäre in den Urlaub gefahren. Aber jetzt, keine Ahnung"
„Sie kennen Herrn Roth persönlich?"

„Was heißt persönlich? Wir kennen uns als Nachbarn. Wir grüßen uns oder helfen uns mal mit Mehl aus. Freunde sind wir aber nicht. Wollen wir nicht besser ins Haus gehen?"
„Guter Vorschlag. Nach Ihnen", erwidert Michael und mit der klassischen Geste des Vortrittgebens weist er zur großen braunen Massivholztür. Herr Fischer geht voraus. Vor der Tür will er gerade eine seiner beiden Tüten abstellen, da greift Jenny helfend ein und nimmt ihm dies ab. Aus der Hosentasche seiner braunen Cordhose holt er einen riesigen Schlüsselbund und schließt die Eingangstüre auf. Sie gehen die ersten fünf Stufen bis ins Hochparterre.
Die linke Wohneinheit wird von Herrn Fischer bewohnt. Die beiden Beamten inspizieren schon die rechte Tür, ob irgendetwas Seltsames zu erkennen ist. Aber erwartungsgemäß ist nichts Auffälliges zu sehen. Sie betreten die Wohnung von Herrn Fischer. Der sogenannte Gelsenkirchener Barock erwartet sie. Aus dem Flur sieht man schon schwere Eichenmöbel inklusive der klassischen schweren, massiven, alles erschlagende braunen Schrankwand. Im Flur eine kleine Garderobe, welche von kleinen Hirschgeweihen umrahmt wird.
„Bitte nehmen Sie Platz." Hermann Fischer weist in Richtung Wohnzimmer. Die Beamten saugen noch ein paar Eindrücke auf und gehen dann in die gute Stube.
„Herr Fischer, bitte geben Sie uns doch ein paar Informationen zu Ihrer Person. Nur fürs Protokoll, versteht sich", beginnt Jenny, Herrn Fischer äußerst freundlich zu befragen.
„Beginnen wir doch mit Name, Geburtsdaten und so weiter."
„Gut. Name: Hermann Josef Fischer, geboren am 22. Mai 1948 in Düsseldorf-Bilk. Verwitwet, wohnhaft, Merowingerstraße 215b; Düsseldorf-Bilk, Rentner und nebenbei mache ich Hausmeister-dienste. Hoch offiziell angemeldet, keine Schwarzarbeit", betont Herr Fischer mit großen Augen und freundlichem Blick.
„Schon gut. Das interessiert uns nicht. Was aber interessant ist, ist Ihre Hausmeistertätigkeit. Haben Sie einen Generalschlüssel für alle Wohnungen?" Mit scharfem Geschichtsausdruck starrt Michael den alten Herrn Fischer an.
„Ja, den habe ich. Aber ich habe ihn noch nie benutzt." In abwehrender Haltung verteidigt Herr Fischer den Besitz dieses Schlüssels. Michael

wendet sich an Jenny: „Bitte frag du weiter, ich muss mal eben telefonieren."
„Okay." Michael steht auf und geht zurück in den Flur. Hinter sich schließt er die Wohnzimmertür und drückt die Kurzwahltaste für Ralph Berg. Der Ruf geht durch, ausnahmsweise Mal nicht besetzt. Aber um zwanzig Uhr soll das auch mal möglich sein. Michael öffnet vorsichtig eine Tür nach der anderen im Flur. Badezimmer, Küche und Schlafzimmer, aber nichts Besonderes, also schließt Michael die Türen wieder. Auf einmal ist Ralph Berg am Handy:
„Michael, was gibt's denn? Ich bin im Auto, aber du kannst sprechen."
„Hallo und bitte entschuldige die späte Störung. Wir sind hier gerade in Bilk an der Wohnung von Frank Roth. Dieser Frank Roth ist stark in unseren Fall verwoben. Jenny und ich haben die Möglichkeit in Roths Wohnung zu gelangen." Bei Ralph Berg rattern bestimmt die Gedanken, weil er weiß, dass es jetzt sehr wichtig ist, diesen Weg zu verfolgen.
„Gib mir bitte einen Grund, hilf mir."
„Frank Roth wurde von seinem Nachbarn Herrn Fischer seit Wochen nicht mehr gesehen. Reicht das?", erwidert Michael.
„Alles klar. Ich regele das. Die SPUSI mit Durchsuchungsbefehl kommt sofort zu dir. Wohin?" „Merowingerstraße 215b, Bilk."
„Gut! Morwinger 215b! Viel Erfolg und melde dich spätestens morgen Früh bei mir im Büro. Okay?" Innerlich befriedigt und stolz geht er zurück zu Jenny.
„Wo seid ihr?", mischt sich Michael in die Befragung ein.
„Wir haben die privaten Umstände von Herrn Fischer besprochen. Sein Sohn wohnt in München und er sieht seine Enkelkinder in der Regel nur zu Weihnachten. Aber wir können jetzt mit Herrn Roth fortsetzen. Was hast du erreicht?" Jenny konnte sich schon denken, mit wem Michael telefoniert hat und so manövriert sie das Gespräch in Richtung Michael, um ihm jetzt die Gelegenheit zu geben, in medias res zu gehen.
„Die SPUSI ist auf dem Weg."
„SPUSI?", wendet sich Herr Fischer fragend an Jenny.
„Spurensicherung. Kollegen von uns, wir müssen gleich in die Wohnung von Herrn Roth."

„Dann muss ich aber die Hausverwaltung informieren. Das geht nicht so einfach", echauffiert sich Herr Fischer.
„Bitte regen Sie sich nicht auf. Wir haben einen konkreten Verdachtsfall und müssen in die Wohnung. Die Kollegen bringen noch einen Durchsuchungsbefehl mit, dann ist alles amtlich und legitimiert. So, wir machen jetzt Folgendes. Sie beantworten uns bitte noch ein paar Fragen und wenn die SPUSI da ist, schließen Sie uns die Nachbarwohnung auf. Dann können sie gern die Hausverwaltung informieren."
„Wenn Sie meinen." Mit einem Gefühl, sich der Obrigkeit zu ergeben, senkt Herr Fischer leicht den Kopf und willigt ein.
„Also Herr Fischer, seit wann kennen Sie Herrn Roth und was können Sie uns von ihm erzählen? Und bitte, lassen sie nichts aus."
Dann wendet er sich an Jenny: „Diktiergerät?"
„Herr Roth und ich sind seit 1994 Nachbarn. Das weiß ich deswegen so genau, weil meine Frau in 1993 verstorben ist und ich zwei Monate vor ihm meine Wohnung bezogen habe. Davor habe ich nämlich mit meiner Frau in Gerresheim gewohnt. Ich wunderte mich damals noch, was so ein junger Kerl hier macht. Er hat nicht studiert und geht bis heute nur irgendwelchen Gelegenheitsjobs nach. Soweit ich weiß, hat er auch keine Ausbildung. Ansonsten weiß ich auch nicht sehr viel. Er redet nicht viel, aber freundlich ist er. Ab und zu, nein eigentlich regelmäßig, trinkt er einen über den Durst."
„Wie muss ich das verstehen?", hakt Jenny nach.
„So jeden zweiten Tag kauft er sich so billigen hochprozentigen Fusel. Ich frag mich immer wieder, wie er es dann morgens schafft, seiner Arbeit nachzugehen. Aber ist wahrscheinlich Übung."
„Was für einen Eindruck macht Herr Roth auf sie?"
„Wenn Sie mich so fragen, so scheint er ein sehr einsamer und verbitterter Mensch zu sein. Da ist was, was ihn nicht loslässt und er frisst es in sich rein. Um es ertragen zu können, ertränkt er den Kummer im Alkohol. Ich kenne das, ich hatte mal einen Kollegen in meiner Abteilung. Da war es sehr ähnlich. Dem konnte aber geholfen werden, Herr Roth lässt sich nicht helfen. Und wie Sie sehen, wohnen wir jetzt über zehn Jahre Tür an Tür. Wir duzen uns nicht, weder haben wir mal einen Kaffee oder ein Bier zusammen getrunken. Mehr weiß ich nicht. Leider kann ich Ihnen nicht weiterhelfen."

„Oh, das war schon ganz großartig. Wie sieht Herr Roth den aus? Größe, Haarfarbe und so weiter?"
„Größe kann ich schlecht schätzen. Er hat dunkle Haare, an den Seiten grau. Sehr dürr, wahrscheinlich wegen dem Schnaps und er raucht schrecklich viel. Manchmal stinkt der ganze Hausflur nach kaltem Rauch. Ekelig."
„Können Sie sich an die letzten Wochen erinnern. Ist Ihnen etwas an Herrn Roth aufgefallen. Sonderbares Verhalten oder Ähnliches?"
„Jaaa. Kurz bevor er verschwand, fragte er mich zweimal, ob ich ihm den Schnaps kaufen könne, er sei krank und dürfe das Haus nicht verlassen. Also habe ich ihm den Fusel gekauft. Aber zum Zigarettenautomaten, die Straße hoch, da konnte er selber hingehen. Fand ich eigenartig und vor allen Dingen, dass er dann auch in den Urlaub fahren konnte. Seltsam. Ich habe mich schon gefragt, wie er sich das leisten konnte?" Plötzlich klingelt Michaels Handy.
„Oh, die SPUSI ist vor der Tür. Herr Fischer, wenn Sie so freundlich wären", bittet Michael Herrn Fischer zu Tür. Herr Fischer geht zur Wohnungstür und mit der Haussprechanlage öffnet er die Tür. Vier Mitarbeiter stürmen den kurzen Weg die Treppe hinauf, mit dabei, das ganze Besteck.
„Hallo Männer", begrüßt Michael das Team. Da davon auszugehen ist, dass die Wohnung leer ist, schließt Michael, nachdem er von Herrn Fischer den Generalschlüssel erhalten hat, die Wohnungstür von Frank Roth auf. Vorsichtig schiebt Michael die Tür auf. Sie lässt nur zu circa 30 Prozent öffnen. Hinter der Tür liegen Männermagazine, Plastiktüten mit Müll, leere Bier- und Schnapsflaschen. Möbel eines normalen Haushalts sind unter den Bergen von Zeitungen, Magazinen, leeren Bier- und Raviolidosen und sonstigem Müll nicht zu erkennen. Michael und Jenny kämpfen sich wie Reinold Messner über den Everest durch den Müll, Zimmer für Zimmer. Da die Wohnung nur spiegelverkehrt ist und so groß wie die Wohnung von Herrn Fischer, ist bis auf das Wohnzimmer alles schnell gesichert. Die ersten SPUSI Experten versuchen bereits DNA-Spuren an den Getränkedosen zu sichern. Das letzte Zimmer, das Wohnzimmer liegt noch vor ihnen. Die Beamten rechnen mit dem Schlimmsten. Wenn alle Vermutungen und Indizien falsch sind, könnte sich hinter dieser Tür auch eine verwesende Leiche befinden. Auch das wäre nicht das erste Mal, dass ihm so etwas zustößt.

Behutsam drückt Michael die Klinke der Tür herunter und stößt vorsichtig die Tür auf. Aber was sie jetzt zu sehen bekommen, haben sie nicht erwartet.
Alles Schreckliche und Grausame lag für sie im Bereich des Möglichen, aber das, was war das? Ein absolut reiner, steriler weißer Raum bietet sich ihnen dar. Auf Hochglanz gereinigter grauer Linoleumfußboden, schneeweiße Wände und sogar saubere Fenster, alles sieht aus wie frisch geputzt und ein frischer Farbgeruch liegt in der Luft. Steril wie ein Krankenhauszimmer erscheint das Wohnzimmer. Jetzt öffnet Michael die Tür bis zum Anschlag und was sich ihnen jetzt darbietet, ist auch für den hartgesottenen Michael Brenner etwas Neues. Ein kleiner Tisch ungefähr 80 Zentimeter breit, 40 Zentimeter tief, 50 cm hoch und mit einer weißen Tischdecke und Umrandung dekoriert. Auf dem Tisch steht ein Kreuz, ein selbstgeschnitztes naturbraunes Ägyptisches Kreuz aus Holz. Rechts und links stehen zwei große weiße Kerzen ohne Kerzenständer auf dem Tisch. Vor dem Kreuz liegt eine verwelkte weiße Rose. Die weiße Rose, die Reinheit, Unschuld und Treue symbolisiert. Darüber hinaus kann sie auch ein Zeichen für Entsagung oder Tod sein. In der Liebe symbolisiert sie die wohl schmerzlichste Form der Zuneigung, die platonische Liebe. Michael und Jenny schauen sich mit weit geöffneten Augen an:
„Was ist das denn?", stammelt Jenny.
„Ich glaube, wir haben gerade unser erstes Opfer identifiziert. Fingerabdrücke oder andere Spuren werden wir allerdings hier wohl nicht finden. Ich frage mich nur, warum Herr Fischer nichts bemerkt hat? Komm, lass uns nochmal rübergehen. Den Rest hier macht die SPUSI." Und wieder kämpfen sich die Beamten durch den Dschungel von Bierdosen, Konserven und Zeitungen zurück zum Hausflur. Jenny klingelt und Herr Fischer öffnet die Tür. Als hätte er durch den Türspion alles beobachtet, so schnell ist er an der Tür. Aber wer will es ihm verübeln, so ein Aufgebot an Polizei und Action in der Merowingerstraße gab es wahrscheinlich seit Jahrzehnten nicht mehr, wenn überhaupt schon mal.
„Entschuldigen Sie Herr Fischer, in der Wohnung von Herrn Roth ist uns etwas aufgefallen. Das komplette Wohnzimmer ist klinisch rein und weiß gestrichen worden. Haben sie nichts bemerkt? Oder wer

könnte was gesehen oder bemerkt haben?" Herrn Fischer treibt es die Schamesröte ins Gesicht:
„Ich habe vergessen zu erwähnen, dass ich, als Herr Roth verschwand, für eine Woche bei meinem Sohn in München war. Ich habe es mir nur zusammengereimt. Aber die Frau Svoboda aus dem ersten Stock, die könnte mehr wissen, von der habe ich auch so einiges erfahren."
„Warum haben Sie uns das denn nicht gleich gesagt und warum waren Sie in München? Sie fahren doch nur zu Weihnachten zu ihrem Sohn?", setzt Jenny nach.
„Ich war so im Redeschwall, ich habe alles zusammengepackt, alle Infos halt. Als ich registriert habe, dass ich mit Fremdinformationen hausieren gehe, war's zu spät. Ich wollte mir die Blöße nicht geben, bitte entschuldigen Sie. Beim nächsten Mal, mach ich es besser."
„Wollen wir mal hoffen, dass es kein nächstes Mal gibt. Nochmal, warum waren Sie außer der Reihe in München?", schleudert Michael Herrn Fischer an den Kopf.
„Ich habe in einer Tombola ein Bahnticket gewonnen", antwortet Herr Fischer.
„Bei welcher Tombola?"
„Keine Ahnung, ich mache schon lange bei keinem Kreuzworträtsel oder irgendwelchen Tombolas mehr mit. Ich dachte, ich wäre noch von früher registriert und habe deshalb etwas gewonnen. Hin- und Rückfahrt noch im selben Monat einzulösen. Einem geschenkten Gaul schaut man nicht ins Maul oder?"
Die Beamten schauen mitleidvoll und kopfschüttelnd den armen mitleiderregenden Herrn Fischer an, verabschieden sich und gehen hintereinander die Treppe hoch. Dort im ersten Stock lebt seit über dreißig Jahren Frau Svoboda. Frau Tereza Svoboda ist sogenannte Sudetendeutsche und kam vor 70 Jahren als Kind mit ihren Eltern nach Düsseldorf. Frau Svoboda ist jetzt 76 Jahre alt und lebt von ihrer kleinen Rente, die sie sich als Lohnbuchhalterin verdient hatte. Kinder oder andere Verwandtschaft hat sie keine und so lebt sie mürrisch und verbittert in der oberen Wohnung. Die Beamten klingeln. Sie klingeln ein zweites und ein drittes Mal, dann erfolgt eine Reaktion. Ein lautes Brüllen hallt dumpf durch die Wohnungstür. Dann endlich wird die Wohnungstür langsam und bedächtig geöffnet.

„Eine alte Frau ist doch kein D-Zug. Was klingeln Sie denn so und überhaupt, wer sind Sie?"
Die Beamten schauen in ein von Falten zerfurchtes Gesicht, jetzt nicht unfreundlich, aber schon mürrisch.
„Die Kriminalbeamten Schneider und Brenner." Beide halten ihre Ausweise Frau Svoboda unter die Nase. Sie könnte reinbeißen, tut es aber nicht!
„Was wollen Sie denn? Lassen Sie mich bitte in Ruhe."
„Frau Svoboda, wir haben den Verdacht, dass unter Ihnen in der Wohnung ein Verbrechen stattgefunden hat. Können Sie uns behilflich sein und ein paar Fragen beantworten? Dürfen wir dazu hereinkommen?", drängt sich Michael auf, wobei er bereits mit einem Fuß in der Wohnung steht. Frau Svoboda bleibt wohl nichts Anderes übrig, und so lässt sie die Beamten in die Wohnung.
„Na also schön, dann kommen Sie mal herein. Kaffee habe ich aber keinen."
„Kein Problem, vielen Dank für Ihre Mühe", entgegnet Jenny und versucht dabei die Wogen zu glätten.
„Frau Svoboda, vor einigen Wochen als Herr Fischer verreist war, ist da etwas Seltsames vorgefallen? Waren Fremde im Haus? Handwerker vielleicht?"
„Ich kann mich nicht erinnern. Da war nichts."
„War der Herr Roth vielleicht mal in Begleitung?"
„Ah, jetzt wo Sie es erwähnen. Ja, ich habe ihn einmal in Begleitung einer großen blonden Dame gesehen. Aber sonst war da nichts."
„Eine große blonde Dame? Können Sie sie näher beschreiben? Größe, Statur oder besondere Merkmale wie Sommersprossen oder so ähnlich?"
„Hören sie mal junger Mann, wenn ich mal von oben aus meinem Fenster schaue, kann ich nicht jede Einzelheit erkennen. Meine Augen sind nicht so gut und die Brille ist auch nicht mehr die beste. Mehr kann ich Ihnen beim besten Willen nicht sagen. Bitte belästigen Sie mich nicht weiter." Michael merkt schon, heute können sie nichts mehr ausrichten.
„Vielen Dank. Dürfen wir Sie denn nochmal anrufen oder Sie rufen uns an, wenn Ihnen noch was einfällt. Ist das in Ordnung für Sie?" Michael reicht ihr seine Visitenkarte. Damit gehen Jenny und Michael auch

schon wieder aus der Wohnung. Auf dem Weg nach unten fragt Michael Jenny: „Kannst du noch mal eben bei Herrn Fischer klingeln und ihn fragen, ob er vielleicht noch das Bahnticket und den Briefumschlag hat. Vielleicht haben wir ja mal Glück. Ich gehe schon zum Wagen vor und warte. Okay?" Da Michael auf diese rhetorische Frage nicht wirklich eine Antwort erwartet, stoppt Jenny im Erdgeschoss und klingelt wiederholt bei Herrn Fischer. Michael unterdessen geht schnell nach draußen, schaut nach oben in die Bäume und atmet einmal tief durch. Gedanken schießen ihm durch den Kopf. „Große blonde Frau. Natürlich!" Er rennt zu seinem Wagen und öffnet die hintere Tür. Auf dem Rücksitz steht noch die Kiste mit den Fotos. In Amsterdam schmiss er oben auf den Stapel das Foto der Familie de Vos. Er starrt das Foto an. Charlotte und Tess sind beide große Frauen und haben blonde Haare.

„Vielleicht schließt sich der Kreis, jetzt doch schneller als erwartet", denkt Michael. Da kommt auch schon Jenny.

„Gut, dass du da bist. Schau dir das Foto an." Jenny schaut erst gar nicht hin.

„Daran hatte ich schon gedacht, aber es wieder verworfen. Das sind keine Mörder. Schau dir das doch an. Wenn sie es waren, bräuchten sie einen Komplizen. Oder?"

„Das mag sein und ich hatte sie auch erst nicht auf dem Schirm. Trotzdem, bitte lass morgen durch die Amsterdamer Kollegen die Alibis überprüfen. Danke."

„Kann ich dich zu Hause absetzen?", fragt Michael seine Kollegin, als er losfährt.

„Das wär toll."

„Gut! Schlaf dich morgen aus. Wir müssen morgen auf die Rolle."

„Wie jetzt, was meinst du?"

„Morgen Abend rekonstruieren wir den letzten Abend der Herren Dallmann und van Reek. Auf in die Altstadt. Das wird ausnahmsweise Mal spaßig und nicht so trist."

„Was du so unter Spaß verstehst."

Die letzten Meter zu Jennys Wohnung verbringen sie schweigend vor Müdigkeit. Nachdem sich Jenny verabschiedet hat, fährt Michael ausnahmsweise mal wieder zu seiner Wohnung in der Kühlwetterstraße im Zooviertel.

Kapitel 23 – Die einsamen Container

In einem parkenden silbernen SUV sitzt Claudia. Claudia Kortmayer ist Krankenschwester im Schichtdienst in der Uniklinik in Düsseldorf. Sie hört bei geöffnetem Fenster und angewinkeltem Schiebedach Lokalradio. Gedankenverloren schaut sie auf die gegenüberliegende Industriehalle. Sie ist blass, sie grübelt. Wie bringe ich es ihm nur bei? Claudia ist seit zehn Jahren mit Martin zusammen. Seit letztem Jahr im Sommerurlaub auf Ibiza sind sie verlobt. Der Termin steht fest, im Mai nächsten Jahres soll geheiratet werden und nun das.
Claudia hat sich in den neuen jungen Assistenzarzt Marc verliebt. In einer gemeinsamen Nachtschicht ist es geschehen. In einem frisch renovierten, nicht freigegebenen und nicht belegten Zimmer in dem neuen Flügel der Universitätsklinik ist es passiert, was nie hätte passieren dürfen. An diesem besonderen Abend, Claudia hatte Geburtstag und musste trotzdem Nachtschicht schieben. Martin hatte einen freien Abend und hatte sich mit Kumpels zum Fußball auf Pay-TV verabredet. So weit so gut, aber er rief sie nach zwölf nicht an, geschweige denn eine SMS erschien auf ihrem Smartphone. Nichts. Den ganzen Abend, wie auch schon die letzten Wochen war Marc sehr höflich und freundlich zu ihr. Zwischen ihnen hatten sich auch schon Wortgefechte mit Flirtfaktor entwickelt, so dass eine sexuelle Spannung in der Luft lag, die jeden Augenblick explodieren konnte. An diesem Abend sollte es dann soweit sein. Claudia ging den langen Krankenhausflur entlang zu einem Teewagen, der vor Zimmer 24 stand. In der Hand trug sie das Wasserglas der Patientin aus Zimmer 8. Sie bemerkte, dass Marcs Blicke sie verfolgten und ihre Rundungen genau scannten. In diesem Augenblick wusste sie, was zu tun war. Sie stellte das Glas ab, warf ihren langen braunen Zopf zur Seite und schaute ihn an. Sekunden vergingen wie eine Ewigkeit. Sie ging, jetzt aufreizend und hüftschwingend, weiter zu Zimmer 28 und ließ die Tür offenstehen. Marc folgte ihr in gebührendem Abstand. An der Tür angekommen, stieß er sie, fast schüchtern, so machte es den Eindruck weiter auf. Vorsichtig setzte er einen Schritt vor den anderen. Es war sehr dunkel und die Laternen auf dem Unigelände spendeten dürftig

Licht. Im Halbschatten sah er sie. Claudia erwartete ihn, ihr Kittel war schon geöffnet und Marc konnte deutlich erkennen, dass sie nichts mehr drunter trug. Jetzt war der Bann gebrochen, sie fielen übereinander her. In einem Anfall ekstatischer Leidenschaft eines Stummfilms, obwohl ein sanftes intensives Stöhnen trotz aller Anstrengungen nicht zu vermeiden war, hatten sie den Sex ihres Lebens. Claudia weiß seitdem, dass sie ihr Leben ändern muss.
Ob Marc der Richtige ist und ob sie eine Zukunft haben, dass weiß sie nicht, das ist aber jetzt auch nicht wichtig. Eines aber weiß sie ganz genau, ein Leben mit Martin geht so gar nicht und deshalb steht sie heute hier, um mit ihm zu reden. Sie will es ihm sagen, bevor sie sich noch verliert und ihn noch schlimmer verletzt. Sie wird ihn verletzen, das ist klar, aber die Art und Weise ist für sie wichtig. Kein Ende oder ein Sterben auf Raten, er soll es von ihr erfahren nicht von seinen Freunden oder sonst jemanden. Besser jetzt sofort reinen Tisch machen. Claudia schaltet das Radio aus, um noch einmal Ruhe zu haben, damit sie sich ihre Worte zurechtlegen kann. In Gedanken glaubt sie auf einmal Musik zu hören. Die kommt aus der alten Halle.
Auf einmal reißt Martin die Beifahrertür auf und schmettert ihr fröhlich ein „Hallo Schatz" entgegen. Claudia begrüßt ihn mit den gleichen Worten, startet den Motor, fährt los und verdrängt den Gedanken, Musik gehört zu haben. Hat sie wirklich gerade Tainted Love gehört? Nein, das konnte nicht sein.
Die Halle liegt da im gleißenden Licht der untergehenden Sonne. Alles scheint so friedlich. In der Halle ist die Zeit stehen geblieben. Alles sieht verweist aus. Nur die Container in der Mitte der Halle scheinen Leben in sich zu bergen, wie eine große Gebärmutter mit zwei befruchteten Eiern in der Mitte. Nur ein Ei ist tot. Was ist mit dem anderen? Plötzlich wird die Tür aufgerissen und eine nackte, schlanke Erscheinung schreitet aus dem Container hinaus in die Halle und geht zum ehemaligen Werksbüro. Ein wenig bleibt die Tür offenstehen und man sieht deutlich Jan-Paul van Reek auf seinem Lager der vergangenen zehn Tage liegen. Ein Tropf versorgt ihn, die Spuren eines künstlichen Komas mit Zwangsernährung sind schon jetzt deutlich zu erkennen. Seine Beckenknochen und auch seine Rippen stoßen hervor. Ungepflegte Haare und ein Bart tun ihr Übriges, um das schauerliche Abbild eines Adonis darzubieten. Mitleiderregend, eingefallene dunkle

Augenränder und Wangen. Wie kann ein solcher Mann derart schnell zusammenfallen? In diesem Moment unterbricht die nackte Person beim Betreten die bizarre Szenerie, kontrolliert den Tropf und setzt sich dann wie selbstverständlich an das Bett von Jan-Paul. Eine liebevolle Tante ist zu Besuch, so hat es den Anschein. Leise und stöhnend spricht er mit ihm:
„Jan, wie geht's dir? Leider habe ich schlechte Nachrichten für uns beide. Die Polizei patrouilliert um unser Domizil. Wir müssen noch warten, aber das macht dir doch nichts aus oder? Unser Moment wird kommen und dann werden wir unsere aufrichtige Reue schon gebührend präsentieren. Was meinst du? Nur schade, dass du mich nicht mehr erkennst. Mach dir nichts draus. Peter war der Einzige, der mich erkannt hat. Selbst Frank, mit dem ich so viel Zeit verbracht habe, ist nicht draufgekommen, wer ich bin oder warum er Buße tun musste."
Er steht auf, holt eine Decke und legt sie Jan-Paul um seine Füße, dann fährt er fort:
„Du warst meine Hoffnung, aber du hast mich mehr als alle anderen enttäuscht. Aber das ist nicht so tragisch. Wir haben unser Symbol und unseren Schmerz, er wird alles heilen. Und wie es aussieht, ist da draußen jemand, der uns verstehen wird."
Er steht auf und zelebriert jetzt seine Worte, als würde er von einer Kanzel predigen:
„Ja, jemand wird uns verstehen und unseren Schmerz in die Welt hinaustragen. Wenn das Ende gekommen ist, werde ich mich ihm zu erkennen geben und wir werden dein Opfer der Reue preisen und jeder wird verstehen, warum du so sterben wolltest und nicht anders.
Ich werde dir sogar Gelegenheit geben, deine Reue hinauszuschreien. Dann kannst du befreit deinem Schöpfer entgegentreten. Jan, du glaubst gar nicht, wie befreiend das ist. Die anderen Drei haben es auch gespürt und dankten es mir. Ich habe es deutlich in ihren Augen gesehen. Der Dank, die Sünde gesühnt zu haben und wieder rein zu sein. Ich bin traurig für dich, aber auch wütend, dass du noch auf deinen besonderen Moment warten musst. Wir werden es meistern oder? So lange musstest du warten. Da können wir auch noch ein paar Tage durchhalten. Liege ruhig Jan, es dauert nicht mehr lange. Die Vorfreude steigt in mir hoch und ich spüre dein deutliches Verlangen nach einem Ende. Lieber Jan, ich verstehe dich, wenn nicht ich, wer dann?"

Langsam und bedächtig steht er auf, schreitet zum Kopfende des Bettes und streicht sanft mit seinem rechten Handrücken über Jans Oberschenkelinnenseite. Stimulierend fahren die Fingerkuppen über die Lende, die Bauchmuskeln, umkreisen verspielt die Brustwarze bis er abschließend weich über die Wange streicht. Er beugt sich vor und flüstert Jan in Ohr:
„Liebster, ich muss jetzt gehen. Sei nicht traurig, ich komm' bald wieder. Jetzt werde ich alles für uns beide vorbereiten. Es wird unser privates Fest, unser gemeinsamer Höhepunkt und niemand soll uns stören oder? Gedulde dich mein Liebster, bald ist es soweit."
Mit Bedacht richtet er sich auf und schreitet elegant aus dem Container. Die schwere Containertür wird verriegelt und im Laufschritt läuft er zum Büro. In der Ecke des Büros steht ein alter Aktenrollschrank. Der Rollladen fällt nach dem Drehen des kleinen Schlüssels mit lautem Getöse nach unten. Der Schrank wurde umfunktioniert, er dient als Kleiderschrank und neben den verschiedensten Kleidern und Röcken hängt ein schwarzer Overall. Unter dem Overall stehen farbgleiche Kampfstiefel. Der bizarr anmutende, nackte Mann legt die Kampfuniform raus. Zelebrierend zieht er sich nun um.
Jeder Handgriff sitzt, der Kampfoverall wird wie eine zweite Haut übergestreift. Er schaut sich im Spiegel der Kommode an und setzt sich auf seinen Stuhl. Beherzt greift er in ein Döschen mit dunkelgrüner Tarnschminke. Rund um die Augenpartien wird alles dunkelgrün und mit einem schwarzen Stift verfeinert er den Camouflage-Look. Er greift nach den Boots und sie werden fest verschnürt. Die Hände verschwinden in schwarzen Kunstlederhandschuhen. Als letztes setzt er eine Helmhaube und einen mattschwarzen Helm auf. Voll ausgerüstet verlässt er das Büroeck und geht wieder quer durch die Halle in Richtung der Container. Nur dieses Mal bleiben die Container links liegen, er geht an ihnen vorbei nach hinten. Hinter dem Container, in dem Jan liegt, steht eine pechschwarze Triumph Street Triple.
Im Container starrt derweil mit weiten Augen Jan-Paul die Decke an. Er kann keinen einzigen Muskel bewegen. Kein Finger, kein Zeh reagiert auf das Kommando seiner Synapsen. Plötzlich hört er das zerstörende Aufheulen eines Motorrades. Das Gebrüll der Maschine wird durch die Hallwirkung der Container noch verstärkt. Wenn er doch nur könnte, dann würde er sich die Ohren zuhalten.

Wie ein Reiter der Apokalypse fährt ein schwarzes Bike aus der Halle in die Nacht. Während sich ein Unheil durch die Nacht bewegt, lümmelt Michael mal wieder, nach allen Intermezzos der letzten Tage auf seinem Ledersofa und starrt in seinen Whiskey. Seltsam nur, er trinkt nicht. Gedanken schießen wie Maschinengewehrsalven durch seinen Kopf. Ein Tennisteam, bestehend aus vier Jugendlichen wird im Erwachsenalter nacheinander auf bestialische Art und Weise ermordet. Ein junges Mädchen begeht Selbstmord in dem Jahr, in dem scheinbar alle eine erfolgreiche und schöne Zeit haben. Dann noch ein verbindendes Element, die Tennisdarmsaite. Die junge Anna Lynn erhängt sich mit der Saite. Das Tennisteam, Frank Roth, Lothar von Cappenberg, Peter Dallmann, Jan-Paul van Reek und Anna Lynn de Vos wurden von dem Trainer Adamovic trainiert, der auch bei Bedarf die Tennisschläger neu bespannte. Was ist geschehen? Das Motiv kann nur in der Vergangenheit liegen, die Mordopfer haben in der heutigen Zeit keinen gemeinsamen Bezug. Michael springt vom Sofa, packt sein Mobiltelefon und drückt die Kurzwahl fünf für Jenny. Es klingelt.
„Bist du verrückt! Hast du mal auf die Uhr gesehen?", schimpft Jenny.
„Ja, ja, hab verstanden. Aber ich habe da was, was mir keine Ruhe lässt."
„Okay. Dann schieß los! Was geht dir denn nicht aus dem Kopf?" während Jenny fragt geht sie in die Küche und schaltet ihre Kaffeemaschine ein.
„Wir haben ein Tennisteam mit vier Jungs, welches jetzt nach gut 30 Jahren nacheinander ermordet wird. Jan-Paul van Reek ist, so hoffe ich noch nicht tot, aber er wird es bald sein, wenn wir den Zusammenhang nicht herstellen! Also Jan-Paul war es, der auch mit Anna-Lynn zum Zeitpunkt ihres Suizids befreundet war. Dann war da noch der Tennistrainer der Jan-Paul und Anna-Lynn betreute. Eben genau dieser Trainer verdiente sich nebenher noch ein wenig Geld mit der Neubespannung von Tennisschlägern mit Darmsaiten. Tennisdarmsaiten mit denen unsere Opfer jetzt gefesselt werden!"
„Was für Schlüsse ziehst du?"
„Die Sachlage sagt mir, dass Anna was zugestoßen ist, was sie in den Selbstmord getrieben hat. Die Jungs könnten dafür die Schuld tragen. Der Trainer passt mir aber noch nicht so ganz ins Bild. So wird aber die Zahl potentieller Mörder mit Motiv überschaubar. Ich sag mal, die

Familie de Vos und zwar alle, einzeln oder im Kollektiv, Ruben, Charlotte und Tess. Was meinst du?" Michael bereits in seiner Motorradkluft, ergänzt und beendet das Gespräch mit Jenny: „Genau! Den gleichen Gedanken habe ich auch. Bitte ruf doch mal bei den Kollegen in Amsterdam an. Die sollen umgehend das Alibi der gesamten Familie de Vos überprüfen. Ich habe Tess in Verdacht. Würde auch ins Bild passen. Sie hat den gewaltsamen Tod ihrer älteren Schwester nie verarbeitet. Nur warum jetzt, da fehlt mir noch die Storyline. Aber im Augenblick sehe ich Tess ganz klar im Focus. Ich fahre noch mal die überwachten Tennisplätze ab. Ich hab da so ein Gefühl."
„Es ist halb drei Uhr morgens, was meinst du denn zu finden?"
Aber das Gespräch ist bereits beendet und Michael geht durch das totenstille Treppenhaus und eben zu seiner Garage rüber. Nur gut, dass er sein Bike hinter den Daimler gestellt hat, so muss er um diese Uhrzeit keine große Umparkaktion starten. Er schiebt sein Bike auf die Kühlwetterstraße und startet den Elektrostarter. Langsam und geräuscharm fährt er die Kühlwetter bis zur Grunerstraße hoch. An der Gruner biegt er rechts ab und fährt an stillen Wohnhäusern entlang. Das gedämpfte Licht der Straßenlaternen bietet eine ruhige und anheimelnde Atmosphäre. Ein Gefühl unschuldiger Ruhe. Er fährt sein Bike zivilisiert die Gruner hoch, über die Graf-Recke steuert er sein Motorrad sicher bis zum Rochus Tennis-Club in Grafenberg hoch. Auf dem Parkplatz vor dem Clubhaus steht ein Streifenwagen mit zwei Beamten in Uniform. Als Michael auf den Parkplatz einlenkt, steigen die zwei Polizisten aus dem Wagen und bleiben leicht verdeckt durch ihre Wagentüren am Fahrzeug stehen. Die rechten Hände liegen auf dem Waffenholster und der Ältere ruft Michael zu:
„Guten Abend, wer sind Sie? Was machen Sie hier um diese Uhrzeit?"
Bevor die Beamten dazu kommen, weiter zu sprechen, zieht Michael seinen Helm aus und ruft ihnen zu:
„Michael Brenner, LKA." Breitbeinig auf dem Bock sitzend, hält er seinen Ausweis in die Höhe. Da die Beamten den Ausweis auf die Entfernung nicht lesen können, geht der grauhaarige und ältere Beamte zu Michael. Einsatzbereit und mit der Hand am Holster prüft er den Ausweis.

„Ja, dann nochmal, einen guten Abend oder soll ich sagen guten Morgen Herr Brenner? Das ist Polizeimeister Albrecht und ich bin Polizeihauptmeister Ullrich. Wie können wir Ihnen helfen?"

„Vielen Dank. Ganz kurz zur Erklärung, ich bearbeite den Fall, weswegen Sie sich hier die Nacht um die Ohren schlagen müssen. Ich wollte nur einmal nach dem Rechten schauen. Haben Sie Zugang zur Clubanlage?"

„Ja. Das Tor wurde nicht verschlossen, damit wir dort immer Zugang haben. Jede Stunde machen wir unseren Rundgang. Wollen Sie uns begleiten? Ich glaube, es ist wieder Zeit."

„Ich nehme Ihnen die Runde ab und wie ich sehe, haben Sie noch einen Burger, der noch gegessen werden will." Michael hatte aus dem Augenwinkel gesehen, wie die Beamten bei seinem Eintreffen die Burger auf das Armaturenbrett geschmissen hatten.

„Ich versteh das. Eine öde Nachtwache, wirklich kein Problem. Ich geh' mal." Er legt seinen Helm und die Handschuhe auf den Sitz seines Bikes.

Von dem Beamten Ullrich lässt er sich noch die große MAC Stabtaschenlampe aus dem Auto reichen und geht die Treppe zum Clubhaus hoch. Oben am Clubhaus angekommen, stellt er sich breitbeinig in Richtung der Tenniscourts und leuchtet behutsam jeden Weg und Platz aus. Der Lichtkegel bewegt sich im Schritttempo über den Weg und die angrenzenden Rabatten zum Centercourt. Was sieht er denn da? Da steht jemand lässig mitten auf dem Court und schaut ihn in provokanter leicht zurücklehnender Haltung an. Gefühlt scheint es sich um Stunden zu handeln, aber in Wirklichkeit sind es Bruchteile von Sekunden, in denen Michael seinem Gegenüber auszuleuchten versucht. Er sieht nur eine dunkle Gestalt mit einem schwarzen Motorradhelm. Michael rennt los, überspringt die Treppe und sprintet den Pfad zum Centercourt entlang. Dabei schreit er:

„Bleiben Sie, wo Sie sind! Polizei! Bleiben Sie stehen!"

Der Unbekannte springt mit einem gekonnten Satz über die Spielfeldumrandung und rennt los, dabei nimmt er keine Rücksicht auf Wege oder sonstiges. Querfeldein rennen die beiden hintereinander her. Durch Gebüsche und an Bäumen vorbei. Michael muss aufpassen, dass ihm die zurückfliegenden Äste nicht ins Gesicht schlagen. Aus dem Nichts, Michael blickt wieder auf, nachdem er einem Ast ausgewichen

ist, steht der Kerl seitlich vor ihm und schlägt ihm seine Faust ans Kinn. Wie vom Transporter getroffen, sinkt Michael zu Boden. Dort liegt er, alle Viere von sich gestreckt wie ein erlegtes Wild. Benommen blickt Michael hoch und versucht noch Eindrücke zu erhaschen, aber was nun geschieht, damit hat er nicht gerechnet. Der Angreifer beugt sich über ihn. Michael kann nichts, außer die Smaragdgrünen Augen erkennen, ansonsten ist alles Schwarz. Und dann wird ihm auch schwarz vor Augen. Als die Beamten Ullrich und Albert das Geschrei hören, schmeißen sie ihren Burger abermals auf das Armaturenbrett und springen ein wenig unbeholfen aus dem Streifenwagen. Dementsprechend ist auch das Tempo, mit dem sie dann bei dem niedergeschlagenen Michael auftauchen. Der Kollege Albrecht ist der erste, der Michael erreicht. Er kniet nieder und spricht ihn an. Keine Reaktion. Dann fühlt er am Hals den Puls. Puls ist vorhanden. Er rüttelt ihn und zerrt an Michael, bis Wimpernschläge andeuten, dass Michael wieder zu Bewusstsein kommt. Mit leisem Wimmern und Stöhnen kommt Michael zu sich:
„Wo bin ich? Was ist passiert?" stammelt er.
„Herr Kommissar, Sie sind niedergeschlagen worden. Geht es Ihnen gut? Wie viele Finger zählen Sie?" Albrecht hält ihm in angelsächsischer Manier drei Finger vor die Nase.
„Drei, ich sehe drei Finger. Wollen Sie mir in der Nase bohren? Ist schon okay" Michael schupst den Kollegen beiseite und steht wieder auf. Sein Ego ist mächtig angekratzt und ungern will er diesen miserablen Eindruck noch vergrößern. Er fasst sich an die Nase. Alles voller Blut, aber nicht nur die Nase ist in Mitleidenschaft gezogen, auch die Stirn. Ein großer Riss, aus dem pulsierendes Blut rinnt. Immer noch schnaufend fragt Ullrich:
„Soll ich einen Rettungswagen rufen?"
Ein deutliches und unüberhörbares:
„Nein! Nein, ist nicht nötig. Ich regele das."
Er holt sein Mobiltelefon aus der Jackentasche und wählt eine Nummer, die er jetzt zum ersten Mal, aus mehr oder weniger privatem Grund anruft, Dr. Layla Abd-al-Rahman die Gerichtsmedizinerin. Der Ruf geht durch, wie auch nicht anders zu erwarten um diese Uhrzeit. Mittlerweile ist es halb fünf Uhr morgens.

„Hallo, wer ist da?", klingt es ziemlich verschlafen am anderen Ende der Telefonleitung.
„Morgen! Michael hier. Michael Brenner."
„Michael, was ist los? Wieder eine Leiche? Dafür ist aber die Nachtschicht zuständig." Dr. Rahmans Stimme ist deutlich anzuhören, dass sie nun hellwach ist. Michael hält sich ein geliehenes Taschentuch der Kollegen vor die Stirn. Die Nasenblutung ist bereits gestoppt.
„Ich bin leicht angeschlagen. Können Sie mich verarzten? Sie wohnen doch hier in der Ecke oder?"
„Wo sind Sie denn?"
„Auf der Anlage des Rochus Tennisclubs!"
„Okay, geben Sie mir zehn Minuten."
Während Michael am Tennisplatz sich das Blut abwischt oder eher verwischt, macht sich, Luftlinie circa 2 Kilometer entfernt, Dr. Rahman schon in ihrem MINI Cooper auf den Weg.
Nachdem sie durch die neu erstellten Häuserschluchten Am Wildpark, an den Rheinischen Kliniken und der Galopp-Rennbahn vorbeigefahren ist, erreicht sie die Tennisanlage und parkt sportlich ihren MINI vor den drei überfordert wirkenden Polizisten.
„Was ist geschehen?", fragt sie entrüstet in die Dreierrunde und hebt dabei Michaels Kopf ein wenig an, um sich einen ersten Eindruck zu verschaffen.
„Ich bin auf unseren Mörder getroffen, im wahrsten Sinne des Wortes."
Layla, die immer einen vollausgerüsteten Arztkoffer im Fahrzeug hat, beginnt die Wunden zu reinigen. Dann nimmt sie die Diagnostiklampe und testet die Pupillenreaktion, um etwaige Hirnschädigungen auszuschließen. Nachdem sie alles soweit im Griff hat und Michaels Gesicht nicht mehr blutverschmiert ist, stellt sie sich vor:
„Guten Morgen die Herren. Bitte entschuldigen Sie meine unfreundliche Art, mein Name ist Layla Abd-al-Rahman, Chefpathologin im Gerichtsmedizinischen Institut der Polizei Düsseldorf und Sie sind?"
Nachdem die Polizisten sich vorgestellt haben, geht Frau Dr. Rahman ins Detail:
„So, du musst ins Krankenhaus. Es scheint auf den ersten Blick nichts Gravierendes, aber ich benötige Röntgenaufnahmen und du hast ein leichte Gehirnerschütterung."

Benommen nickt Michael und weist die Kollegen an:
„Die Spurensicherung ist informiert?" Die Frage wird mit einem einstimmigen Ja beantwortet.
„Rufen Sie Frau Jenny Schneider an. Meine Kollegin aus dem LKA, sie soll hier die Leitung über-nehmen und mich dann anrufen. Verstanden?"
Und wieder ertönt ein einhelliges, diesmal genervtes Ja. Da meldet sich Dr. Rahman wieder zu Wort.
„Du kommst jetzt mit mir. Bitte zieh die Jacke aus, du versaust mir das Auto." Schnell geht sie zur Beifahrerseite und wirft ein großes Badehandtuch über die braunen Ledersitze. Der benommene Michael setzt sich ins Auto und wird von ihr angeschnallt. Mit einem sportlichen Getöse startet der MINI und Layla schlägt denselben Weg ein, den sie gekommen ist, nur diesmal fährt sie am Wildpark vorbei, fährt gerade aus und unten an der Tankstelle biegt sie rechts zum Gerresheimer Krankenhaus ab. Wegen des Notfalls nimmt Layla sich die Freiheit und fährt soweit wie möglich vor den Haupteingang. Mit einem Satz springt sie aus dem Fahrzeug, rennt ins Krankhaus zur Anmeldung und ruft außer Atem:
„Schnell, bitte, ich habe einen Verletzten bei mir."
Der Herr an der Anmeldung reagiert sofort, greift zum Hörer und mit einem Knopfdruck hat er auch schon den Notarzt am Ohr. Layla befindet sich schon wieder auf dem Weg zum Auto, als sie hinter sich das Getrabe von Pflegepersonal im Laufschritt und das Rollen einer Bahre hört. Eine Geräuschkulisse, die sie nur allzu gut aus ihrer Assistenzzeit her kennt. Kurz vor der gläsernen Schiebetür hat das Krankenhauspersonal sie schon fast eingeholt. Layla bremst ab um sie vorbeizulassen. Michael hat in der Zwischenzeit die Beifahrertür weit geöffnet und sitzt dort wie ein Häufchen Elend. Eine selbstverständlich in Weiß gekleidete Person stellt sich als Notarzt vor. Layla, die jetzt neben ihnen steht, als Michael die Bahre besteigt, stellt sich vor und weist auf Verletzungen hin, die sie bereits diagnostiziert hat. Dankend schieben der Arzt und die Pfleger die Bahre in Richtung Notaufnahme und ehe man sich versieht, sind sie schon verschwunden.
Zurück bleibt Layla mit Michaels Handy, das er ihr noch eben in die Hand drücken konnte. Lang-sam und bedächtig geht sie den Flur zur Notaufnahme entlang und erinnert sich nur widerwillig an ihre Zeit in

der Notaufnahme. Bilder ziehen schemenhaft durch ihre Gedanken. Die gesamte Notaufnahmestation in Aufruhr, ein schwerer Verkehrsunfall auf der A3 nahe der Abfahrt Mettmann. Schüler der Willi-Brandt-Realschule in Mettmann kamen damals von ihrem Tagesausflug aus dem Sauerland zurück. In einem unübersichtlichen Teil der Baustelle überschlug sich ein LKW und der Schulbus fuhr ungebremst in die Unfallstelle. Drei Tage Notfallversorgung und Operationen, das Grausamste war jedoch, Eltern die Nachricht über den Tod ihres Kindes zu übermitteln. Genauer gesagt waren es drei Mädchen und zwei Jungs - fünf Elternpaare und Geschwister verloren ein Familienmitglied. Eine Szene gefüllt von Weinen und Schreien, zusammengebrochene Mütter, Väter und Geschwister – das verfolgt sie noch heute im Schlaf. Langweilige vier Stunden vergehen bis ihr Michael verbunden auf dem langen, sterilen Flur entgegenschleicht. Die omnipräsente Frische scheint verloren und Layla grinst ein wenig vor Schadenfreude.
„Wie geht's dir? Was haben sie festgestellt?" Layla legt seinen Arm auf ihre Schulter.
„Kopfschmerzen, sonst nichts, alles okay Bitte frag nicht weiter."
Mit schmerzverzerrtem Gesicht schleicht Michael, geführt von Layla zu ihrem Wagen.
„Wo fährst du hin?" fragt Michael irritiert.
„Wir fahren zu mir, ist näher und ich habe dich unter Beobachtung. Keine Widerrede!"
Jeder Schritt schmerzt wie Hammerschläge im Kopf. Nach einer gefühlten Ewigkeit erreichen sie endlich die Wohnung und das herbeigesehnte Sofa. Fallend, wie eine Eiche, die zur Seite fällt, nach dem letzten Schlag der Axt, fliegt Michael auf das braune Ledersofa.
„Ich mach' dir Tee." Layla wirft Michael noch einen Blick zu und geht in die Küche.
Sie füllt Wasser in den Kocher und stellt ihn auf das kleine Feld auf ihrem Cerankochfeld. An ihrer Küchenzeile lehnend fällt ihr auf, dass ihre Hose mit Blut beschmutzt ist. Mit einem nassen kalten Lappen versucht sie das Blut zu entfernen. Auch während sie in ihr Schlafzimmer geht, reibt sie erfolglos an dem Fleck. Im Badezimmer entledigt sie sich ihrer Hose und wirft sie vor die Waschmaschine. Kopfschüttelnd steht sie vor ihrem Spiegel und schaut in ein von Müdigkeit gekennzeichnetes Gesicht. Mit großen Buchstaben steht dort

- Müde, Schlafen, Urlaub - geschrieben. Wie eine Schale fangen beide Hände kaltes Wasser auf und mit Schwung klatscht es sogleich in ihrem Gesicht. Eine nasse müde Layla starrt sie an, die meanderförmigen Lachfalten wirken wie Gefechtsgräben, tief und ausgefranzt.
„Oh Gott, ein Wellnesstag ist dringend angesagt!" Sie trocknet sich ab und geht zu ihrem Kleiderschrank. Aus einer riesigen Auswahl an Stoff- und Jeanshosen greift sie sich eine graue Röhrenjeans. Wieder im Wohnzimmer angekommen ist Michael verschwunden! Mit großen Augen schaut sie sich um und ruft nach ihm. Katzengleich springt sie von Raum zu Raum, aber nirgendwo ein Michael. In der Küche, an die Pinnwand genagelt findet sie eine Nachricht: "Vielen Dank, aber ich muss los! Wir sehen uns im Büro..." und daneben ein Smiley und ein „M."
„Dieser dumme Kerl! Er wird schon sehen, was er davon hat", flucht Layla.
Ein uraltes Strich-8er Mercedes Taxi Model chauffiert Michael zurück zum Rochus Club. Auf der Bergkuppe des Grafenbergs senkt Michael das hintere Fenster und schnappt frische Luft. Das beruhigende Knattern des Dieselmotors, die morgendlichen Singvögel lassen die Stimmung steigen und klarere Gedanken rasen wieder durch seinen lädierten Kopf. Fakt ist, dass er trotz seines Zusammenstoßes mit dem psychopatischen Mörder keinerlei Erkenntnisse gewonnen hat, aber er ist ihm verdammt nah gekommen und er hat seine Pläne durchkreuzt. Gemächlich biegt das Taxi ein und hält sänftenartig auf dem Parkplatz, auf dem seine Maschine steht. Michael drückt dem Taxifahrer zehn Euro mit den Worten „Stimmt so" in die Hand, steigt unter Schmerzen aus und wirft die Tür zu. Ein Streifenbeamter kommt ihm schon entgegen.
„Sind sie Herr Brenner vom LKA Düsseldorf?", fragt er.
„Ja, bin ich, was gibt's Neues?" Dabei hält er seinen Ausweis weit oben in die Luft. Nur ein Bergtroll oder Dirk Nowitzki hätte ihn lesen können, aber egal.
„Die SPUSI ist vor gut einer halben Stunde wieder gefahren. Sie haben nichts gefunden. Leider konnten wir Ihnen das nicht früher mittteilen, sie waren nicht erreichbar."
Mit einem flinken Griff in die Innentasche der Lederjacke zieht Michael das Handy und schaut auf seine Anrufe.

„Mist, steht auf lautlos. Zwölf Anrufe in Abwesenheit. Sie haben sich ja echt Mühe gegeben. Trotzdem Danke."
Er hebt die Hand zur Verabschiedung und geht zu seinem Motorrad.
„Wo ist mein Helm?", ruft er den Beamten zu.
„Hier."
Wie ein verletzungsbedingt ausgewechselter Fußballer schleicht er zum Streifenwagen.
„Wir haben den Helm sicherheitshalber in den Wagen gelegt. Nicht, dass er noch verloren geht." Breit grinsend schaut ihn der Silberfuchsbeamte an.
„Danke."
Michael nimmt zähneknirschend seinen Helm. Während er zurückdackelt, setzt er ihn auf. Wieder auf der Maschine zeigt sich ein ganz anderer Michael. Autostart und die Triumph heult auf, Michael rast in Rennfahrermanier davon. Über Bluetooth ruft er Jenny an. Es klingelt, der Ruf geht durch und Jenny hebt ab.
„Jenny, bin in zehn Minuten im Büro. Bitte ruf Ralph Berg zu einem kurzen Meeting. Danke." Ehe Jenny was sagen kann, ist das Gespräch schon wieder beendet.

Kapitel 24 – Der Düsseldorfer Hafen

Es wird ein heißer Tag in Düsseldorf! Am frühen Morgen ist die Temperatur bereits bei zwanzig Grad. Die wabernde, schon jetzt heiße benzingetränkte Luft liegt wie eine Glocke über dem Industriegebiet in Gerresheim. Eine schwarze Maschine jagt durch die Straßen zu der entlegenen Halle am Ende der Straße. Automatisch öffnet sich das große Schwenktor, parallel zieht sich schwer-fällig das Rolltor der Halle nach oben. Wie von Geisterhand schließen sich die Tore, nachdem das schwarze Motorrad in der Halle verschwindet. Die schlanke Erscheinung in schwarzer Lederkluft, parkt das Bike vor dem linken Container und steigt langsam und bedächtig ab. Konzentriert und wissend, was zu tun ist, geht der schwarze Schatten zum rechten Container und stellt sich seitlich an das Bett von Jan-Paul van Reek. Durch den Helm fließen bedächtig und leise singend die Worte:
„Jaaan, Jaaaan-Paul, hörst du mich? Ich bin es, deine Erlösung! Hörst du mir zu? Jaaan?" Jan-Paul, stark drogengeschwächt, wendet seinen Kopf zur Seite und vermittelt das Gefühl vollster Aufmerksamkeit.
„Jaaan, es ist so weit. Heute wird es wahr werden. Wir werden unserer Bestimmung folgen. Leider werden wir nicht an unseren Lieblingsplatz gehen können. Aber die Alternative, die ich für uns gefunden habe, ist wunderbar. Ja, vielleicht sogar noch viel, viel schöner und geschmackvoller. Ach was sage ich, ich Dummerchen. Es ist viel, viel wundervoller. Es wird erleuchtend sein, nicht nur für uns beide. Ganz Düsseldorf wird uns sehen. Wir werden ein Zeichen der Gerechtigkeit und Versöhnung sein. Was sagst du?" Stille. Jan kneift die Lippen zusammen und Tränen fließen über sein Gesicht.
„Frank und Lothar haben es nicht verstanden. Nur Peter hat es verstanden. Ja, er gab mir sogar die Eingabe, wie er die Gerechtigkeit empfangen wollte. Stell die vor, er durfte in deinem Pool ertrinken. Peter durfte seinem Schöpfer mit geöffneten Augen entgegentreten. Wenn wir beide ehrlich sind, Peter war ja auch nur der Mitläufer. Die anderen beiden mussten durch das reinigende Feuer. Bis zum bitter süßen Ende haben sie nicht gewusst oder verstanden - warum." Wieder

durchströmt Todesstille die eh kalte Atmosphäre des sterilen Containers.
„Lieber Jan, und wir beide wissen ganz genau, egal was kommt, wir gehen durchs Feuer. Freust du dich auch so wie ich? Dann ist es vollbracht. Dann ist es vollbracht. Warte hier mein Lieber. Ich mache mich noch eben frisch und dann hole ich dich. Dann gehen wir auf unsere Reise." Jan-Paul starrt die nackte Containerdecke an. Rechts und links laufen Tränen das Gesicht herunter und sein Körper ist vollkommen entspannt. Wie ein Liquident, der sich seinem Schicksal ergeben hat. Der Einfluss der Drogen tut das Übrige.
Auf der anderen Seite der Stadt, im LKA Düsseldorf sitzen Jenny, Michael und Ralph Berg im Aquarium. Vor Jenny auf dem Tisch bäumt sich ein Aktenberg, drohend, jeder Zeit vom Tisch zu fallen. Jenny steht auf, geht zum Kaffeeautomaten und fragt in die Runde:
„Möchte jemand Kaffee?" Beide Kollegen nicken und geben die Bestellung auf. Stillschweigend starren Michael und Ralph den Aktenberg an, bis Ralph den Krach der Kaffeemaschine durchbricht.
„Ich hatte jetzt nicht erwartet, dass ihr schon so viel zusammengetragen habt." Jenny verteilt den Kaffee und setzt sich.
„Das Lob gebührt Jenny. Du findest hier alle Berichte der Spurensicherung, Pathologie, Zeitdiagramme, Dossiers und Hintergrundrecherchen zu unserem Fall. Wir glauben, dass wir dem Ende in jeglicher Beziehung nahe sind."
„Wie soll ich das verstehen? Bitte sprich nicht in Rätseln mit mir. Gib mir eine Zusammenfassung und euren Plan", wirft Ralph ihm unverblümt vor den Kopf und schlürft dabei ziemlich laut an seinem Kaffee.
„Ist sehr heiß?"
„Was meinen Sie?", schießt Ralph Berg vorwurfsvoll heraus.
„Der Kaffee natürlich." Jenny bemerkt die gereizte Stimmung und beschließt von jetzt an, den Mund nur aufzumachen, wenn sie gefragt wird.
„Wozu hat man denn Chefs?", denkt sie sich. Michael schaltet sich ein und versucht jetzt besänftigend auf die Situation einzuwirken:
„Ich beginne chronologisch und unterbreche mich, wenn du eine Frage hast. Erstes Opfer Frank Roth. An ein Kreuz ägyptischer Art genagelt, gefesselt und dann lebendig verbrannt. Tatort, Waldgebiet nahe

Flughafen Düsseldorf. Besonderheiten: das Ägyptische Kreuz, die Fesselung mit Tennisdarmsaiten. Kurze Zwischeninfo, den Namen haben wir erst später im Zuge weiterer Ermittlungen herausgefunden. Dabei haben wir auch die Wohnung von Herrn Roth untersucht und eine Art Altar gefunden. Die Wohnung wurde nicht als Tatort identifiziert, ist aber wahrscheinlich."

Michael berichtet zwar haarklein, aber nur über die wirklich relevanten Details. Ein scheinbar nie endender Monolog geht nach vier Stunden, aber gefühlten zehn Stunden und sieben Tassen Kaffee zu Ende.

„Hast du noch Fragen Ralph?"

„Ja. Was ist der nächste Schritt?"

„Wegen des vermutlich letzten Tatorts hatten wir den richtigen Riecher. Wir haben ihn gestört und ihm sein Finale versaut. Leider haben wir keinen Anhaltspunkt, welcher Schauplatz mit Symbolcharakter noch in Frage kommt." Ratlos blickend starrt Michael in seine schon kalte Tasse Kaffee.

„Unser Killer will Zeichen setzen. Alles, was er tut, hat Symbolcharakter. Gut, wir haben ihm seine finale Location genommen. Aber wer sagt uns denn, dass er nicht jetzt zum großen Finale ausholt? Für alle sichtbar. Ich meine jetzt nicht nur für eine ausgewählte Personengruppe. Ich meine alle, vielleicht ganz Düsseldorf oder ähnlich?"

„Mensch, das kann gut sein! Jetzt ist er vielleicht nicht mehr zu bremsen, jetzt kommt der große Wurf. Was kann das nur sein? Auf jeden Fall muss es für viele Menschen sichtbar sein."

„Vielleicht will er hoch hinaus?", wirft Jenny in die Runde, „Der Fernsehturm?"

„Nee, zu kompliziert. Unser Killer ist strukturiert und organisiert. Das erscheint mir zu kompliziert."

„Warum?"

„Ich denke, unser Täter hat einen straffen Zeitplan und wir haben ihm schon dazwischengefunkt. Der Fernsehturm erscheint mir, im Zusammenhang mit dem Kreuz, technisch zu aufwendig. Nein, ich glaube sein Plan B ist genauso genial wie Plan A und zeitnah zu realisieren. Deshalb sollten wir uns schnell etwas einfallen lassen. Heute Abend kann es schon geschehen." Mit fragenden Augen schaut

205

Michael erst Ralph dann Jenny an. An der Stirn reibend haut Ralph unvorbereitet seinen Befehl raus.

„Wir gehen an die Presse, ziehen Streifen aus den umliegenden Städten zusammen und riegeln Düsseldorf ab. Wie sagst du immer so schön, jetzt werden wir ihm sein Finale vermasseln. Ich sehe hier keinen anderen Weg."

„Das mit den Streifen ist okay, aber warte bitte mit der Presse."

„Warum soll ich warten, wir haben keine Zeit mehr. Deinen eigenen Worte." Zwischen den beiden entbrennt ein kleines Scharmützel.

„Wir müssen die Bevölkerung nicht in Unruhe versetzen. Und unseren Täter lockst du damit nicht aus der Reserve. Fehler wird er keinen begehen."

„Okay, die Presse halte ich bis morgen früh neun Uhr zurück. Wenn du Recht hast, hat er dann sein Werk vollendet oder vielleicht mit ein bisschen Glück, haben wir ihn dann. So oder so wird eine Entscheidung sehr zeitnah fallen. Verflucht, ich dachte, dieser Kelch würde an uns vorübergehen. Die Scheiße mit dem Terror und den abgezogenen Kollegen und dann womöglich einen abgeschlossenen und in der Geschichte Düsseldorfs brutalsten Vierfachmord der Nachkriegsgeschichte."

„Mensch, du kannst dich immer epochal ausdrücken. Spar dir das für die Presse." Grinsend steht Michael auf und nimmt sich noch einen Kaffee.

„Also auf, auf! Ich informiere die Kollegen aus Neuss, Mettmann, Duisburg und Leverkusen und ihr haut rein!" Mit diesen Worten verlässt Ralph das Büro.

Ratlos dreinschauend sitzen Jenny und Michael noch am Tisch, trinken ihren schon wieder kalt gewordenen Kaffee und grübeln über ihren nächsten Schritt nach. Eine Stille, die einem den Atem nimmt, erfüllt den Raum und zwingt Jenny etwas zu sagen:

„Drei essentiell wichtige Fakten fehlen uns noch und dabei sind wir schon nah dran. Ich spüre es. Überleg mal! Das Mordmotiv liegt uns zwar nur grob vor, daraus könnten wir aber den Täter ableiten und Drittens den symbolträchtigen letzten Tatort bestimmen."

„Den Tatort haben wir irgendwie in den blauen Dunst geschossen, aber doch ziemlich nah oder? Aber du hast vollkommen Recht, das Motiv ist noch undeutlich. Dann haben wir den Täter! Aber warte!" Mit einem

mächtigen Sprung rennt Michael zur Bürotür und stürmt auf das Büro von Ralph Berg zu. Er nimmt den direkten Weg und nicht den Umweg über das Vorzimmer, wie sonst. Michael reißt die Tür auf. Am Schreibtisch sitzend und telefonierend, schreckt Ralph Berg auf und will gerade seinen Unmut lauthals kundtun, als Michael ihn unterbricht:
„Bitte beeil dich mit den Streifenkollegen, es ist vielleicht schon zu spät!"
Mit entgleisten Gesichtszügen starrt Ralph ihn an, spricht eine kurze Verabschiedungsfloskel in den Telefonhörer und brüllt:
„Sag mal, was fällt dir ein? Du kannst so nicht in mein Büro stürmen. Was ist denn los? Was soll das heißen, es ist vielleicht schon zu spät?"
„Unser Mörder ist grausam organisiert! Würde mich nicht wundern, wenn er gerade seine Vorbereitungen für das große Finale durchführt und vielleicht gerade abschließt. Die Dunkelheit dient zur Präsentation nicht zur Vorbereitung!"
„Mist, Mist, Mist, du hast Recht! Los beweg dich und lass mich weiter telefonieren! Raus hier jetzt, geh an deine verfluchte Arbeit!" Ärgerlich darüber, dass sie das übersehen haben, haut er nun förmlich die Nummern seiner Kollegen aus den anderen Städten ins Telefon. Nur gut, dass es keine Wählscheiben mehr gibt, schießt es ihm gerade durch den Kopf. Auf dem Weg zurück in sein Büro bleibt Michael unvermittelt stehen und starrt ein Loch in den Flur. Plötzlich rennt er los, wie ein Sprinter bei der Olympiade. Im Büro angekommen rattert er sofort los:
„Ich glaube ich hab's!"
„Was denn?"
„Ich weiß, wo er seine Finale ausrichten wird – ja genau, das ist es!"
„Und wo und warum?"
„Im Hafen. Das Gebiet bietet Möglichkeiten zur freien Sicht. Und jeder kann es sehen!"
„Angenommen du hast Recht, was nun? Und was ist mit den anderen beiden wichtigen Fragen?"
Wie ein kleines Schulmädchen steht Jenny da und bettelt förmlich um Antwort und Hinweise.
„Hast du deine Lederkluft im Spind?"

„Ja. Warum?" Die Frage nach dem Warum hätte sie sich sparen können, denn die Antwort ist klar. Sofort dreht sie sich auf dem Absatz um und ist schon auf dem Weg zur Tür als Michael ihr hinterherruft.
„In 10 Minuten unten in der Tiefgarage!"
„Okay."
Ein Wettrennen gegen die Zeit beginnt, Jenny sprintet in den Damenumkleideraum und greift sich ihren schwarzen Lederkombi aus dem Spind. In nur fünf Minuten ist Jenny umgezogen, Helm unter dem Arm und auf dem Weg zur Tiefagarage. Sie springt die letzten Treppen zur Garage runter, reißt die schwere graue Brandschutztür auf und sieht Michael bereits auf seiner Maschine sitzen.
„Komm' beeil dich! Wir fahren in den Hafen, die Streifen sind auch bereits unterwegs. Ich glaube, wir liegen mit unserer Vermutung, dass es im Hafen passieren wird, richtig."
„Um deine Frage zu beantworten, ich denke, die anderen Punkte müssen wir wohl zurückstellen. Im Augenblick müssen wir einen weiteren Mord verhindern. Und das, ohne zu wissen wo und wann. Nur eine Ahnung!" Auf Knopfdruck des Elektrostarters heult die Maschine auf, Michael drückt den Fuß runter, der erste Gang ist drin und schon fliegt die Kupplung. Die Maschine hebt sich vorn hoch und schnellt los. Quietschende Reifen in der Tiefgarage und wie Lava aus der Vulkanöffnung gespuckt wird, fliegen Michael und Jenny aus der Tiefgarage. Wenn man es nicht besser wüsste, würde man die beiden schwarz gekleideten Motorradfahrer für Bankräuber oder Terroristen halten. Aber es sind zwei LKA Offiziere, die eine Mission haben. In nur einer Minute befinden sich die beiden im Zielgebiet, im Medienhafen Düsseldorf. Die untergehende, rotglühende Sonne spiegelt sich in der metallischen Hochglanzfassade der Gehry-Gebäude. Vor dem Gebäude, neben dem WDR, mit Blick auf das Hafenbecken steht die Maschine mit laufendem Motor und davor die beiden LKA-Piloten.
Das Visier hochgeklappt geht Jenny zum Geländer, lehnt sich mit beiden Händen dagegen und dreht den Kopf langsam von rechts nach links. Wie eine Raubkatze screent sie das gesamte Gelände. Die im Sonnenuntergang erstrahlende Rheinkniebrücke, die Frachttanker, die der Strömung trotzen und die beiden Hotel- und Bürotürme auf der Landzunge, dort wo früher Monkey Island war.

Was war das für ein Possentheater, als die Baugenehmigung endgültig grünes Licht erhielt. Juristische Auseinandersetzungen und Ansätze von Demos gegen die Schließung und Vertreibung Monkey Island. Es war auch ein geiles Urlaubsfeeling, in Liegestühlen Cocktails trinkend und den künstlich aufgeworfenen Sand unter den nackten Füßen zu spüren. Das Publikum, eine bunte Mischung aus Studenten, Anwälten, Unternehmensberatern und anderen Business-Menschen aus aller Welt traf sich dort zum Chillen.
Heute stehen dort zwei Mini-Tower, Hotel und Büros führender Unternehmen. Der Hafen ist zusätzlich mit einer Fußgängerbrücke überspannt. In der Mitte der Brücke ist ein Café, welches nun ein weiteres Highlight in dieser ansteckend modernen Atmosphäre des Medienhafens bildet. Dieser späte Freitagabend scheint viele Menschen in den Hafen zu schwemmen. Sämtliche Lokale mit Außengastronomie sind randvoll mit gut gelaunten Gästen gefüllt. Eine ausgelassene Atomsphäre beschwingt das Hafengebiet, welches vielleicht noch heute Schauplatz eines Verbrechens werden soll?
„Sieh mal, an dem Hotel wird wieder gebaut. Hast du so etwas schon gesehen? Was haben die denn vor?"
Sich drehend und laut fragend, wendet sich Jenny Michael zu. Ein Baukran mit einer Höhe von siebzig Metern steht noch vor dem Hotel, Richtung Rhein. Die Befestigung scheint mit zwei Auslegern an dem Hotel fixiert zu sein. Das Fundament besteht aus Beton und ist teils ins Ufer eingelassen und in den Rhein neu und frisch einbetoniert. Ein nicht gerade schöner Anblick, betrachtet man das ganze Ensemble. Michael schreitet nach vorn und lehnt sich gegen das Geländer und schaut sich dieses seltsame Gebilde genauer an.
„Ich weiß auch nicht, was dort wieder gebaut wird. Die wollen doch nicht etwa mit dem Hotel auf das andere Ufer übersetzen?" Grinsend schaut er zu Jenny.
„Du musst mich nicht veräppeln! Hey, und wenn du schon so schlau bist, warum hängt an dem Kran so ein großer Holzkasten?"
„Das kenn ich so auch nicht. Normalerweise werden irgendwelche Gerätschaften wie Kreissägen dort aufgehängt, um sie dort vor Diebstahl zu schützen. Aber so einen riesigen Kasten sehe ich auch zum ersten Mal." Beide schauen sich an und ein schaudererregender Gedanke durchfährt sie.

Kapitel 25 – Begleichung der Rechnung

Die rotglühende Sonne ist schon fast untergegangen. Viele lustige, fröhliche Menschen sitzen bei einem Getränk im Hafen und freuen sich auf das bevorstehende Wochenende. Niemand bemerkt etwas. Die beiden Beamten des LKA scheinen als einzige eine Vorahnung zu haben, aber wie versteinerte Denkmäler starren sie sich an. Dann greift Michael in die Brusttasche seiner Lederjacke und zieht sein Handy raus. Auf Kurzwahl gespeichert ist sein Kumpel Konrad Burg-meister oder auch Konny von der Düsseldorfer Mordkommission. Der Anruf geht durch, es klingelt.
„Michael, hallo, wie geht's? Was machst ..."
Michael unterbricht ihn und gibt seine Kommandos durch:
„Konny, hier im Hafen ist etwas sehr Verdächtiges. Ich brauche dringend ein Einsatzteam. Und sperre den Hafen weiträumig ab!"
Konny, der sich den Rest zusammenreimt, startet sofort mit der Arbeit und trommelt die Polizeimannschaften zusammen. In der Zwischenzeit drückt Michael die nächste Kurzwahltaste, es klingelt und Ralph Berg meldet sich. Wieder fällt Michael ins Wort:
„Ralph, verdächtiger Gegenstand hängt an exponierter Stelle im Hafen an einem Baukran. Ich brauche das große Besteck. Treffpunkt Gehry-Bauten."
Ohne das O.K. abzuwarten, legt Michael auf, rennt zu seiner Maschine und setzt seinen Helm auf. Er holt gerade aus, um Jenny noch Instruktionen zu geben, da gibt es einen Aufschrei von vorbeischlendernden Passanten. Der große quadratische Holzkasten bricht gleichzeitig an beiden Seiten auseinander und fällt einen langen, unendlich scheinenden Weg nach unten in den Rhein. Ein Kreuz ist zu sehen, an dem ein vollkommen nackter Mensch hängt. Plötzlich, kaum wahrnehmbar, hebt sich leicht der Kopf und schwankt zu anderen Seite. Die Ereignisse überschlagen sich Michael rennt zum Geländer und schreit:
„van Reek, er lebt noch! Beeilung! Ruf' den Rettungswagen, ich fahr rüber und versuche ihn zu befreien!"
Mit diesen Worten geht das ohnehin bizarre Szenario in die nächste Phase. Wie von Geisterhand entzündet sich das Kreuz und in

Bruchteilen von Sekunden ist das T-Kreuz nur noch als Flammenkreuz zu erkennen. Hier und da blitzt sichtbar ein Stück Holz oder Körperteil auf. Aber eine Rettung von Jan-Paul van Reek scheint aussichtslos. Michael senkt den Kopf. Bilder, die sich immer wieder in seine Gedanken brennen werden. Wie vom Blitz getroffen, schaut er wieder auf und wie ein Computer gesteuertes Auge scannt er die Umgebung. Es kann nicht sein, dass der Mörder sich den finalen Akt nicht anschaut und sein Werk genießt. Und plötzlich, auf der Rheinkniebrücke erkennt er die Silhouette eines in schwarz gekleidetem Motorradfahrer. Seltsam, er steht mit aufgesetztem Helm und starrt auf das brennende Kreuz. Ohne jegliche Regung, auch als er im Gegenzug bemerkt, dass Michael ihn im Visier hat, keine Regung. Dann doch. Die Arme heben sich zum Helm und dieser wird heruntergenommen. Michael weiß jetzt, was zu tun ist. Wortlos und seltsam ruhig geht er zu seinem Motorrad, startet und rast los. An der Rheintunneleinfahrt trifft er auf eine Polizeisperre, mit einer Hand an seiner Brusttasche zieht er seinen Dienstausweis und hält ihn während langsamer Fahrt dem Beamten unter die Nase, welcher ihn mit stresserfülltem Gesicht dann durchwinkt. Und wieder brüllt die Maschine auf, Michael rast das kurze Stück durch den Rheinufertunnel und nimmt wieder die Auffahrt Zentrum/Oberkassel. Seitlich liegend, wie ein Rennfahrer manövriert er den Bock auf die Rheinkniebrücke, wo er wieder auf eine Streife trifft. „Mensch, Konny hat aber schnell reagiert", schießt es ihm durch den Kopf. Er hält bei dem sich nähernden Streifenpolizist an. Wieder reißt er den Ausweis aus der Tasche:
„Hier, mein Ausweis!"
„Sperren Sie die Straße, hier und auf der anderen Seite der Brücke. Informieren Sie die Kollegen und dann rufen Sie Burgmeister von der Mordkommission an und sagen ihm, dass ich auf beiden Seiten der Brücke Scharfschützen brauche. Pronto!"
Die Kupplung fliegt und im ersten Gang fährt er langsam weiter. Gut hundert Meter vor dem unbekannten Motorradfahrer bremst er sein Motorrad ab. Er parkt es auf dem linken Fahrbahnstreifen, Richtung Hafen. Behutsam nimmt er seinen Helm ab und legt ihn auf den Sitz seines Bikes. Er steht breitbeinig, aufrecht in Richtung des mutmaßlichen Serienkillers, legt langsam und behutsam seine Handschuhe aufs Motorrad und öffnet den Reißverschluss der

Lederjacke. Seitlich ist nun deutlich und für ihn leicht erreichbar, die Dienstwaffe im Holster zu erkennen. Äußerst konzentriert nähert er sich jetzt dem Unbekannten. Dieser sieht Michael an und steht außergewöhnlich ruhig da. Michael nähert sich bis auf fünfzehn Meter. Beide Kontrahenten dieser bizarren Szene sprechen kein Wort, denn alles scheint klar zu sein. Wie aus dem Nichts schnellt die linke Hand des Unbekannten nach hinten und er zieht aus seinem Gürtel eine Waffe. Damit war zu rechnen und jetzt stehen sich beide mit gezogener Waffe gegenüber.
„Waffe weg! Sie sind verhaftet!" Keine Reaktion!
„Mensch, Waffe weg oder ich schieße!"
Der Unbekannte neigt, arrogant anmutend leicht seinen Kopf.
„Warum meinen Sie, dass Sie mich verhaften können? Warum lassen Sie mich nicht in Frieden. Es ist noch nicht vorbei. Warum nehmen Sie der Gerechtigkeit ihre Genugtuung?"
„Wovon reden Sie da?" Leichte Verwirrung steht Michael ins Gesicht geschrieben. Keine Antwort. Im Gegenteil, von sich eingenommen und scheinbar sehr arrogant senkt der Unbekannte die Waffe und wendet sich dem im Hafenbecken am Kran hängenden brennenden Kreuz zu.
„Was quatschen Sie denn da?" Michael, mit Waffe im Anschlag nähert sich behutsam auf zehn Meter.
„Bleiben Sie stehen, sonst geschieht noch ein Unglück und das ist für heute nicht geplant."
Die beiden Männer stehen nun am Brückengeländer. Langsam, aber weiterhin äußerst konzentriert senkt Michael die Waffe auf Hüfthöhe. Er deutet die Situation als Gesprächsbereitschaft seines Gegenübers. Mittlerweile haben sich vier SEK-Scharfschützen auf der Brücke postiert und haben den Unbekannten ins Visier genommen. Aus Richtung Lohhausen Flughafen schwebt ein Polizeihubschrauber über den Rhein zur Brücke und positioniert sich auf der dem Hafen abgewandte Seite.
Unter der Rheinkniebrücke kreuzt gerade ein Flussdampfer mit schwerer Ladung das seltsame Paar auf der Brücke. Aus dem Augenwinkel erkennt Michael auf dem Deck stehend schaulustige Seeleute.
„Mist, was ist denn mit der Wasserschutzpolizei los?", denkt Michael, kurz abschweifend, um die Sicherheit aller Zivilpersonen zu gewährleisten. Mit ruhiger und gedämpfter Stimme beginnt er die

Kommunikation mit dem vermutlichen Mörder von Frank Roth, Lothar von Cappenberg, Peter Dallmann und jetzt Jan-Paul van Reek.
„Mein Name ist Michael Brenner, LKA Kriminalhauptkommissar und wie heißen Sie?" Sekunden verstreichen wie Stunden, plötzlich eine schon fast freundliche und wohlwollende Geste.
„Wie geht es Ihrem Kopf? Tut es noch sehr weh? Ich sehe, Sie haben sich untersuchen lassen. Tut mir aufrichtig leid." Mit der freien Hand zeigt er auf Michaels Stirn, die von einem weißen Pflaster verziert ist. Es scheint aufrichtig zu sein.
„Geht schon. Machen Sie sich mal keine Gedanken. Wie heißen Sie und was geht hier vor?"
Um nicht mit der Tür ins Haus zu fallen, bleibt Michael anfangs eher allgemein.
„Wundert mich, dass Sie mich noch nicht identifiziert haben. Enttäuschend."
„Klar, ich will nur sicher sein."
Eine Ahnung schießt Michael durch den Kopf. Das, was die ganze Zeit direkt vor ihnen lag.
„Sie sind Antonio Josip Adamovic und sind der Sohn des Tennislehrers Ivo Franjo Adamovic, geboren am 10. August 1977 in Zagreb im ehemaligen Jugoslawien, heute Kroatien."
„Haben Sie geraten, Herr Brenner?"
Die Ironie ist deutlich zu hören. Michael geht darüber hinweg und spricht weiter:
„Aber das Motiv hat sich mir nicht erschlossen, erhellen Sie mich. Bitte seien sie so freundlich." Mittlerweile zeichnet sich ein Italowestern-Showdown-Bild und beide Kontrahenten scheinen zum großen Schlag bereit, als Antonio Adamovic sich völlig relax an die Brüstung der Rheinkniebrücke lehnt und seine Hand und Waffe auf das Geländer legt.
„Bitte nennen Sie mich Toni, Michael. Michael ist doch richtig?" Tonis Gesicht sieht leiderfahren und aschgrau aus.
„Nur Freunde dürfen mich Michael nennen. Sind sie mein Freund? Was ist Ihre Geschichte? Und bitte erzählen Sie mir nicht, ihr Vater hat sie als Kind geschlagen. Ich will die Wahrheit hören. Sie haben vier Menschen bestialisch ermordet. Jetzt ist es an der Zeit, die Wahrheit ans Licht zu bringen, meinst du nicht, Toni?"

Michael senkt die Arme. Die Hände nehmen eine flache, beschwichtigende Haltung ein. Leicht drehend, von rechts nach links signalisiert er den Scharfschützen, dass kein Schuss fallen darf. Wohlwollend registriert Toni die Zeichen:
„Sehr freundlich von dir! Erlaube mir, meine Waffe weiter in der Hand zu halten. Denn, wenn ich es nicht tue, verhaftest du mich und niemand ist mehr an der Wahrheit interessiert, schlimmer noch sie wird wieder unter den Teppich gekehrt."
„Wieso bist du der Meinung, dass die Wahrheit unter den Teppich gekehrt wird und was heißt schon wieder? Komm, wir haben alle Zeit der Welt. Es ist vorbei. Warum erzählst du mir nicht alles?"
Toni fährt sich mit seiner linken Hand über seinen kahl rasierten, mit Schweißtropfen benetzten Kopf, wischt die Hand an der Hose ab und sieht Michael direkt in die Augen. Die schmalen Lippen sind zusammengekniffen.
„Soll ich dein Ego damit befriedigen, dass du mir sehr nahegekommen bist? Sei ehrlich, wenn ich nicht gewollt hätte, dass du mich kriegst, hättest du noch nicht einmal mein Bike von hinten gesehen. Wir stehen hier nur deswegen, weil ich es so will." Mit der Faust schlägt er auf das Geländer. Blitzartig reißt Michael die Waffe wieder hoch. Ein Seitenausfallschritt versetzt Michael wieder in eine sichere Schussposition.
Die Scharfschützen nehmen Toni ins Visier, so dass sie ihn genau zwischen die Augen treffen würden. Kreisend brummt der Hubschrauber über Michael und Toni herum und die Situation scheint zu eskalieren.
„Ruhig, mach jetzt keine Dummheiten! Gerade läuft es doch gut oder? Also warum fangen wir nicht von vorne an? Lass nichts aus!" Eine kurze Pause, die sich wie Stunden anfühlt, durchbricht die brisante und gereizte Stimmung. Leicht senkt Michael den Kopf, ebenso die Waffe und gibt kleinlaut zu:
„Richtig, wenn du keine Brotkrumenspur ausgelegt hättest, wären wir wahrscheinlich nicht auf den Tennisclub und Anna Lynn gekommen, nicht so schnell wenigstens! Also gut Toni, du hast meine ungeteilte Aufmerksamkeit. Fang an!"
„Du bist aber auch nicht auf den Kopf gefallen, Michael. Wie schnell du die Zusammenhänge erkannt hast, das war schon beeindruckend.

Aber genug der Lobeshymnen. Ich denke, du hast es verdient die Wahrheit zu erfahren. Wo soll ich nur anfangen?"
„Am besten wird es sein, du fängst ganz von vorn an. Woher kommst du und wie kamen deine Familie und du nach Düsseldorf?"
„Gut. Das wird wohl das Beste sein. Meinen Namen et cetera, et cetera kennst du ja bereits. Also fang ich im Jahr 1983 an. Mein Vater war Profitennisspieler und hielt sich und uns mit kleinen Einladungsturnieren über Wasser. Ich weiß das auch nur aus Erzählungen, aber das Resultat bekamen wir deutlich zu spüren. Das gewonnene Preisgeld nahmen sich die sogenannten Manager, selbstverständlich aus Politbüro und Geheimpolizei und wir durften von einem kläglich ausgezahlten Rest leben. Ich will nicht allzu sehr klagen, weil es uns im Vergleich zu den anderen Menschen in unserem Land gut ging. Selbstverständlich ist meinem Vater das luxuriöse Leben seiner Tenniskollegen aus dem westlichen Ausland nicht verborgen geblieben, obwohl sie durchaus schlechter spielten als mein Vater und gegen ihn auch verloren haben. So also schmiedeten meine Eltern einen Plan. Mein Vater sollte wieder ein Turnier im Ausland spielen, in Pilsen, in Tschechien. Das Turnier fand im Februar 1982 genau an meinem Geburtstag statt, weil mein Vater dem Politbüro niemals Anlass zur Sorge gegeben hatte, konnte er es durchsetzen, dass meine Mutter und ich ihn begleiten durften, um meinen Geburtstag auch mit meinem Vater verbringen zu können. In der Nacht meines 5. Geburtstags flohen wir. Einzelheiten erspare ich dir, nur so viel, es wurde auch geschossen."
„Wie seid ihr dann nach Düsseldorf gekommen?"
„Gute Frage. Heutzutage wäre mein Vater wahrscheinlich ein Tennisstar, aber damals war man in Deutschland nicht so erpicht darauf, jugoslawische Profispieler zu protegieren. Über den deutschen Tennisverband bekam mein Vater aber einen Trainerjob in Meerbusch und so sind wir hierhin gezogen, so einfach ist das. Anfängliche Schwierigkeiten, wie Sprache und Einleben haben wir schnell gemeistert und führten ein beschauliches und besseres Leben als vorher. Ich ging zur Schule, mein Vater trainierte erfolgreich diverse Tennismannschaften und meine Mutter arbeitete halbe Tage in einer Bäckerei. Ihren eigentlichen Beruf Kinderärztin durfte sie nicht mehr

ausführen. Wie das halt so war und heute noch teilweise ist. Während dieser Zeit unterstützte uns Johann von Cappenberg."
„Also der Vater von Lothar von Cappenberg hat euch nach Meerbusch geholt und euch unterstützt. Warum tust du seinem Sohn dann so etwas an?"
„Langsam, langsam Michael. Du willst doch die ganze Story hören oder?"
„Ja, bitte entschuldige." In das Spiel einwilligend gibt Michael klein bei.
„Geduld! Nur Geduld, du wirst schon noch alles verstehen und ja, er unterstützte uns. Aber machen wir uns nichts vor, mein Vater war nur Mittel zum Zweck. Meine Mutter und ich waren nur Beiwerk. Wir haben nie Anschluss oder gar Freunde gefunden. Wir bewegten uns halt in einem sehr arroganten und versnobten Umfeld. Mir bot die Schule Abwechslung und Freunde. Aber meine Eltern fühlten sich nie anerkannt und respektiert. Der Erfolg meines Vaters tröstete anfangs, konnte aber nicht die gesellschaftliche und menschliche Leere ersetzten. Mit Schlägerbespannungen hat sich mein Vater was dazu verdient, dabei durfte ich ihm helfen. Das hat mir Spaß gemacht."
„Bist du ein guter Tennisspieler?", fragt Michael sanft und äußerst gefasst und ruhig. Die ganze Atmosphäre um sie herum war jetzt fast wie in einem Kino. Die Geräusche blenden sich nach und nach aus und es gibt nur noch zwei. Wie zwei Freunde, die sich lange nicht mehr gesehen haben, es entwickelt sich eine vertrauensvolle Unterhaltung.
„Weiß nicht. Das Talent meines Vaters habe ich zwar, aber etwas stand dem im Wege. In diesem ehrenwerten Club durften meine Mutter und ich nie Mitglied werden. Außerhalb der Regelzeiten durften wir zwar geduldet auf den Platz, aber das war nicht das, auf das man hätte aufbauen können oder? Vielleicht wäre aus mir ein Becker-Nachfolger geworden? Wer weiß?" Tiefes langes Schweigen, gepaart mit Bedauern überschattet die beiden.
„Gut, meine nicht existente Tenniskarriere ist nicht von Belang. Also fahr ich fort. Wo bin ich stehen geblieben?"
„Dass du deinem Vater bei der Bespannung der Schläger helfen konntest."
„Ja, genau! Beim Trainieren der Mannschaften oder bei Einzelstunden habe ich nach der Schule auch geholfen. Ballmaschine füllen und Bälle

aufsammeln. Um die Ballmaschine zu füllen hat mir mein Vater einen kleinen Tritt vor die Maschine gestellt. Erwachsene gaben mir meistens eine bis fünf Mark Trinkgeld. Dadurch habe ich mein Taschengeld aufgebessert. Ich erinnere mich genau. Anna Lynn de Vos war die einzige jugendliche Spielerin, die sich von ihren Eltern Geld für mich hat geben lassen. Zwei Mark Trinkgeld, bei jedem Einzeltraining, und außerdem unterhielt sie sich mit mir. Wir wurden wie große Schwester und kleiner Bruder. Auch außerhalb der Trainingsstunden oder des Tennisgeländes sprach sie mit mir und manchmal, an heißen Tagen immer, lud sie mich zum Eis oder zur Cola ein."
„Was ist mit Anna Lynn geschehen? Warum nahm sie sich ihr junges Leben?"
„Wie konnte das nur geschehen? Michael, du hättest sie mal sehen sollen. Wunderschön! Eine natürliche Schönheit. Nicht nur ihr Äußeres, sondern auch ihr Inneres. Gütig, lieb und sehr klug. Aber wie das so ist im Teenageralter, da spielen einem die Hormone schon einmal einen Streich. Einen grausamen Streich. Sie schwärmte für den Teamkapitän der Jungenmannschaft, Jan-Paul van Reek. Einen durchtriebenen und sehr grausamen Jungen. Das sollte sie und ich dann auch bald erfahren."
„Du? Wie das?" So langsam wurde Michael sich des Umfangs und der Tragweite der Geschichte bewusst. Die großen Fragezeichen sind Michael mitten ins Gesicht geschrieben, als Toni sich vorsichtig vom Geländer wegdreht und beide Ärmel seiner Lederjacke nach oben schiebt. Brandmale über Brandmale sind deutlich erkennbar. Wieder kann sich Michael nicht zurückhalten:
„Wie ist das geschehen?"
„Es war im Sommer 1986, als Jan-Paul van Reek, Frank Roth, Lothar von Cappenberg und Peter Dallmann auf dem Höhepunkt ihrer noch jungen Tenniskarriere waren. Mein Vater hatte sie hart geschliffen und zu hervorragenden Spielern geformt. In dieser Saison sollten sie unschlagbar sein und so war es auch. Dann gewannen sie noch die Stadtmeisterschaft gegen den Rochus Klub und Meerbusch und Neuss standen Kopf. Mit stolzgeschwellter Brust waren sie die Helden im Klub. Ihre grenzenlose Arroganz kannte keinen Einhalt und so kam es an einem späten sonnigen Abend zu dem, weshalb wir beide uns heute hier gegenüberstehen.

Ich weiß es noch genau, als wäre es gestern gewesen. Ich war noch auf dem Platz 10, ganz hinten dem äußersten Platz, und sammelte noch die restlichen Tennisbälle ein. Mein Vater hatte die Maschine diesmal nur abgedeckt, weil keiner mehr auf den Platz wollte und er am anderen Tag dort wieder Training geben würde. Er war schon wieder im Klubheim und ich erledigte den Rest. Bälle aufsammeln, Platz abziehen und Linien fegen. Auf einmal sehe ich, wie Jan-Paul und Anna Lynn eng verschlungen zu dem kleinen Schuppen in dem kleinen Wäldchen hinter dem Verein gingen."
„Was für ein Schuppen?"
„Schuppen ist der falsche Begriff. Ein Holzgartenhaus zum Lagern von wichtigen Dingen für die Tennisplätze stand dort. Ich war neugierig und bin ihnen im sicheren Abstand gefolgt. Sie gingen in das Häuschen, ich stand hinter einem großen Baum, als ich hörte wie andere Jungs kamen. Dann habe ich mich in einem Gebüsch versteckt und gesehen, wie die drei andern aus dem Team auch zu dem Gartenhaus gingen. Das kam mir komisch vor und so bin ich auch zu dem Haus gegangen. Als ich näher kam, hörte ich Schreie, deutlich Anna Lynns Schreie, also habe ich durch das Fenster geschaut und da sah ich es."
„Was hast du gesehen?"
„Über dem Haufen von Folien lag eine Decke. Auf dieser Decke lag Anna Lynn und wurde von Frank Roth und Lothar von Cappenberg festgehalten. Anna schrie und versuchte sich mit aller Macht zu befreien, aber sie war zu schwach. Ihr Tennisröckchen war hoch und ihr Slip runter auf die Knöchel gezogen. Das T-Shirt war nach oben geschoben, der Sport-BH lag zerrissen neben ihr und Jan-Paul van Reek vergewaltigte sie. Er lag auf ihr und genoss jeden ihrer Schreie. Geschockt stand ich vor dem Fenster. Ich konnte nicht wegsehen, ich war wie gelähmt, bis Peter Dallmann mich sah. Ich rannte los, aber er holte mich ein, schlug und schleppte mich zur Hütte." Tränen laufen Toni über das Gesicht und er spricht mit sich selbst.
„Ich hätte ihr helfen müssen, aber ich habe versagt, ich bin schuld!"
„Du bist nicht schuld. Die Vier sind schuldig. Du warst doch noch ein kleiner Junge." Nur langsam beruhigt sich Toni.
„In der Hütte setzte er mich auf einen alten ausrangierten Bürostuhl. Mit Tennissaiten, die mein Vater dort lagerte, fesselte er mich!" Wieder unterbricht Toni die Erzählung, schluckt und holt tief Luft.

„Was geschah dann?"
„Sie fesselten auch Anna. Die Saiten schnitten sich in Arme und Beine und nacheinander vergewaltigten sie meine Anna. Immer wenn einer bei Anna war, rauchten die anderen und tranken ein Bier. Die Zigaretten drückten sie auf meinen Armen aus. Ich schrie, Anna schrie, aber niemand hörte uns. Peter Dallmann versuchte einmal, den Terror zu stoppen, aber Jan-Paul erstickte jegliche Auflehnung wie immer im Keim. Der van Reek war der Grausamste. Während die anderen auf Anna lagen, flößte er ihr irgendwelchen Fusel ein. Er war es auch, der mir die meisten Zigaretten auf dem Arm ausdrückte. Er genoss es, mir mehrere Zigaretten an einer Stelle ins Fleisch zu brennen. Nach gut vier Stunden ließen sie von uns ab und torkelten betrunken von dannen. Annas linke Hand entfesselten sie und verschwanden. Wir hörten nur noch ein angetrunkenes Gegröle. Es dauerte nochmal eine halbe Stunde, bis Anna uns beide befreit hatte."
„Seid ihr dann zur Polizei gegangen?"
„Nein, was denkst du denn? Polizei in den Achtzigern? Nachdem wir befreit waren, saßen wir da, verletzt, blutend, verdreckt und verheult. Anna hatte sich dann erstaunlich schnell wieder unter Kontrolle. Sie sagte zu mir, dass sie es niemanden erzählen würde und auch ich es keinem erzählen solle. Das sollte unser großes Geheimnis bleiben."
„Und wie habt ihr euren Zustand dann zu Hause erklärt? Vor allem deine Brandwunden?"
„Wir schlichen uns ins Klubhaus. Es war spät und niemand war mehr in den Umkleiden. Anna wusch meine Wunden und holte Verbandszeug aus dem Verbandskasten, der an der Wand hing. Sie schickte mich dann heim und ging dann duschen.
Als ich zu Hause ankam, waren meine Eltern voller Sorge und natürlich fragten sie mich, was denn mit meinen Armen passiert sei. Ich tischte ihnen eine Geschichte von einem missglückten Lagerfeuer auf, in das ich beinahe reingefallen wäre. Sie schluckten es erst und fuhren mit mir zum Krankenhaus. Die Ärzte sind ja nicht dumm, und mein Vater wusste es ohnehin schon, was das für Verbrennungen waren und so erzählte ich ihm die Geschichte, ja ohne Anna zu erwähnen. Ich hatte es ihr versprochen. Meine Eltern waren fürchterlich geschockt und mein Vater ging die Decke hoch vor Wut. Er rief noch in der Nacht bei den von Cappenbergs an und drohte mit Anzeige. Spät in der Nacht kam

dann Johann von Cappenberg mit einem schwarzen Lederkoffer zu uns nach Hause.
Ich lag in meinem Zimmer, durch Schmerzmittel geschwächt. Ich weiß nur noch, dass meine Eltern mit ihm im Wohnzimmer laut diskutiert haben. Von da an ging mein Vater nicht mehr trainieren und ich durfte auch nicht mehr zum Tennisplatz gehen. Anna habe ich noch einmal durch Zufall auf dem Weg zur Schule gesehen. Sie grüßte mich von weitem, aber es war nicht mehr meine Anna Lynn. Dann stand es wohl in der Zeitung, der Selbstmord. Nachbarn wussten zu berichten, dass es sich um Anna Lynn de Vos handele und von da an war alles vorbei. Noch vor Weihnachten haben wir Düsseldorf verlassen und sind nach Bremen gezogen. Mein Vater wurde schlagartig zum Kettenraucher und ist fünf Jahre später an Krebs verstorben. Ich denke, er hat sich alles zusammengereimt und ist vor Scham gestorben. Von meiner Mutter erfuhr ich, dass sie zwanzigtausend Deutsche Mark bekommen hatten. Der Lederaktenkoffer, du erinnerst dich?"
„Ja, aber war es wirklich nur das Geld?"
„Nein, du hast Recht. Selbstverständlich drohte die ganze Bande meinen Eltern, dass wenn sie zur Polizei gehen, es wohl bereuen würden. Meine Mutter starb im letzten Jahr, auch an Krebs."
„Warum jetzt? Nach so langer Zeit und warum so? Das Kreuz? Was hat es zu bedeuten?"
„Wie du siehst, bin ich ziemlich gut durchtrainiert und sportlich. Ich hatte in der Nähe von Bremen einen kleinen und exklusiven Freizeitpark mit Hotelbetrieb. Du weißt, mit Klettern, Wandern, Fitness und kleinem Schwimmbad.
Vor zwei Jahren buchte ein Autohaus aus Düsseldorf für ihre Belegschaft ein Event in meinem Hotel. Die Reservierungen machte meine Angestellte und so wusste ich nichts davon. Da steh ich vor der Kletterwand und wer meinst du, steht mir plötzlich gegenüber?"
„Jan-Paul van Reek?"
„Ja, genau! Zur Salzsäule erstarrt, ich zitterte am ganzen Leib und alles kam wieder in mir hoch. Da stand er vor mir, der Teufel leibhaftig und erkannte mich nicht."
„Und dein Name?"
„Nein, meine Anlage lief noch unter dem Namen des Erstbesitzers und Tonis gibt es ja nun auch viele. All die verdrängten Erinnerungen,

Annas Tod, meine Qualen, meine Schmerzen und meine Eltern. Die Gesichter dieser Bande verfolgten mich von da an jede Nacht und bis zum heutigen Tag. Eines Nachts wachte ich auf, war in der Küche und hielt ein Messer in der Hand und da wusste ich, was zu tun ist."
„Was hast du dann getan?"
„Ich verkaufte mein Eventgeschäft und kam nach Düsseldorf. Dann spürte ich sie alle auf. Für jeden musste ich einen eigenen Plan haben, aber das Ergebnis würde immer das Gleiche sein. Das Kreuz!"
„Warum das Ägyptische Kreuz?"
„Ein halbes Jahr kannten Anna und ich uns schon, da fuhr sie mit ihren Eltern und ihrer kleinen Schwester nach Ägypten in den Urlaub. Dort kaufte sie sich eine Halskette mit einem Ägyptischen Kreuz. Die trug sie bei Tag und Nacht. Als sie mich damals nach dieser grausamen Tat verbunden hat und ich so weinte, schenkte sie mir die Kette mit den Worten ‚Wir gehören von jetzt an zusammen, für immer eins! Das schworen wir uns. Ich glaube, sie wusste schon, was danach passieren würde."
Wieder mit klarem und entschlossenem Blick schaut Toni Michael an.
„Du weißt schon, was jetzt kommen muss?" Die Waffe wieder hebend und mit einem kleinen Schritt nach vorn provoziert Michael eine Reaktion.
„Bleib da stehen! Ich wusste schon, dass wir früher oder später in diese missliche Lage kommen würden. Bleib da stehen, sonst geschieht ein Unglück. Heute müssen keine Unschuldigen sterben.
Mein Werk ist getan. Der Gerechtigkeit ist Genüge getan. Bleib stehen!" Mit der flachen rechten Hand hebt er seine Waffe, dann dreht er seine Linke und schaut auf die Uhr und wirft dann die Waffe über das Geländer in den Rhein. Aus der Ferne sieht Jenny einen kleinen schwarzen Punkt ins Wasser fallen. Die Scharfschützen schauen auf, die SEK-Einheit rückt mit Schnellfeuergewehren und Pistolen im Anschlag wie ein Mann auf die beiden zu.
„Toni, Hände nach oben. Da, wo ich sie sehen kann! Hier und jetzt endet alles." Mit der Hand zu seinen Handschellen greifend, geht Michael vorsichtig auf Toni zu. Toni schaut ihn an, dann plötzlich wirft er Michael eine Halskette zu. Dieser fängt sie und im gleichen Moment springt Toni in den Rhein. SEK-Schützen feuern, Michael dreht sich um und schreit:

„Stopp, aufhören! Seid ihr denn wahnsinnig?" Er springt zum Geländer. Nichts zu sehen, selbst der Scheinwerferstrahl des Hubschraubers vermag keinen Menschen im Rhein auszumachen. Die Brücke wird überrannt von Polizei- und SEK Einheiten und Michael findet sich in einem Pulk von Beamten wieder. Genervt schlängelt er sich zu seinem Motorrad durch, wo ihn schon Konny Burgmeister erwartet.
„Oh, gut das du da bist! Konny, bitte veranlasse alles Notwendige. Hafenwacht, Spurensicherung und so weiter. Lass das Ufer absuchen, nimm die Hunde! Der Name des Gesuchten ist Antonio Josip Adamovic, genannt Toni. Foto schick ich dir, wenn ich wieder im Büro bin."
Damit setzt er sich auf die Maschine und begleitet von einer stillen Trauer fährt er Richtung Büro.
Zwei Wochen später und nach erfolgloser Fahndung sitzen Michael und Jenny in seinem Büro.
„Was meinst du? Ist er tot oder hat er es geschafft und ist untergetaucht! Auf und davon?", fragt Jenny in ihren Kaffee rein.
„Ich weiß es nicht. Ich weiß nur, egal wo er jetzt auch sein mag, ich wünsch ihm alles Gute."
„Na ja, und das von dir!"
„Hast du mit der Familie De Vos gesprochen?"
„Ja, habe ich! Ich hörte eine Schockstarre raus, dann Wut und dann Befreiung oder Erleichterung. Ich weiß nicht, ob sie noch irgendwelche juristische Schritte in Erwägung ziehen. Was kommt jetzt?"
Mit ihrem Kaffee in der Hand ist Jenny bereits auf dem Weg zurück zu ihrem Arbeitsplatz und dreht sich im Türrahmen nochmal um.
„Was jetzt kommt? Alltag, Papierkram oder?"
Leise brummelt er das „Oder" in sich rein und während Jenny das Büro verlässt, zieht Michael seine rechte Schreibtischschublade auf und holt den braunen Briefumschlag hervor. Nimmt sein Handy und schaut auf das Bild seiner Eltern.
„Was ist damals wirklich geschehen?"

ENDE